예감은 틀리지 않는다

THE SENSE OF AN ENDING

The Sense of an Ending

예감은 틀리지 않는다

JULIAN BARNES

줄리언 반스 장편소설 · 최세희 옮김

일러두기

1. 주석은 모두 옮긴이주다.
2. 본문 중 고딕체는 원문에서 이탤릭이나 대문자로 강조된 부분이다.
3. 책 제목은 겹낫표(『 』)로 표시했고 단편, 시, 노래, 영화, 연극, 오페라, 신문 기사 제목은 홑낫표(「 」)로 표시했으며 잡지나 신문 이름은 겹화살괄호(≪ ≫)로 표시했다.

팻에게

차례

1부

특별한 순서 없이, 기억이 떠오른다.

반들반들한 손목 안쪽.

뜨거운 프라이팬이 젖은 싱크대로 비웃듯이 던져지면서 솟아오르는 증기.

방울방울 떨어져 수챗구멍 속을 빙글빙글 돌다가, 층고 높은 집의 기다란 홈통 전체를 타고 흘러내려가는 정액.

터무니없게도 상류로 치닫는 강물, 그 물살과 너울을 좇는 여섯 개의 회중전등.

또 다른 강, 거센 바람이 수면에 물살을 일으켜 물길을 읽을 수 없는 드넓은 잿빛 강.

잠긴 문 뒤의, 오래전에 차갑게 식은 목욕물.

마지막 것은 내 눈으로 본 것은 아니다. 그러나 결국 기억하게 되는 것은, 실제로 본 것과 언제나 똑같지는 않은 법이다.

우리는 시간 속에 산다. 시간은 우리를 붙들어, 우리에게 형태를 부여한다. 그러나 시간을 정말로 잘 안다고 느꼈던 적은 단 한 번도 없다. 지금 나는 시간이 구부러지고 접힌다거나, 평행우주 같은 다른 형태로 어딘가에 존재할지도 모른다는 이론적인 얘길 하는 게 아니다. 그럴 리가. 나는 일상적인, 매일매일의, 우리가 탁상시계와 손목시계를 보며 째깍째깍 찰칵찰칵 규칙적으로 흘러감을 확인하는 시간을 말하는 것이다. 이 세상에 초침만큼 이치를 벗어나지 않는 게 또 있을까. 하지만 굳이 시간의 유연성을 깨닫고 싶다면, 약간의 여흥이나 고통만으로 충분하다. 시간에 박차를 가하는 감정이 있고, 한편으로 그것을 더디게 하는 감정이 있다. 그리고 가끔, 시간은 사라져 버린 것처럼 느껴지기도 한다. 그것이 정말로 사라져 다시는 돌아오지 않는 마지막 순간까지도. 내 학창 시절에 대해선 그다지 애착이 없기 때문에 결코 그때가 그립다거나 하는 일은 없다. 그러나 그 모든 것이 시작된 곳이 학교였기 때문에, 그때로 거슬러 올라가서 이제는 일화가 된 몇몇 사건과, 시간이 변모해 가면서 확신으로 굳어진 덕분에 꽤 사실에 근접했다고 할 수 있게 된 몇몇 기억들을 돌이켜 보아야 한다. 실제 사건들에 대해 더 큰 확신을 가질 순 없어도, 최소한 그런 일들이 남긴 인상에 대해서만은 정직해질 수 있을 것이다. 내가 감당할 수 있는 건 거기까지다.

우린 원래 셋이었고, 그가 네 번째로 합류했다. 셋이라는 빠듯한 숫자에 하나가 더해질 줄은 예상치 못했다. 패거리나 짝짓기는 오래전에 끝나 있었고, 다들 학교를 탈출해 진짜 인생으로 진입할 것을 꿈꾸었을 시점쯤이었다. 그의 이름은 에이드리언 핀으로, 누군가를 처음 만나면 눈을 내리깔고 생각을 입 밖으로 내놓지 않는, 키가 크고 조용한 녀석이었다. 처음 하루 이틀 동안 우리는 그를 눈여겨보지 않았다. 우리가 다녔던 학교는 호된 신고식 따윈 없지만, 반대로 환영식도 없는 곳이었다. 우리는 그냥 그라는 존재를 접수하고, 기다렸다.

우리보다는 선생들이 오히려 그에게 더 관심을 기울였다. 선생들은 그의 지적 능력과 규율 준수 감각을 가늠해야 했고, 그 전까지 받은 교육의 정확한 수준과 더불어 혹여 '장학금을 받을' 깜냥인지도 판단해야 했다. 그 가을 학기의 3일째 아침, '조 헌트 영감'의 역사 수업이 있었다. 스리피스 슈트 차림에 반어적인 유머 감각 덕분에 친근함을 주는 그의 수업 방식은 지루함을 넘치지 않게 적절히 조절하여 학생들을 제어하는 데 주로 의존하고 있었다.

"내가 헨리 8세의 치세에 관해 미리 읽어오라고 말한 것, 기억합니까?" 콜린과 앨릭스와 나는 그 질문이 제물낚시꾼의 미끼처럼 휙 하니 날아와 우리의 머리 위로 떨어지는 일은 없기를 바라며 실눈을 뜨고 서로를 보았다. "그 시대의 특징에 대해 말해볼 학생 있나요?" 우리가 시선을 피하자 그는 알아서 결정을 내렸다.

"자, 그럼 마셜 군이 대답해 볼까. 학생은 헨리 8세의 치세를 뭐라고 설명할 수 있을까?"

궁금함보다 안도하는 마음이 더 컸다. 마셜은 신중한 성격의 천치이되, 진정한 무지가 갖는 독창성조차 결여된 타입이기 때문이었다. 마셜은 선생의 질문 속에 숨어 있을 만한 복잡한 의미를 찾아 헤매다가 결국은 답을 정했다.

"혼란이 있었습니다."

입꼬리를 씰룩이며 간신히 참고 있던 웃음이 비죽비죽 새어 나왔다. 헌트 영감의 입가에 옅은 미소가 감돌았다.

"괜찮다면, 좀 더 상세히 말해볼 수 있을까?"

마셜은 천천히 고개를 끄덕이며 그 요구를 받아들였고, 좀 더 생각을 해보다가, 더는 앞뒤를 잴 여지가 없다고 판단했다. "거대한 혼란이 있었다고 하겠습니다."

"핀, 자네는 어떤가. 자네는 이 시기에 대해 아는 것이 좀 있는가?"

전학생은 내 앞줄 왼편에 앉아 있었다. 그는 마셜의 천치 같은 대답에도 이렇다 할 반응을 보이지 않았다.

"잘은 모릅니다, 선생님. 하지만 하나의 사유 방식은 있는데, 그에 따르면 모든 역사적 사건—예를 들어 제1차 세계대전의 발발까지도—에 대해 우리가 진실되게 할 수 있는 말은 '뭔가 일어났다'는 것뿐입니다."

"정말로 그런 게 있다고? 그렇다면 나는 실직자가 되겠군, 안 그런가?" 선생에게 잘 보이려는 웃음이 잦아들자, 조 헌트 영감은 게으른 주말을 보낸 우리의 죄를 눈감아준 후, 우리의 머릿속에 아내를 여럿 거느렸던 도살자 왕족에 대한 정보를 채워넣었다.

쉬는 시간에 나는 핀을 찾았다. "난 토니 웹스터야." 그는 경계를 풀지 않은 채 나를 쳐다보았다. "헌트 영감한테 한 말 꽤 근사하던데." 그는 내가 뭘 언급하는지 알지 못하는 눈치였다. "'뭔가 일어났다'는 말."

"아, 그래. 선생님이 그 말을 더 물고 늘어지지 않아서 좀 실망했어."

내가 기대했던 대답은 아니었다.

또 한 가지 기억나는 게 있다. 우리 셋은 서로의 결속을 다지는 상징으로 손목시계의 앞면을 손목 안쪽으로 돌려서 차고 다녔다. 당연히 허세였지만, 그 이상의 뭔가가 있었는지도 모른다. 그러고 있으면 시간이 사적인 것으로, 심지어는 내밀한 것으로 느껴졌다. 우리는 에이드리언이 그 제스처를 눈여겨보고 그대로 따를 거라고 예상했다. 그러나 그는 그러지 않았다.

그날 늦게—아니면 다음 날이었나—필 딕슨 선생의 심층 영어 시간이 있었다. 케임브리지 대학을 갓 졸업한 신임 교사였던 딕슨은 현대 문헌을 즐겨 교재로 삼았고, 돌연 이런저런 제안을 내놓기도 했다.

"'탄생, 성교, 그리고 죽음.' 이것이 T. S. 엘리엇이 말한 인생의 총체이지. 뭔가 덧붙이고 싶은 사람?" 한번은 그가 셰익스피어의 주인공을 영화 「스파르타쿠스」의 커크 더글러스에 비교한 적도 있었다. 그리고 또, 테드 휴즈*의 시에 대해 토론하던 중, 그가 학자풍으로 고개를 갸웃하면서 중얼거린 말도 기억이 난다. "휴즈가 노래할 동물이 바닥나면 어떻게 될지 궁금해하는 건 당연하지." 그는 가끔 우리를 '제군들'이라고 부르기도 했다. 당연히, 우리는 그를 숭배해 마지않았다.

그날 오후, 그는 제목과 발표 시기, 저자의 이름도 없는 시

* 영국의 시인으로, 동물의 천진한 야생적 생태를 찬양하는 시를 즐겨 썼다.

한 편을 나눠주고 10분 동안 읽고 생각해 보게 한 후, 우리의 감상을 물었다.

"핀, 자네부터 시작해 볼까? 간단하게 말해보지, 이 시가 무엇에 대해 말하고 있다고 생각하지?"

에이드리언은 책상에서 고개를 들었다. "에로스와 타나토스요."

"흠, 계속해 봐."

"섹스와 죽음이죠." 에이드리언은 그 말을 되풀이했는데, 꼭 그리스어를 모르는 뒷자리의 천치들 때문만은 아닌 듯했다. "다르게 이야기한다면, 사랑과 죽음이라고 할까요. 경우를 막론하고, 죽음의 원칙과 충돌하는 에로스의 원칙이죠. 그리고 그 충돌의 결과로 뒤이어 나타나는 것들까지도요."

아마도 내가 딕슨 선생이 보기엔 도를 넘어섰다 싶을 만큼 감동한 표정을 짓고 있었던 모양이었다.

"웹스터, 거기서 더 나아가 보겠나."

"전 그냥 외양간올빼미에 대한 시라고 생각했는데요."

이것이 우리 셋과 새로 사귄 벗의 차이였다. 우리는 진지할 때를 제외하고는 실없는 농담을 기본으로 했다. 에이드리언은 농담일 때를 제외하면 기본적으로는 진지했다. 그런 그를 우리가 이해하게 된 건 다소 시일이 지나서였다.

에이드리언은 우리 패거리에 자신이 흡수되도록 내버려 두면서도, 그것이 자기가 찾던 것이라는 사실은 인정하지 않았다. 애초에 그런 적이 없었는지도 모른다. 우리에게 맞추려고 자신의 견지를 바꾸는 일도 없었다. 아침 미사 시간에 그가 응답송을 제창하는 사이, 앨릭스와 나는 입만 벙긋거렸고, 콜린은 광신자가 열의를 담아 고래고래 노래하는 꼴을 흉내냈다. 우리 셋은 체육 과목이 우리의 성 충동을 억누르려는 파시즘적인 기밀 방침이라고 보았다. 반면 에이드리언은 펜싱클럽에 가입했고, 높이뛰기를 했다. 우리는 적개심의 발로에서 음치이기를 자처했다. 에이드리언은 클라리넷을 들고 등교했다. 콜린이 가족제도를 비난하고, 내가 정치제도를 조롱하고, 앨릭스가 지각된 실재의 본질에 철학적으로 반대하고 나설 때, 에이드리언은 자신의 의견을 밝히지 않는 쪽을 고수했다. 어쨌든 처음에는 그랬다. 그는 사물을 믿고 있는 듯한 인상을 주었다. 우리도 그랬다. 다만 우리는 애초에 우리 앞으로 결정지어진 것들이 아닌, 우리의 것들을 믿고 싶었을 뿐이었다. 우리가 자칭한바 우리의 정화淨化적인 회의주의는 거기에서 비롯되었다.

학교는 런던 중심부에 있었고, 우리는 매일 각자의 집이 있는 자치구에서 학교까지, 하나의 통제시스템에서 다른 시스템으로 이동했다. 그 시절엔 모든 게 지금보다 명백했다. 돈은 모자랐고, 전자기기도 없었고, 패션의 전제정치는 미약했고, 여자친구는 전무했다. 인간 된, 또는 자식 된 도리, 즉 공부를 하고, 시험에 합격하여 구직에 필요한 자격을 갖춘 후, 이 모든 것을 합쳐 우리 부모의 인생, 즉 우리의 것과 몰래 비교해 볼 때 소싯적에 더 단순하고, 그래서 더 우월한 인생을 살았던 양반들의 인생에 견주어 눈에 거슬리지 않을 만한 선에서 약간 더 충족된 삶의 방편을 이루고 용인받는 것으로부터 한눈을 팔 만한 일은 거의 없었다. 이런 것들 중 어느 하나도, 단 한 번도 공공연히 거론된 적이 없음은 당연하다. 영국 중산층 특유의 고상하신 사회진화론은 언제나 암묵적으로만 존재한다.

"부모? 개잡것들." 어느 월요일 점심시간에 콜린이 투덜댔다. "코흘리개 땐 괜찮은 인간들로 보일지 몰라도, 금세 깨닫게 되지. 그것들은 그저……."

"그렇담 헨리 8세라면?" 에이드리언이 넌지시 운을 뗐다. 그즈음 우리는 그의 아이러니 어법에 서서히 익숙해져 가고 있었다. 당연하지만, 그것이 우리를 겨냥한 것일 수도 있다는 사실에 대해서도. 우리를 놀려대거나, 진지한 생각을 촉구할 때, 에이드리언은 나를 앤서니, 앨릭스를 앨릭잔더라고 불렀고, 이름을 길게 늘일 수 없는 콜린은 줄여서 콜이라고 불렀다.

"아빠 마누라가 여섯 명이래도 딱히 싫을 것 같진 않은데."

"입 떡 벌어지게 부자래도 말이지."

"홀바인이 초상화를 그려줬대도."

"교황한테 꺼져버리라고 말했대도."

"그 양반들이 딱히 개잡것일 이유라도 있는 거야?" 앨릭스가 콜린에게 물었다.

"이동유원지에 가고 싶었거든. 근데 그것들이 주말에 정원을 손보겠다는 거야."

개잡것들 맞네. 에이드리언만은 예외였는데, 그는 우리가 부모를 탄핵하는 얘기에 귀를 기울이긴 해도 합세하는 일은 거의 없었다. 하지만 그렇다 해도, 우리는 그에게 다른 누구보다 욕할 이유가 더 많을 거라고 보았다. 어머니가 몇 년 전에 가족을 버렸기 때문에 그의 아버지는 그와 여동생을 감당해야 했다. 당시는 '한부모 가족'이라는 말이 상용화되기 훨씬 전이라 '결손가정'이란 말을 썼고, 에이드리언은 우리가 알고 있는 유일한 결손가정 출신이었다. 그에겐 마땅히 실존적 분노의 저장탱크를 가득 채우고도 남을 사실이었으나, 어쩐 일인지 그렇지가 않았다. 그는 어머니를 사랑하고, 아버지를 존경한다고 했다. 우리 셋은 에이드리언 몰래 그의 상황을 이리저리 따져본 후, 하나의 이론을 정립했다. 행복한 가족생활을 영위하려면 애초에 가족을 만들지 말아야 한다는 것, 아니면 최소한 함께 살지 말아야 한다는 것을. 이런 분석을 하고 나니, 우리는 에이드리언이 더 부러워졌다.

그 시절, 우리는 우리 자신이 닭장 같은 데 갇혀 있는 신세라고 생각했고, 그곳을 벗어나 우리의 인생으로 풀려날 날을 기다렸다. 그 순간이 오면, 우리 인생—과 시간 자체—의 속도는 빨라질 것이다. 우리의 인생이 상황을 막론하고 이미 시작돼 버렸음을, 그래서 이미 얼마간 득을 봤고, 또 얼마간 손해를 감수했음을 우리가 어찌 알 수 있었을까. 그런 데다 우리가 닭장에서 풀려난다 한들, 처음엔 그 크기조차 가늠할 수 없는 더 큰 다른 닭장으로 결국 들어가게 될 텐데.

그런 가운데, 우리는 책에 굶주려 있었고, 섹스에 굶주려 있었고, 성적표에 연연하는 아나키스트였다. 모든 정치·사회 제도가 썩어빠진 걸로 느껴졌으나, 우리는 쾌락주의적 혼돈에 기울어 있을 뿐, 다른 대안은 생각하지 않았다. 그러나 에이드리언은 원칙이 행동을 이끌어야 한다는 관념에 근거해 우리에게 사유를 인생에 적용할 수 있다는 믿음을 가지도록 촉구했다. 에이드리언이 함께하기 전까지 우리 중 철학자의 입지를 차지하고 있었던 건 앨릭스였다. 앨릭스는 나머지 둘이 읽지 않은 책을 읽었고, 그랬기 때문에 가령, 밑도 끝도 없이 '말할 수 없는 것에 대해서는 침묵해야 한다'*고 언명할 법했다. 그 말을 들은 콜린과 나는 잠시 입을 다물었다가 씩 웃으며 이야기를 이어가곤 했다. 그런데 이제 에이드리언이 합류하면서 앨릭스의 자리를 차지하게 되었다. 아니, 더 정확히 말해 철학자를 고를 수 있는 가짓수가 하나 더 늘었다. 앨릭스가 러셀과 비트겐슈타인을 읽었다면, 에이드리언은 카뮈와 니체를 읽었다. 나는 조지 오웰과 올더스 헉슬리를 읽었다. 콜린은 보들레르와 도스토옙스키를 읽었다. 어디까지나 도식화하자면 그렇다는 거다.

그렇다, 당연히 우리는 허세덩어리였다. 달리 청춘이겠는가. 우리는 '벨트안샤웅'이니 '슈투름 운트 드랑'**이니 하는 용어를 즐겨 썼고, '그건 철학적으로 자명하다'고 입버릇처럼 말했고, 상상력의 첫 번째 의무는 위반하는 것이라고 서로에게 다짐하듯 확언했다. 우리의 부모들은 상황을 다른 시각으로 보았는데, 자식들이 갑자기 유해한 세력에 노출돼 버린 순진무구한 존재라고 상상했다. 그래서 콜린의 어머니는 내가 당신

* 비트겐슈타인의 논리철학 논고의 일곱 가지 명제 중 하나.

** 벨트안샤웅(Weltanschauung)은 '세계관'을 뜻하는 독일 철학 용어이며, 슈투름 운트 드랑(Sturm und Drang)은 '질풍노도의 시기'라는 뜻의 독일 낭만주의 문학운동이다.

아들의 '어둠의 천사'라고 여겼고, 우리 아버지는 내가 『공산당 선언』을 읽는 게 앨릭스 탓이라고 했고, 앨릭스의 부모는 콜린이 미국 하드보일드 범죄소설을 읽는다고 콜린의 부모에게 일러바쳤다. 대강 그런 식이었다. 섹스에 대해서도 마찬가지였다. 우리 부모는 우리가 서로서로 나쁜 것만 배우다가 급기야 자위 중독자라든가, 예쁘장한 동성애자라든가, 손대는 여자마다 임신을 시키는 호색한이라든가, 아무튼 당신들이 가장 두려워하는 온갖 것이 돼버릴지도 모른다고 생각했다. 그들은 사춘기의 우정이 갖는 막역한 속성과, 기차에서 마주치는 이방인들의 야수적인 행태와, 싹수가 노란 여자의 유혹에 대해 우리 대신 겁을 먹었다. 그들의 그 노심초사는 우리의 경험을 얼마나 까마득하게 앞서 있었던가.

어느 날 오후, 조 헌트 영감이 며칠 전 에이드리언의 도전을 받아들이기로 했는지, 우리에게 제1차 세계대전에 대해 논해보라고 했다. 특히 그중에서도 모든 것의 기폭제가 된 프란츠 페르디난트 대공 암살의 책임 소재에 관한 부분을. 당시 우리는 전제주의자들이었다. 우리는 네, 아니면 아니요, 찬양하라 아니면 비난하라, 유죄 아니면 무죄를 좋아했고, 마셜의 경우는 혼란 아니면 대혼란이 있었다. 승리하거나 패배하는 경기를 좋아했고, 무승부는 고려 대상이 아니었다. 몇몇은, 그 이름이 내 기억에서 지워진 지 오래인 세르비아 총잡이 개인에게 100퍼센트 책임이 있다고 생각했다. 제반 상황에서 그가 존재하지 않았다면 전쟁은 결코 일어나지 않았을 것이었다. 다른 애들은 '유럽은 폭발 직전의 화약고' 운운하면서 적대 관계인 국가들을 불가피하게 붕괴의 기로에 서게 하는 역사적 필연에 100퍼센트 책임을 돌렸다. 콜린처럼 좀 더 아나키즘적인 몇몇은 모든 게 우연에서 기인한 것으로, 이 세계는 끊임없는 카오스 상태로 존재하며, 오로지 이야기를 만들어내고자 하는 모종의 원초적 본능, 즉 의심의 여지없이 종교로부터 기인한 숙취에 다름없는 그것이, 일어날 법했거나 그렇지 않은 사건에 대해 사후事後에 의미를 부여한 데 지나지 않는다고 주장했다.

헌트 영감은 모든 것을 근본적으로 폄훼하려는 콜린의 시도에 짧게 고개를 끄덕여주었다. 병적인 불신은 사춘기의 자연스러운 부산물이며, 성장하면서 벗어던져야 할 것으로 믿는다는 듯이. 선생들이나 부모들은 자기들에게도 어린 시절이란 게 존재했음을 짜증이 날 정도로 들먹이면서, 그러니까 내 말을 들으란 식이었다. 그것도 다 한때야, 라고 그들은 우기곤 했다. 언젠가는 그런 데서 벗어나게 될 거야. 현실이 뭔지, 현실성이 뭔지, 인생으로부터 깨우치게 될 테니까. 그러나 그때 우리는 소싯적의 한 순간이라도 그들에게 우리 같은 때가 있었음을 인정하려 하지 않았고, 투항해 버린 연장자들보다는 우리가 삶—그리고 진실과 도덕과 예술—을 더 확실하게 포착했다고 믿었다.

"핀, 내내 말이 없구나. 이 토론의 계기를 마련한 장본인 아닌가. 자네는 말하자면, 이 시간의 세르비아 저격수인 셈이지." 헌트 영감은 잠시 말을 멈추고 자신이 던진 암시가 효력을 발휘하길 기다렸다. "자네의 유익한 생각을 우리에게도 나눠주지 않겠나?"

"모르겠습니다, 선생님."

"무엇을 모르겠다는 거지?"

"음, 한 가지 의미에서 보자면, 저는 제가 알지 못하는 것이 무엇인지 알 수 없습니다. 그건 철학적으로 자명합니다." 그는 전에 그랬듯 잠시 뜸을 들였고, 그 바람에 우리는 그가 은근히 조롱을 하는 건지, 아니면 우리 모두의 차원을 넘어서 고도로 진지한 상태인 건지 다시 한번 궁금해졌다. "사실, 책임을 전가한다는 건 결국 회피가 아닐까요? 우린 한 개인을 탓하고 싶어하죠. 그래야 모두 사면받을 테니까. 그게 아니라면 개인을 사면하기 위해 역사의 전개를 탓하거나. 그도 아니면 죄다 무정부적인 카오스 상태 탓이라 해도 결과는 똑같습니다. 제 생각엔 지금이나 그때나 개인의 책임이라는 연쇄가 이어져 있는 걸로 보입니다. 그 책임의 고리 하나하나는 모두 불가피한 것이었겠지만, 그렇다고 모두가 아무렇지도 않게 다른 모두를 비난할 수 있을 정도로 그 사슬이 긴 건 아니죠. 하지만 물론, 책임 소재를 묻고자 하는 저의 바람은 실제로 일어난 사건에 대한 공정한 분석이라기보다는 제 사고방식의 반영에 가까운 것인지도 모릅니다. 그것이야말로 역사의 중점적인 문제 아닌가요, 선생님? 주관적인 해석 대 객관적 해석의 문제, 우리 앞에 제시된 판본의 역사를 이해하기 위해서는 역사가 개인의 역사를 알아야만 한다는 사실 말입니다."

침묵이 흘렀다. 그리고 그는 장난을 치고 있지 않았다. 전혀. 추호도.

조 헌트 영감은 손목시계를 들여다보더니 미소를 지었다.

"핀, 나는 앞으로 5년 쯤이면 은퇴를 하게 되네. 자네만 좋다면 내가 추천서 한 장 써주고 싶네." 영감 역시 장난치는 게 아니었다.

어느 날 아침 조회 시간에 교장이 학생을 제명시키거나 경기에서 대패했을 때 동원하는 침울한 목소리로 애통한 소식을 전하게 되었다고 말하더니, 지난 주말에 과학반 6학년생인 롭슨이 세상을 떠났다고 발표했다. 외경심에 휩싸인 부드러운 웅성거림 위로 교장은 롭슨이 꽃같은 나이에 안타깝게 세상을 떠났으며, 그가 세상을 떠난 것은 학교 전체의 손실이고, 우리 모두 그의 장례식에 상징적으로나마 참여하게 될 것이라고 말했다. 별별 얘기가 다 나왔지만, 정작 우리가 알고 싶었던 것은 아무것도 알 수 없었다. 어떻게, 그리고 왜. 만약 살해당한 것이라면 누가.

"에로스와 타나토스지." 그날 첫 수업이 시작되기 전에 에이드리언이 말했다. "타나토스가 다시금 승리를 거둔 거야."

"롭슨은 딱히 '에로스와 타나토스' 감은 아니야." 앨릭스가 에이드리언에게 대꾸했고, 콜린과 나는 동의의 뜻으로 고개를 끄덕였다. 2년간 한 반이었던 덕에 우리는 롭슨이 어떤 애인지 알았다. 성실하지만 상상력은 눈곱만치도 없고, 예술에 대해서 심각하리만큼 문외한이었고, 누구 하나 기분 나쁘게 하는 일 없이 느릿느릿 돌아다니는 타입이었다. 그런 그가 이른 죽음으로 유명해지자 우리는 불쾌해졌다. 꽃같은 나이라. 과연 우리가 알던 롭슨은 식물성 인간이었다.

병에 걸렸다는 얘기나 자전거 사고, 가스 폭발 얘기도 없었다. 그러다 며칠 후 교직원들은 말할 수 없는, 혹은 말하지 않을 루머(수학반 6학년생 브라운이 밝힌)가 떠돌았다. 롭슨이 여자 친구를 임신시켰고, 다락방에서 목을 맸고, 이틀 후에야 발견

되었다는 거였다.

"걔가 제 목을 매달 줄도 알았다니, 의왼데."

"과학반 6학년이잖아."

"그래도 목 매듭은 특별하게 매줘야 한다고."

"그건 영화에나 나오는 얘기지. 그리고 진짜 교수형에서나 그런 거지. 그냥 흔하게 볼 수 있는 매듭으로도 가능하다고. 질식하는 데 시간이 좀 더 걸릴 뿐이지."

"그 여자친구는 어떤 앤 것 같냐?"

우리는 우리가 알고 있는 경우의 수들을 대입해 보았다. 꽉 막힌 숫처녀(그러나 이젠 '말로만' 처녀), 닳고닳은 여점원, 경험 많은 연상녀, 성병을 줄줄이 단 매춘부. 그 얘기로 한창 얘기꽃을 피우고 있는데 에이드리언이 우리의 관심사를 되돌렸다.

"카뮈는 자살이 단 하나의 진실한 철학적 문제라고 했어."

"윤리학과 정치학과 미학과 실재의 본질과 그 밖의 다른 모든 걸 빼면 말이지." 앨릭스의 재기 어린 반격엔 뼈가 있었다.

"단 하나의 진실한 문제. 다른 모든 게 걸린 근본적인 문제인 거지."

롭슨의 자살을 두고 오래도록 분석한 끝에, 우리는 그것이 산술적인 의미의 용어로 해석할 때만 철학적으로 여겨질 수 있다는 결론을 내렸다. 즉, 그는 자신으로 인해 조만간 인구가 하나 더 늘어나게 되리라는 사실을 깨닫고, 이 행성의 인구밀도를 고정시키는 것이 자신의 윤리적인 책무라고 판단한 것이다. 그러나 그 외의 모든 면에서 우리는 롭슨이 우리를 — 그리고 진지한 사고思考를 — 내팽개친 거나 다름없다고 판단했다. 그의 행동은 반철학적이었고, 자아도취적이었으며 반예술적이었다. 한마디로 틀려먹은 짓이었다. (역시나 브라운이 퍼뜨린) 소문에 의하면 그는 '엄마, 미안해'라는 유서를 남겼고, 우리는 거기에서 강렬한 교육적 기회가 결여돼 버렸다고 느꼈다.

중점적인, 불변의 사실 하나만 아니었어도 우리가 롭슨에게 그 정도로 가혹하게 굴진 않았을 것이다. 그것은 롭슨이 우리 또래였고, 우리의 기준에선 범상했는데도 불구하고 여자를 사귄 것은 물론이요, 동시에, 논의의 여지없이 그 여자와 섹스까지 했다는 사실이었다. 잡놈의 새끼! 왜 우리가 아니고 그놈인가. 우리 중에 하다못해 여자를 사귀려다 실패한 놈조차 없다는 건 어찌된 노릇인가. 그런 굴욕감이나마 있었다면 우리의 전반적인 식견을 넓히고, 어깃장으로나마 뻐길 거리가 생겼을 텐데("그 여자가 나한테 한 말을 그대로 옮기자면, '신발짝만큼의 카리스마도 없는 병신자식'이라더군.") 훌륭한 문학작품을 읽은 덕에 우리는 '사랑'엔 '고통'이 따른다는 사실을 알고 있었고, 사랑이 찾아왔는지도 모른다는 암시적인, 어쩌면 논리적이기까지 한 징후를 분명히 감지했다면 우리는 기꺼이 그 '고통'을 실제로 겪어내려 했을 것이다.

인생에 문학 같은 결말은 없다는 것. 우리는 그것 또한 두려워했다. 우리 부모들을 보라. 그들이 문학의 소재가 된 적이 있었나? 기껏해야 진짜의, 진실된, 중요한 것들의 사회적 배경막의 일부로서 등장하는 구경꾼이나 방관자 정도라면 모르겠다. 그 중요한 것들이 무어냐고? 문학이 아우르는 모든 것이다. 사랑, 섹스, 윤리, 우정, 행복, 고통, 배반, 불륜, 선과 악, 영웅과 악당, 죄악과 순수, 야심, 권력, 정의, 혁명, 전쟁, 아버지와 아들, 어머니와 딸, 사회에 맞서는 개인, 성공과 실패, 살인, 자살, 죽음, 신 같은 것들. 아, 외양간올빼미도 있군. 물론 다른 종류의 문학도 있다. 연극적이고, 자기반영적이고, 눈물을 자아내는 자전적인 문학. 하지만 그런 건 지루한 자위에 지나지 않는다. 진정한 문학은 주인공들의 행위와 사유를 통해 심리적이고, 정서적이고, 사회적인 진실을 드러내야 했다. 소설은 등장인물이 시간을 거쳐 형성되어가는 것이니까. 어쨌거나 필 딕슨 선생이 우리에게 해준 말에 따르면 그랬다. 그리고 이제까지 소설과 무관하면서도 그에 준하는 삶을 산 사람은—롭슨을 제외하면—에이드리언이 유일했다.

"너네 엄마는 왜 아빠 곁을 떠난 거냐?"

"나도 몰라."

"엄마한테 딴 놈이 생겼던 거야?"

"너네 아버지가 오쟁이를 졌던 거야?"

"너네 아빠한테 애인이 있었던 건 아니고?"

"몰라. 그분들은 내가 더 나이가 들면 이해하게 될 거라고 했어."

"부모들 말은 어쩌면 다 그렇게 똑같지. 그러면 난 지금 설명하시는 게 어때요? 라고 받아치는데." 사실 나는 단 한 번도 그렇게 말한 적이 없다. 그런 데다 우리 집안은, 부끄럽고 실망스러운 일이지만 내가 아는 한, 수수께끼 같은 건 일절 없었다.

"너희 엄마한테 젊은 애인이 있었던 게 아닐까?"

"내가 어떻게 아니. 엄마 사는 덴 한 번도 안 가봤는데. 엄마가 늘 런던으로 오시거든."

이렇게까지 나오면 희망이 없었다. 소설에서라면, 에이드리언은 자신에게 닥친 상황을 받아들이고만 있지 않았을 것이다. 소설 빰치는 상황이면 무슨 소용인가, 주인공이 책에 나올 법하게 나서지 않는 마당에. 에이드리언은 꼬치꼬치 캐묻고, 용돈을 모아서 사설탐정을 고용해야 마땅했다. 아니면 우리 넷이 함께 '진실을 찾아가는 탐험 여행'이라도 떠나든가.

아니다, 그랬다간 문학과는 거리가 멀어지고 애들 책처럼 돼 버렸으려나.

가사 상태에 빠진 거나 다름없는 생도들을 이끌고 튜더 왕조와 스튜어트 왕조, 빅토리아 시대와 에드워드 시대를 거쳐 제국의 융성과 그후의 쇠퇴기까지 인도했던 조 헌트 영감은 그해 마지막 역사 시간에 그 모든 세기를 돌아보며 결론을 도출해 보라고 했다.

"언뜻 생각하기엔 단순한 질문으로 시작해 볼까. 역사란 무엇인가, 라고 말이지. 뭐 생각나는 것 있나, 웹스터?"

"역사는 승자들의 거짓말입니다." 내 대답은 좀 빠르다 싶게 튀어나왔다.

"그래, 안 그래도 자네가 그렇게 말할까 봐 걱정을 좀 했는데. 그게 또한 패배자들의 자기기만이기도 하다는 것 기억하고 있나, 심슨?"

콜린은 나보다 더 잘 준비된 답변을 했다. "역사는 생 양파 샌드위치입니다. 선생님."

"어떤 이유로?"

"죽자고 반복하니까요, 선생님. 우리는 이제껏 역사가 트림하는 것을 보고 또 보았고, 올해에도 또 보고 있습니다. 폭정과 폭동, 전쟁과 평화, 번영과 빈곤 사이를 오가는 천편일률적인 이야기와 천편일률적인 동요뿐이죠."

"그걸 샌드위치 속에 다 넣기엔 좀 많지 않은가 싶은데?"

우리는 학년 말 특유의 신경증에 의존해 과하게 웃어댔다.

"핀?"

"'역사는 부정확한 기억과 불충분한 기록이 만나 빚어지는 확신입니다."

"그런가, 과연? 어디에서 읽었나?"

"라그랑주입니다. 파트리크 라그랑주. 프랑스인입니다."

"그런 추측을 할 수도 있겠지. 예를 들어서 설명해 줄 수 있겠나?"

"롭슨의 자살이 그 예입니다."

숨을 들이마시는 소리가 들려왔고, 몇몇은 고개를 홱 돌렸다. 그러나 헌트 영감은 다른 선생들과 마찬가지로 에이드리언이 특별한 지위를 누리게 해주었다. 우리가 도발을 시도하면 대부분 설익은 냉소—자라면서 벗어나게 될—로 치부되곤 했다. 반면 에이드리언의 시도는 어떻게든 진실을 찾는 시도로 인정받았다.

"그 일과 어떤 관계가 있다는 것이지?"

"그 일은 역사적 사건입니다. 사소하달 순 있지만요. 그러나 최근 일이지요. 따라서 역사로서 그리 어렵지 않게 이해할 수 있어야만 할 것입니다. 우린 그가 죽었다는 것, 그에게 여자친구가 있었다는 것, 그녀가 현재 임신했다는 것, 아니면 과거에 그랬다는 것을 알고 있습니다. 그 외에 우리가 뭘 알고 있을까요? 단 한 장의 문서, '엄마, 미안해'라고 쓴 한 장의 유서가 있습니다. 최소한 브라운이 한 말은 그렇습니다. 그 유서가 아직도 존재하나요? 폐기되었나요? 누구나 아는 동기나 이유를 넘어서, 롭슨에게 다른 동기나 이유가 있었나요? 그의 마음 상태는 어땠을까요? 뱃속의 아이가 그의 자식이 분명하다고 확신할 수 있을까요? 그 사건이 있은 지 얼마 되지 않은 지금도 우리는 알 수 없습니다, 선생님. 그러니까 50년의 세월이 흐른 후, 롭슨의 부모님이 돌아가시고 그의 여자친구도 사라져 버리고, 어쨌거나 누구도 그를 기억하고 싶어하지 않을 때에, 어느 누가 롭슨의 이야기를 글로 쓸 수 있을까요? 문제점이 보이시나요, 선생님?"

우리는 모두 헌트 영감을 보며, 에이드리언이 이번엔 너무 과하게 밀어붙인 건 아닌가 생각했다. '임신'이라는 한 단어가 분필 가루처럼 공중을 떠도는 듯했다. 그리고 '오쟁이 진 학생 롭슨'에 대한, 그가 자기 피가 섞이지 않은 아이의 아버지일 수 있다는 대담한 제언에 대해…… 잠시 후 선생이 답했다.

"그 문제점이 보이네, 핀. 하지만 내 생각에 자네는 역사를 과소평가하고 있어. 같은 점에서 역사학자도 과소평가하는 것이고. 어디, 논의를 위해서, 가엾은 롭슨 학생을 역사적 관심의 대상으로써 입증한다고 가정해 볼까. 역사가들은 언제나 관련 사안에 대한 직접적 증거가 부족한 상황에 직면해 왔지. 그들에겐 일상이나 다름없는 일이야. 현재 사례의 경우, 검시가 있었을 테고, 따라서 검시관의 보고서도 있었으리란 사실을 잊어선 안 되지. 롭슨은 당연히 일기나 편지 같은 걸 쓰거나, 전화를 걸었을 테니 그 내용이 아직 기억되어 있을 거야. 롭슨의 부모님은 조문 편지들을 받고 답장을 썼겠지. 그리고 지금부터 50년 후, 현재의 평균수명을 기준으로 볼 때 꽤 많은 동창생들이 여전히 살아서 인터뷰를 할 수 있을 거야. 그 문제는 자네가 상상하는 것만큼 그렇게 벅찬 문제일 것 같진 않은데."

"하지만, 선생님, 롭슨의 증언이 없다는 점을 만회할 수 있는 것은 아무것도 없습니다."

"일면적으로는 그렇지. 그러나 동시에, 역사가들은 사건에 대한 당사자 본인의 설명에 어느 정도 회의적으로 접근해야 해. 가장 멀리 내다보는 관점이 가장 의문스러워 보일 때가 종종 있지."

"그럴 수도 있겠습니다. 선생님."

“그리고 정신 상태는 행위로부터 추론될 수도 있고. 폭군이 적을 제거하라는 서신을 친필로 보내는 법이 거의 없듯이.”

“그럴 수도 있을 것 같습니다.”

“뭐, 내 생각은 그렇다네.”

둘이 정확히 이런 대화를 나누었느냐고? 아마 거의 안 그랬을 것이다. 그러나 내가 최선을 다해 기억해 보자면, 그랬다.

우리는 졸업을 했고, 평생의 우정을 약속했고, 각자의 길을 향해 떠났다. 에이드리언은 모두 짐작했듯, 케임브리지 대학 장학금을 받았다. 나는 브리스틀 대학에서 역사를 전공했다. 콜린은 서식스 대학에 갔고, 앨릭스는 아버지의 사업에 뛰어들었다. 우리는 당시의 사람들과 다를 바 없이—젊은이들조차 예외는 아니었다—서로 편지를 주고받았다. 그러나 그 양식에는 일천했던 탓에 용건의 긴급함보다는 치기어린 자의식이 불거질 때가 잦았다. 한동안 편지 서두에 ‘이달 17일자로 온 자네의 서신을 수령하면서’라고 덧붙이는 걸 꽤나 재치 있는 짓이라 여기기도 했다.

대학에 있는 셋끼리는 방학 때 학교를 떠나 집으로 갈 때마다 만나자고 맹세했지만, 늘 그러지는 못했다. 그리고 서로 편지를 주고받은 게 아마도 우리의 관계 역학을 재조정했던 것 같다. 에이드리언을 제외한 원래 멤버 셋끼리의 서신 교환은 셋 각자가 에이드리언에게 편지를 보내는 것만큼 빈번하지도, 열심이지도 않았다. 우리는 에이드리언의 관심을 받고 싶었고, 그의 인증을 받고 싶었다. 그의 환심을 사려 했고, 괜찮은 얘깃거리가 있으면 그에게 가장 먼저 털어놓았다. 각자 그와 가장 친하다고, 그럴 자격이 있다고 생각했다. 각자 새로운 친구들을 만나면서도 어찌된 일인지 에이드리언은 그러지 않을 거라고 믿었다. 여전히 우리 셋이 그의 가장 절친한 친구이며, 그가 우리에게 기대고 있다고 믿었다. 이는 그저 우리가 그에게 기대고 있다는 사실을 은폐하기 위해서였을까?

그러다가 각자 살기 바빠졌고, 시간은 더 빨리 흘러갔다. 다시 말해, 내게 여자친구가 생겼다. 물론 전에도 몇 명 만나긴 했지만, 그들이 자신만만해하면 치기 어려 보이거나, 초조해하면 나까지 덩달아 초조해졌다. 노련한 스무 살짜리가 달달 떠는 열여덟 살짜리에게 전수하는 모종의 은밀한 남자끼리의 코드 같은 게 있어서, 이에 정통하게 되면 여자를 '고를 수 있고', 특정한 분위기에 이르면 '사귈 수도' 있는 게 분명했다. 그러나 나는 그런 건 배운 적도 이해한 적도 없었고, 지금도 별반 다르지 않은 것 같다. 나의 '특기'는 특기가 없다는 데 기반해 있었다. 다른 이들의 눈엔 두말할 것 없이 그냥 숙맥일 뿐이었지만. 가령 한잔 할까요-춤출까요-집까지 데려다드리죠-커피 한잔 어때요, 로 이어지는 단순해 보이는 수작마저도 나로선 요령부득인 호방함이 필요했다. 나는 그냥 어슬렁거리면서, 죽을 쑬 게 분명하다고 짐작하는 와중에도 뭔가 재미난 말을 하려고 안간힘을 쓰는 게 전부였다. 대학 첫 학기 때 어느 파티에서 술을 마시다가 기분이 우울해졌는데, 한 여자가 지나가다가 연민에 젖은 표정으로 괜찮은지 물었던 기억이 난다. 그러자 내 입에서는 '아무래도 조울증인 것 같아요'라는 대답이 흘러나왔는데, 그렇게 말하는 게 '기분이 좀 그렇네요'보다 더 튀는 것 같아서였다. 여자가 '이미 한 명 겪은 후라 사양할게요'라며 잽싸게 자리를 뜬 후에야 비로소 나는 한참 흥겹게 달아오른 무리에서 튀어 보이기는커녕, 세계 최악의 감언이설로 수작을 걸려 했다는 사실을 깨닫게 되었다.

내 여자친구의 이름은 베로니카 메리 일리저버스 포드였다. 참고로 그 이름(미들네임을 포함한)을 온전히 알게 되기까지 두 달이 걸렸다. 베로니카는 스페인어 전공이었고, 시를 좋아했고, 아버지는 공무원이었다. 158센티미터의 키에 근육질의 둥그스름한 종아리, 어깨까지 내려오는 중간 밝기의 밤색 머리, 파란색 안경테 너머 청회색 눈동자와 재치 있으면서도 절제된 미소를 지닌 여자였다. 괜찮은 여자라고 생각했다. 뭐, 나를 마다하지 않는다면 어떤 여자든 괜찮다고 생각했을 것이다. 그녀에게는 슬프다는 말도 하지 않았다. 슬프지 않아서였다. 내가 단세트를 갖고 있었던 데 반해, 그녀는 블랙박스 레코드 플레이어*를 갖고 있었고, 음악 취향도 나보다 좋았다. 다시 말해, 그녀는 내가 경애하는 드보르작과 차이콥스키를 경멸했고, 합창곡과 독일 가곡 LP를 여러 장 갖고 있었다. 내가 수집한 레코드를 넘겨보며, 더러 미소를 짓기도 했지만 얼굴을 찌푸리는 순간이 더 많았다. 「1812년 서곡」과 「남과 여」 사운드트랙을 미리 숨겨놨어도 상황은 나아지지 않았다. 그녀가 내 방대한 팝음악 섹션에 이르기도 전에 미심쩍은 물건들이 지천이었다. 엘비스, 비틀스, 롤링 스톤스도 있었지만(이런 음악을 대놓고 반대하기란 당연히 쉽지 않다), 홀리스, 애니멀스, 무디 블루스도 모자라 '한 송이 꽃이 정원에 선사한 선물'이라는 제목을 단 도노반의 2디스크 박스세트까지 있었다.

"이런 게 좋아?" 그녀가 심상한 말투로 물었다.

"춤추기 좋아." 나는 약간 방어적으로 대답했다.

"이런 노래에 맞춰서 춤을 춘다고? 여기에서? 네 방에서? 혼자?"

* '단세트'는 스피커가 내장된 저가형의 휴대용 레코드 플레이어이고 '블랙박스'는 앰프를 연결할 수 있는 고급형 플레이어이다.

"아니, 그런 건 아니고." 사실 그랬다.

"난 춤은 안 춰." 그녀가 말했다. 얼마간은 인류학적 입장에서, 얼마간은 우리 관계가 어떻게 발전해도 무조건적으로 적용될 원칙을 확실히 밝혀둔 것이었다.

이제 세월이 많이 흘렀으니까, 당시에 '교제한다'는 말이 어떤 의미였는지를 설명해두는 게 좋겠다. 최근에 친하게 지내는 지인과 이야기를 하다가 그녀의 딸이 고민을 안고 찾아왔던 얘기를 듣게 되었다. 대학 2학기째였던 그녀의 딸이 한 남자와 자게 됐는데, 그 남자는—공공연히, 그리고 친구 딸이 아는 바로는—비슷한 시기에 딴 여자들하고도 잤다는 거였다. 그는 '교제할' 한 사람을 고르기 위해 그 여자들 전부를 심사하고 있었던 것이다. 친구의 딸은 황망해했는데, 그 방식보다는—그것이 얼토당토않다는 건 반쯤 인식했지만—자신이 끝내 선택받지 못했다는 사실 때문이었다.

그 얘기를 들었을 때 나는 아직도 순무를 조각한 것을 화폐 대신 쓰는 낡고 뒤처진 시대의 생존자가 된 기분이었다. '우리 때'는—비록 나는 당시에도 그 시절에 대한 소유권을 주장한 적이 없었고, 지금은 갈수록 더 그렇지만—이런 식이었다. 여자를 만나고, 여자에게 매력을 느끼고, 그녀의 환심을 사려고 노력하고, 몇몇 사교성 행사—가령, 펍에 가기—에 여자를 초대하고, 다음엔 둘이서만 데이트를 하고, 또 하고, 다양한 온도의 굿나잇 키스가 끝난 후에야 어떻게든 그녀와 공식적으로 '교제'하는 것이라 할 수 있었다. 또한 관계가 사회적으로 반쯤 공인된 후에야 그 여자가 성에 대해 어떤 방침을 갖고 있는지 알 수 있었다. 그렇다면 이는 간혹 여자친구의 몸이 어로행위 금지구역만큼이나 삼엄한 경비를 갖추었다는 뜻일 수도 있었다.

베로니카도 그 시절의 다른 여자들과 별반 다르지 않았다. 그 시절의 여자들은 남자친구와의 신체적 접촉을 자연스럽게 받아들였고, 공공장소에서 남자친구의 팔짱을 꼈고, 얼굴이 달아오를 정도로 입을 맞추었고, 서로의 몸 사이에 옷이 다섯 겹 정도 존재한다는 전제하에 젖가슴을 의식적으로 남자 몸에 지그시 밀어붙였다. 입 밖으로 꺼내어 말한 적은 일절 없지만 남자친구의 바지 속에서 벌어지는 일도 샅샅이 알고 있었을 것이다.

그리고 꽤 오래도록 그 이상으로 나아가는 법이 없었다. 더 나아가는 여자들도 있었다. 서로에게 마스터베이션을 해준 적이 있다는 여자들이나, 흔히 말하는 바대로 '끝까지 가는 것'을 허락한 여자들 얘기를 듣기도 했다. 중간에 흐지부지 멈추는 경험을 숱하게 해보지 않고서는 '끝까지 간다는 것'의 무게를 가늠할 수 없었다. 그런 후에 계속 관계를 유지하다 보면, 어떤 이들은 변덕에 기대어, 어떤 이들은 약속과 헌신에 기대어, 모종의 암시적인 협정이 이루어진 끝에 시인의 시구를 빌리자면 '결혼반지 문제로 다투는'* 단계에 이르렀다.

우리 이후의 세대는 이 모든 걸 종교나 정숙성의 문제로 치부하는 경향이 있는 것 같다. 그러나 내가 '미만未滿의 섹스'라 칭할 만한 관계를 나눈 여자애들이나 성인 여자들(그렇다, 베로니카만 있었던 게 아니었다)은 자신의 몸을 편안해했다. 그리고 특정한 기준이 정해지고 나면, 나의 몸에 대해서도 그랬다. 나는 '미만의 섹스'가 맥 빠지는 것이었다거나, 너무나 빤하게 고수하는 경우를 제외하고는 좌절을 안겨주었다고 말하려는 게 아니다. 게다가 그들은 그들의 어머니 때보다 허용치를 훨씬 더 넓히고 있었고, 나 역시 내 아버지가 소싯적 감행했던 것보다 더 멀리 나아가고 있었다. 적어도 내 생각에는 그랬다. 그리고 뭐든 하나라도 있는 게 아무것도 없는 것보다는 나은 법이다. 단 한 가지, 그런 와중에 콜린과 앨릭스는 금지구역 정책 같은 건 일절 없는—혹은 적어도 그들이 풍기는 인상으로는 그랬던—여자애들과 어울려 다녔다는 사실만 빼면. 그러나

* 영국 시인 필립 라킨의 시 「놀라운 해」에 등장하는 구절. 섹스를 결혼을 위한 담보거래 행위로 여기는 세태를 냉소적으로 그렸다.

그 시절, 섹스에 대해 하나부터 열까지 진실을 낱낱이 이야기 하는 사람은 없었다. 그리고 그런 점에서는 예나 지금이나 달라진 건 없다.

혹여 여러분이 궁금해할까 봐 밝혀두자면, 나는 동정은 아니었다. 고등학교에서 대학교에 이르는 사이에 두어 번 교육적인 에피소드가 있었는데, 그때 맛본 흥분은 그 일화가 남긴 흔적보다 더 지대했다. 그래서 그후의 다음과 같은 일들이 내겐 더없이 해괴하게만 여겨졌다. 즉 한 여자를 좋아하면 할수록, 또 잘 맞으면 잘 맞을수록 정작 섹스의 기회는 줄어드는 듯하다는 것. 물론—훗날에야 비로소 분명해진 생각이긴 하지만—내 안에 '노'라고 말하는 여자에게 주로 끌리는 본능 같은 게 있었던 게 아니라면 말이다. 그런데 그런 식의 뒤틀린 본능이 과연 존재하기는 하는 걸까.

"왜 안 돼?" 진도를 나가려던 손이 제지당하면, 그렇게 묻게 된다.

"그러면 안 될 것 같은 느낌이 들어서."

이런 대화는 주로 경보음을 울리는 주전자를 짊어진, 픽픽 소리 나는 가스난로 불 앞에서 오갔다. 그리고 그 '느낌'을 두고 입씨름이 벌어지는 경우는 거의 없었다. 감정 문제에서 여자들은 전문가였고, 남자들이 거친 초보일 뿐이었다. 따라서

'그러면 안 될 것 같은 느낌'이라는 말은 교리나 어머니의 권고보다 훨씬 더 설득력이 있고 반박 불가능했다. 그런데 그때는 그 유명한 60년대 아니었느냐는 의문을 여러분이 제기할지도 모르겠다. 맞는 말이지만, 그것은 몇 안 되는 사람들, 이 나라에서는 극히 일부 동네에 국한된 이야기였다.*

베로니카는 내 서가에 대해선 레코드 수집 목록보다 더 좋은 점수를 주었다. 당시는 문고본에 전통적인 재킷을 입혀 출간하던 때였다. 오렌지색 펭귄 문고판은 소설, 파란색 펠리컨 문고판은 비소설 하는 식으로. 책꽂이에 오렌지색보다 파란색이 더 많다는 건 진중하다는 증거였다. 그리고 전반적으로 내 서가엔 이름값을 하는 책이 많았다. 리처드 호가트와 스티븐 런시먼**, 요한 하위징아와 한스 아이젱크***, 윌리엄 엠프선, 그리고 존 로빈슨 주교****의 『하나님께 맹세컨대』와 테렌스 래리의 만화 시리즈가 나란히 놓여 있었다. 내가 그 책들을 다 읽었다고 짐작한 베로니카는 날 칭찬했고, 너덜너덜한 책들 대

* 영국의 1960년대는 특별히 'The Swinging Sixties'라 부를 정도로 대중문화, 예술, 패션은 물론 성에 있어서도 자유분방함을 추구하는 청년 문화운동으로 잘 알려져 있다.

** 전자는 영국의 사회문화학자이고, 후자는 영국의 역사학자이다.

*** 전자는 『중세의 가을』을 쓴 역사학자이고 후자는 독일의 심리학자이다.

**** 전자는 영국 비평가이자 시인이고, 영국 감리교회 주교인 후자가 쓴 책은 섹스, 낙태, 여성해방운동 등을 논한 자유주의적 신학서이다.

부분이 중고 서점에서 사온 것이라고는 생각하지 않았다.

베로니카의 서가엔 수많은 시집이 책과 팸플릿 형태로 꽂혀 있었다. T. S. 엘리엇, 오든, 맥니스, 스티비 스미스, 톰 건, 테드 휴즈. 그리고 조지 오웰과 아서 쾨슬러의 '레프트 북클럽' 판본들과 소가죽으로 장정한 19세기 소설 몇 권, 아서 래컴이 삽화를 그린 동화책 두어 권과 그녀에겐 마음의 양식인 『성 안의 카산드라』가 꽂혀 있었다. 나는 한순간도 그녀가 그 책들을 다 읽진 않았을 거라고 의심하거나, 그것들이 소장 가치가 있는 책일까를 두고 의문을 제기하진 않았다. 더 나아가서, 그 책들은 그녀의 마음과 성격의 유기적인 연장선인 듯 여겨졌다. 반면에 나의 책들은 나와는 기능적으로 분리된 것으로, 내가 장차 본받으려는 특성을 각인시키기 위해 압박을 가하고 있는 듯 느껴졌다. 이런 차이점에서 나는 약간의 공포를 느꼈고, 그래서 시집들이 꽂힌 그녀의 책꽂이를 쭉 훑어보다가 필 딕슨 선생의 말을 빌려 입을 열었다.

"테드 휴즈가 노래할 동물이 바닥나면 어떻게 될까 궁금한 건 당연한 일이지."

"그럴까?"

"그렇다던데." 나의 대답은 소심했다. 딕슨 선생이 그 말을 했을 땐 재기 넘치고 세련되게 들렸는데, 내가 하니까 그냥 경박하게 들렸다.

"시인들은 소설가들하고 달라서 소재가 떨어질 일이 없어." 베로니카가 한 수 가르쳐주었다. "소설가들 같은 방식으로 소재에 의존하진 않으니까. 그리고 넌 휴즈를 무슨 동물학자 취급하고 있는데, 실제 동물학자라고 해도 동물에 질리는 일은 없잖아, 안 그래?"

베로니카는 안경테 너머로 한쪽 눈썹을 치켜뜬 채 나를 보고 있었다. 나보다 다섯 달 먼저 태어난 그녀가 가끔은 다섯 살 연상처럼 느껴졌다.

"그건 그냥 우리 영어 선생님이 한 말이야."

"그래도 이젠 우린 대학생이니까 스스로 생각하는 방향으로 가야 해, 안 그렇니?"

그 '우리'라는 말 때문에, 나는 내가 모든 걸 착각하고 있는 건 아닐지도 모른다는 생각이 들었다. 그녀는 그저 나를 좀 더 나은 사람으로 만들려는 것뿐이었다. 내가 뭐라고 거기에 반대를 하겠는가. 그녀가 처음에 나에게 했던 질문 중 하나는 왜 시계를 손목 안쪽으로 차느냐는 것이었다. 나는 딱히 그럴듯한 대답이 떠오르지 않았고, 결국 평범한 어른과 다를 바 없이 시계 정면이 바깥으로 향하게 차게 되었다.

나는 공부를 하고, 시간이 나면 베로니카를 만나고, 다시 기숙사 방으로 돌아와 내 밑에서 다리를 벌리고 있거나 내 위에서 몸을 휘고 있는 그녀를 상상하며 격렬하게 수음을 하는 만족스러운 일상에 안착했다. 일상적인 친밀함 덕분에 화장과 옷차림 관리, 여성 제모기, 그리고 생리의 신비함과 결과들에 대해 알게 되자 기분이 뿌듯했다. 어느덧 나는 그토록 온전히 여성적이고도 확실하며, 자연의 거대한 순환과 연결되어 있음을 정기적으로 드러내주는 것에 부러움을 느낄 지경이 되었다. 그녀에게 그런 감정을 설명하려 하면서, 나는 아마 그 정도로까지 한심하게 말했는지도 모르겠다.

"넌 그냥 네가 갖지 못한 걸 낭만화하고 있는 거야. 거기에 요점이 있다면 단 하나, 임신하지 않았다는 사실을 알려주는 것뿐이야."

우리의 관계를 생각해 보면 다소 뻔뻔하게 들리기도 하는 말이었다.

"그렇담 우리가 나사렛*에 살고 있는 게 아니길 바란다."

사귀는 남녀가 뭔가를 거론하지 않기로 암묵적으로 동의할 때 그렇듯 침묵이 흘렀다. 거론할 것이 있었다면, 과연 그건 뭐였을까? 아마도 기록되지 않은 거래조건 말고는 아무것도 없

* 성관계가 아닌, 성령으로 잉태했던 예수의 고향.

었을 것이다. 내 관점에서 보자면, 사귀는 남자에게 관계가 어디로 가고 있는지 묻지 않는 것을 계약의 일환으로 삼은 한 여자와 긴밀히 공모한 남자라는 입장을 제외하면, 우리가 섹스를 하지 않는다는 사실 덕분에 관계에 대해 생각하는 부담을 덜 수 있었다. 적어도 내가 생각한 바로, 거래는 그랬다. 그러나 지금도 그렇듯, 그때도 나는 대부분을 착각했다. 예를 들어, 무슨 근거로 베로니카가 처녀가 분명하다고 생각했던 걸까? 그녀에게 물어본 적도, 그녀가 내게 얘기해 준 적도 없었다. 내가 그렇게 생각한 건 그녀가 나랑 자지 않으려고 했기 때문이었다. 여기에 무슨 논리가 존재한단 말인가.

방학의 어느 주말, 나는 베로니카의 초대로 그녀의 집에 놀러 갔다. 베로니카의 가족은 오핑턴 노선 외곽, 켄트에 살았다. 자연경관 위에 콘크리트를 밀어붙이다가 막판에 멈추고는 가히 자족적인 태도로 전원풍임을 자처하는 수많은 교외지역 중 하나였다. 채링 크로스에서 기차를 타고 가면서 — 유일한 소지품인 — 여행가방이 너무 커서 여행객을 빙자한 강도로 보이는 건 아닐까 걱정이 되었다. 기차역에 마중 나온 베로니카가 자신의 아버지에게 나를 소개했다. 그는 자기 차 트렁크 문을 열고 내 여행가방을 받아들더니 웃음을 터뜨렸다.

"자네, 우리 집으로 아예 이사를 올 모양이야?"

베로니카의 아버지는 크고 투실투실한 체격에 얼굴이 불그스름해서 상스러운 느낌이 드는 남자였다. 숨쉴 때 나던 그 냄새의 정체는 설마 맥주였나? 하루 중 그 시간에? 어떻게 이런 남자가 요정 같은 딸의 아버지일 수 있는 것이지? 그는 험버 슈퍼 스나이프*를 운전하면서 타인의 바보짓에 못 참겠다는 듯 한숨을 내쉬었다. 나는 뒷좌석에 혼자 앉아 있었다. 가끔 그는 나더러 들으란 듯 이것저것 지적을 했지만, 나로선 대답을 해야 할지 말아야 할지 종잡을 수가 없었다.

"성 마이클 교회, 벽돌과 플린트점토로 지은 건물. 빅토리아 왕정복고주의자들이 일을 제대로 해놨지."

"보시라! 저게 바로 카페 로열이란 데야."

"자네 오른편에 눈에 확 들어오는 저 주류판매점 좀 봐, 옛날풍으로 나무 뼈대가 드러나게 시공한 곳."

나는 단서를 얻을 셈으로 베로니카의 옆얼굴을 봤지만, 허사였다.

베로니카의 가족은 다른 집에서 외따로 떨어진, 앞마당엔 자갈을 길게 깔고 붉은 벽돌에 타일을 댄 집에 살고 있었다. 포

* 상류층이 즐겨 탔던 크고 튼튼한 영국산 4도어 승용차.

드 씨가 현관문을 열고는 딱히 누구에게랄 것 없이 큰 소리로 외쳤다.

"한 달 동안 신세질 청년이 왔다."

나는 짙은 색 가구 위로, 사치스러운 화분에 심은 잎사귀들 위로 묵직하게 반사되는 빛을 의식했다. 베로니카의 아버지가 듣도 보도 못한 손님 접대법이라도 준수하듯 내 가방을 움켜잡았고, 무거워 죽겠다고 익살맞게 엄살을 떨며 다락방까지 손수 들고 가더니 침대에 내던졌다. 그리고는 배관연결이 된 세면대를 가리켰다.

"밤에는 저기에 오줌을 싸도 돼."

나는 대답 대신 고개를 끄덕였다. 남자들끼리 허물없이 지내보자는 뜻인지, 아니면 날 하류층 인간쓰레기로 보는 건지 알 도리가 없었다.

베로니카의 오빠 잭은 좀 더 쉽게 파악할 수 있었다. 건장하고 운동을 좋아하는 청년으로 세상만사가 다 웃긴다고 생각하는 것 같았고, 여동생을 곧잘 놀려먹었다. 나를 사소한 호기심의 대상 정도로 여기는 듯했는데, 심지어 내가 그의 앞에 모습을 드러낸 첫 번째 감상 대상도 아닌 듯했다. 베로니카의 어머니는 그런 주변 상황에 조금도 휘둘리는 법 없이 내게 학업에 대해서 물었고, 수시로 부엌으로 사라졌다. 남편과 마찬가지로 그녀도 당연히 중년을 훌쩍 넘긴 듯 보였지만, 지금 생각해 보니 40대 초반이었던 게 분명하다. 베로니카와는 딱히 닮은 데가 없었다. 베로니카보다는 큰 얼굴에, 넓은 이마가 드러나도록 리본으로 머리를 묶어 올렸고, 키는 평균치였다. 어딘가 모르게 예술가적인 분위기가 감돌았지만, 딱 꼬집어 어떤 면이 예술적이었는지는—여러 장의 현란한 스카프, 넋이 나간 듯한 태도, 오페라 아리아를 흥얼거리는 것, 때로는 이 세 가지가 동시에 합쳐진 모습—세월이 지난 지금도 설득력 있게 설명할 재간이 없다.

좌불안석이었던 나머지, 나는 그 주 내내 변비에 시달렸다. 사실에 근거해 주로 기억나는 건 이 정도다. 나머지는 인상과 반토막 난 기억들, 그렇다 보니 주로 내 편에만 편중된 기억들뿐이다. 예를 들면, 베로니카는 날 자기 집으로 초대해 놓고선 처음엔 자기 가족들과 한통속이 되어 나를 요모조모 뜯어보았던 것 같다. 그것이 내가 불안해했던 원인인지 아니면 결과인지를 나는 지금도 확실히 말할 수가 없다. 그 주의 금요일 저녁 식사 자리에서 나는 나의 사회적, 지적 신용도에 관해 몇 가지 질문을 받았다. 흡사 군 예심법정에 선 기분이었다. 식사가 끝나고 잠자러 가기 전까지 우리는 TV 뉴스를 보며 어색하게 세계 정세를 논했다. 만약 소설이었다면, 천하에 둘도 없는 가부장께서 그날 밤 문단속을 한 후, 우리는 서로를 뜨겁게 안기 위해 남몰래 이 층 저 층을 오갔을지도 모른다. 그러나 현실은 그렇지가 않았다. 그 첫날 밤, 베로니카는 내게 잘 자라는 키스를 해주거나, 수건을 가져다준다는 등의 핑계를 동원하지도 않았고, 나에게 부족한 것이 있을 리 없다고 보았다. 어쩌면 오빠한테 놀림을 당할까 겁이 났었던 건지도 모르겠다. 그래서 나는 옷을 벗고 몸을 씻은 후, 세면대에 호전적으로 오줌을 누었고, 파자마로 갈아입은 뒤엔 한참 동안 뜬눈으로 누워 있었다.

아침을 먹으러 내려갔을 땐 포드 부인뿐이었다. 다른 사람들은 산책을 하러 나갔는데, 베로니카가 가족들에게 내가 늦잠을 자고 싶어할 거라고 호언장담을 했다는 거였다. 내가 그 말에 대한 속내를 노련하게 숨길 수 있었을 리 만무한데, 포드 부인이 베이컨 달걀 요리를 만들려고 허둥지둥 이것저것 튀기다가 노른자 하나를 터뜨리면서도 나를 관찰하는 것을 느낄 수 있었다. 여자친구의 어머니와 대화를 나누는 건 내겐 생경한 일이었다.

"이곳에 오래 사셨나요?" 결국 그런 질문을 던지며 운을 뗐지만, 어떤 대답이 나올지는 뻔했다.

포드 부인은 일손을 멈추더니 자신이 마실 셈으로 차를 한 잔 따르고, 팬에 달걀 한 개를 더 깨 넣고, 접시들이 빼곡히 들어찬 서랍장에 몸을 기대고 나서야 입을 열었다.

"베로니카에게 너무 많이 털리지 마."

나는 뭐라고 대답해야 할지 알 수가 없었다. 우리의 관계에 이런 식으로 끼어든 데 대해 불쾌감을 표시해야 하나. 아니면 고백의 분위기 속에 몸을 던져 베로니카 문제를 '의논드려야' 하나. 나는 약간 깐깐한 태도로 대꾸했다.

"어머님, 무슨 뜻이신지?"

포드 부인은 나를 쳐다보았고, 젠체하는 구석이 없는 미소를 짓더니, 가볍게 고개를 저으며 말했다. "우리가 여기 산 지는 10년 됐어."

그래서 결국엔 포드 부인도 다른 가족과 마찬가지로 나에겐 요령부득의 존재가 되고 말았지만, 그래도 부인은 내가 마음에 든 모양이었다. 부탁한 적도, 바란 적도 없는데 내 접시에 계란을 한 개 더 얹어주었으니까. 프라이팬 안에는 터진 노른자 부스러기가 여전히 남아 있었다. 부인은 흔들리는 뚜껑이 달린 쓰레기통에 그것을 아무렇지도 않게 쏟아붓고는, 뜨거운 프라이팬을 젖은 싱크대에 던지다시피 집어넣었다. 물에 담근

팬에서 치직 하는 소리와 함께 김이 피어오르자 부인은 이런 소소한 파괴행위가 즐겁다는 듯이 웃음을 터뜨렸다.

베로니카와 남자들이 돌아왔을 때, 나에 대한 더욱 면밀한 조사가 이루어질 것이고, 어쩌면 모종의 속임수나 게임까지 자행될지 모른다고 예상하고 있었다. 정작 그들은 내게 정중하게 잠은 편히 잘 잤느냐고 물었다. 그쯤이면 그녀의 가족에게 인정받은 거라고 생각했어야 마땅했지만, 오히려 그들이 내게 싫증이 난 것 같아서 다가오는 주말이 견뎌야 할 시련처럼 느껴졌다. 어디까지나 내가 망상에 사로잡혔던 것일 수도 있지만. 그러나 한 가지 좋은 일은, 베로니카가 전보다 더 공공연히 애정표시를 했다는 사실이다. 차를 마시면서 그녀는 기쁜 듯 내 팔에 손을 얹었고, 내 머리카락을 만지작거렸다. 한번은 오빠를 바라보며 말했다.

"이만하면 괜찮지 않아? 그치?"

잭이 내게 윙크를 했다. 하지만 나는 윙크로 화답하지 않았다. 그러기는커녕, 마음 한편으로 이 집 수건을 몇 장 훔쳤거나, 진흙 묻은 발로 카펫을 밟기라도 한 듯한 기분이었다.

그래도 대부분의 경우, 정상적이라 할 만했다. 그날 밤, 베로니카는 나를 따라 위층까지 올라왔고, 잘 자라는 말과 함께 예의적절하게 입을 맞춰주었다. 일요일 점심 식사 때는 구운 양

고기에 로즈마리 잔가지들을 크리스마스트리처럼 빽빽하게 꽂은 요리가 나왔다. 나는 부모에게 예의범절을 배운 자식의 도리를 다해 정말로 맛있다고 말했다. 그 순간, 잭이 그의 아버지에게 윙크하는 것을 나는 놓치지 않고 보았다. 이런 호구를 다 봤나, 라고 말하는 듯 보였다. 그러나 포드 부인이 내게 감사인사를 하는 사이, 포드 씨는 껄껄 웃으며 이렇게 말할 뿐이었다. "옳소! 옳소! 재청이오."

아래층에 내려와 작별 인사를 했을 때, 포드 씨는 내 여행가방을 들면서 아내에게 말했다. "여보, 숟가락 없어진 것 없나 세어봤지?" 포드 부인은 이 말을 가볍게 무시하고는 우리 둘만의 비밀이라도 있는 것처럼 내게 미소를 지었다. 잭은 나타나지 않았기 때문에 작별 인사를 하지 못했다. 베로니카와 포드 씨가 차의 앞좌석에 타고, 나는 전처럼 뒷좌석에 탔다. 포드 부인은 현관에 기대어 서 있었다. 그녀의 머리 너머, 집 벽을 타고 올라가는 등나무 위로 햇살이 비추고 있었다. 포드 씨가 차의 기어를 넣고 차바퀴가 자갈밭 위를 회전하는 가운데 내가 손을 흔들자 포드 부인도 화답했는데, 보통 사람들이 인사하듯이 손바닥이 보이게 손을 높이 흔드는 게 아니라 허리께에서 수평이 되게 들어 보였다. 나는 그녀와 좀 더 얘기를 나눴더라면 하는 아쉬움마저 들었다.

치즐허스트[*]의 경이로움에 대한 포드 씨의 두 번째 강의를 피할 셈으로 나는 베로니카에게 말했다. "어머니 멋지시다."

"브론[**], 너 라이벌 생긴 것 같다?" 포드 씨가 연극적으로 숨을 들이마시면서 말했다. "가만있자, 그럼 나한테도 라이벌이 생긴 거로군. 어이쿠, 홍안의 젊은이랑 새벽에 총질하게 생겼구먼!"

기차 시간은 늦춰졌다. 일요일에 흔하게 이루어지는 엔지니어링 작업 때문이었다. 나는 초저녁쯤 되어 집에 도착했다. 하루 종일이라도 쌀 것처럼 오줌을 원 없이 쌌던 기억이 난다.

그런 후 한 주쯤 지나서 베로니카가 우리 동네를 방문해서 그녀를 학교 패거리들에게 소개해 줄 수 있었다. 누구 하나 나서지 않는 바람에 결국 목적 없이 쏘다니다가 만 하루였다. 우리는 테이트 갤러리를 돌아다니다가 버킹엄궁전까지 걸었고, 하이드파크에 들어가 연설자 구역[***] 쪽으로 갔다. 그러나 연설을 하는 사람이 없어서 옥스퍼드가를 따라 상점을 둘러보다가, 사자 상 사이의 트래펄가 광장까지 가는 것으로 마무

* 런던 남동부의 교외 도시.

** 베로니카의 애칭.

*** Speaker's corner. 하이드파크 내에 위치한 곳으로, 오가는 사람들을 대상으로 자유로이 연설을 하거나 토론할 수 있다.

리했다. 누가 봐도 영락없는 관광객 꼴이었다.

처음에 나는 친구들이 베로니카를 어떻게 대하나 예의 주시했지만, 얼마 안 가서 그녀가 내 친구들을 어떻게 생각하는지가 더 궁금해졌다. 그녀가 나에게와는 달리, 콜린의 농담에 관대하게 웃어줘서 나는 약이 올랐고, 앨릭스에게 그의 아버지가 어떻게 돈을 벌었느냐고 물었을 때, 앨릭스가 해상보험 덕이라고 대답하는 바람에 놀라기도 했다. 그녀는 마지막으로 에이드리언을 소개받고 기뻐하는 듯했다. 에이드리언이 케임브리지를 다닌다는 사실을 이미 내게서 들었던 그녀는 이런저런 사람들의 이름을 언급하며 그들을 아는지 물었다. 에이드리언은 두엇의 이름에 고개를 끄덕이면서 말했다.

"응, 어떤 부류인지는 대충 알아."

내 귀엔 상당히 무례하게 들리는 말이었지만, 베로니카는 불쾌해하지 않았다. 오히려 여러 단과대학과 남자들 이름과 찻집들을 계속 언급해서 나는 소외감마저 느꼈다.

"어떻게 그렇게 많이 알아?" 내가 그녀에게 물었다.

"잭이 거기 있거든."

"잭?"

"우리 오빠. 기억 안 나?"

"잠깐만……. 너희 아버지보다 젊었던 그 남자?"

꽤 괜찮은 농담이라고 생각했지만, 베로니카는 미소조차 짓지 않았다.

"책은 전공이 뭐야?" 대화를 틀 기반을 마련해 볼 셈으로 내가 물었다.

"윤리학." 베로니카가 대답했다. "에이드리언이랑 같아."

에이드리언의 전공이 뭔지는 이가 갈리게 잘 알고 있거든, 눈물나게 고맙구나. 그렇게 말하고 싶었다. 하지만 나는 그러는 대신, 한동안 부루퉁해 있다가 콜린과 영화 얘기를 했을 뿐이었다.

오후가 저물어갈 즈음, 우리는 사진을 찍었다. 베로니카가 '네 친구들과 한 장' 찍자고 했다. 셋이 쭈뼛거리며 얌전히 한 줄로 서자, 베로니카가 다시 자리를 잡아주었다. 키가 제일 큰 콜린과 에이드리언을 각각 자기 양쪽에 세웠고, 앨릭스를 콜린 뒤에 세웠다. 그 결과물을 인화해서 보니 베로니카는 실제보다 훨씬 더 작아 보였다. 오랜 세월이 흐른 후, 해답을 얻을 생각으로 이 사진을 다시 보았을 때에야 비로소 나는 그녀가 굽이 달린 신발을 한 번도 신지 않았던 이유를 떠올렸다. 출처는 기억나지 않지만, 사람들이 자신의 말을 경청하게 하려면 언성을 높이는 게 아니라 낮추어야 한다는 이야기를 읽은 적이 있었다. 그래야 진짜로 이목을 끌 수 있게 된다. 어쩌면 그녀는 그와 비슷한 전략을 키에 적용했던 건지도 모른다. 그녀가 정말 작정하고 전략을 동원한 건지 아닌지는 여전히 풀지 못한 의문으로 남아 있지만. 내가 베로니카와 어울릴 때, 그녀의 행동은 언제나 본능적인 것으로 보였다. 그러나 당시의 나는 여자들이 술수를 부리거나, 혹은 그럴 수 있다는 생각 자체를 받아들이지 않았다. 이는 베로니카보다는 나 자신에 대해 더 시사하는 바가 많은지도 모르겠다. 그리고 설령, 이렇게 나이 든 마당에 그녀가 그때뿐 아니라 모든 순간에 계산적이었다고 결론을 내린다 한들, 그것이 사태에 무슨 도움이 될지는 모르겠다. 이 경우, 사태란 나를 가리키는 것이다.

베로니카를 배웅하기 위해 우리는 함께 채링 크로스까지 걸었고, 마치 사마르칸트로 여행을 떠나기라도 하듯 치즐허스트로 가는 그녀에게 자조가 깃든 영웅적 제스처로 손을 흔들어 작별을 고했다. 그런 다음, 역 호텔의 바에 앉은 우리는 맥주를 마시면서 훌쩍 성장한 듯한 기분을 만끽했다.

"꽤 괜찮은 앤데." 콜린이 말했다.

"아주 괜찮아." 앨릭스가 맞장구쳤다.

"그거야 철학적으로 자명한 사실이지." 나는 거의 고함치듯 말했다. 그랬다, 나는 다소 과하게 들떠 있었다. 나는 에이드리언 쪽을 돌아보았다. "'아주 괜찮다'에서 더 발전한 소감은 없냐?"

"앤서니, 굳이 나까지 동원해서 자축을 해야겠어?"

"그래야겠는데. 왜, 그러면 안 되냐?"

"그렇다면야, 두말하면 잔소리지."

하지만 에이드리언은 나의 궁한 태도와, 그것을 조장하는 다른 둘에게 뭔가 문제가 있다고 보는 듯했다. 나는 살짝 겁이 났다. 그날 하루가 흐트러지는 게 싫었다. 그러나 지금 돌이켜보면, 흐트러지기 시작한 것은 그날 하루가 아니라 우리 넷이었다.

"그래, 케임브리지에서 그 오빠라는 책을 본 적이 있다고?"

"만난 적은 없어, 그럴 리가. 그럴 것 같지도 않고. 그 친구는 졸업반이거든. 하지만 이야기는 들은 적 있고, 그 친구 이야기가 실린 잡지 기사도 읽은 적 있어. 그리고 같이 붙어다니는 친구들이라면 본 적 있고."

그는 그 정도에서 얘길 끝내고 싶은 눈치가 역력했지만, 나는 집요했다.

"그래서 그 인간에 대해 넌 어떻게 생각하는데?"

에이드리언은 잠시 말이 없었다. 맥주를 한 모금 마시더니 그는 돌연 격렬하게 말했다.

"영국인이 진지해야 할 때 진지하지 않은 게 싫어. 정말 싫어."

다른 분위기였다면 그 말을 우리 셋에 대한 공격으로 받아들였을지도 모른다. 하지만 그때 나는 그 말에 강한 안도감을 느꼈다.

베로니카와 나는 2학년 시절 내내 만났다. 좀 취했다 싶었던 어느 날 밤, 베로니카는 내 손을 그녀의 속바지 속으로 이끌었다. 허둥지둥 손을 놀리면서 나는 기도 차지 않을 자만에 부풀었다. 그녀는 내가 안으로 손가락을 집어넣지는 못하게 했으나, 그후 며칠 동안 우리는 말없이 함께 쾌락의 길을 넓혀갔다. 우리는 바닥에 누워 키스를 나누었다. 나는 손목시계를 풀고, 왼쪽 소매를 걷어올리고 그녀의 속바지 안으로 손을 집어넣어 조금씩 그녀의 허벅지 아래쪽으로 속옷을 끌어 내렸다. 그런 후, 손을 바닥에 납작하게 대고 있으면 베로니카가 두 다리 사이에 갇힌 내 팔목에 국부를 대고 오르가슴을 느낄 때까지 문질러댔다. 두어 주 동안은 그것만으로도 세상을 호령하는 기분이었지만, 내 방으로 돌아와 수음을 하다 보면 때로 분한 마음에 신경이 날카로워졌다. 지금 나는 대체 어떤 종류의 거래를 하고 있는 거지? 전보다 더 유리해진 건가, 아니면 더 불리해진 건가? 나로선 이해할 수 없는 무언가가 도사리고 있었다. 이 정도면 그녀와 더 가깝게 느껴야만 했는데, 그렇지가 않았던 것이다.

"우리의 관계가 어딜 향하고 있는 건지 생각을 하긴 해?"

베로니카는 그렇게 뜬금없이, 그런 식으로 말을 꺼냈다. 차 한잔 마시자며 과일케이크 몇 조각을 들고 우리 집에 온 날이었다.

"너는 해?"

"내가 먼저 물었잖아."

그때 든 생각은—사내다운 반응이라고 할 수는 없을지 모르지만—'그래서 네 속바지 속에 손을 집어넣게 해준 거야?' 였다.

"꼭 어딜 향해야 되나?"

"관계라는 게 그런 것 아니야?"

"모르겠어. 그럴 만큼 깊이 들어가본 적이 없어서."

"토니, 날 봐." 베로니카가 말했다. "나는 고인 물이 아니야."

나는 한동안 그녀의 말에 대해 생각했다. 그러려고 했다. 그러나 마음속에 줄곧 떠오르는 것은 고인 물에 더껑이가 두껍게 내려앉고 그 위를 모기들이 맴도는 광경이었다. 내가 이런 종류의 이야기를 나누는 데 별로 능숙하지 않다는 것을 나는 새삼 깨달았다.

"네 생각엔 우리 관계가 고인 물 같아?"

베로니카는 예의 '안경테 너머로 눈썹 추켜올리기'를 구사했는데, 그 모습이 예전처럼 귀엽게 느껴지지 않았다. 나는 이어갔다.

"고여 있는 상태와 어디론가 향하는 상태의 중간에 뭔가가 있지 않을까?"

"어떤 것?"

"가령 즐거운 시간을 보내는 것? 하루하루를 재미있게 보내고 뭐 그런 것?"

그렇게 말은 했지만 오히려 내가 과연 하루하루를 만끽하고 있는지 의문스러워질 뿐이었다. 나는 또 생각했다. 얘는 대체 내 입에서 무슨 말이 나오길 바라는 거지?

"우리 둘이 잘 어울리는 것 같아?"

"넌 나한테 계속 질문을 하고 있지만, 이미 대답을 다 알고 있는 것 같거든? 아니면 네가 원하는 답이 따로 있든가. 그러니까 그게 뭔지 그냥 얘기해 주지 그래? 그럼 내가 생각하는 대답이 같은 건지 말해줄 수 있을 테니까."

"너 참 소심한 것 알아, 토니?"

"그렇다기보단…… 그냥 불화를 좋아하지 않는 것 같은데."

"네가 생각하는 네 이미지를 흐트러뜨릴 생각은 없어."

우리의 티타임은 끝이 났다. 나는 남은 케이크 두 조각을 싸서 비스킷 깡통에 넣었다. 베로니카는 내 입술 중앙이 아닌 입가에 키스하고 떠났다. 나는 마음속으로 이제 우리 관계의 끝이 시작되었다고 생각했다. 아니면 정말로 그랬던 것처럼 만들어버리기 위해 그런 식으로 기억하고, 그래서 비난을 면해보려는 걸까. 만약 재판정에 서서 그때 실제로 어떤 일이 있었는지, 어떤 얘기가 오갔는지 밝혀야 한다 해도, 나로선 '향하는' '고인 물' '불화를 좋아하지 않는' 같은 몇 마디 말 이상의 할 말은 없을 것이다. 그때까지 나는 나 자신이 불화를 싫어하는 성격이라고 생각한 적도, 그 반대라고 생각한 적도 없었다. 나는 또 비스킷 깡통이 정말로 실재했다는 것도 맹세할 수 있다. 적포도주 색깔의 그 빨간색 깡통에는 미소 짓고 있는 여왕의 옆모습이 그려져 있었다.

브리스틀에서 살던 시절, 내가 오로지 공부만 하고 베로니카만 만났다는 인상을 주고 싶진 않다. 하지만 떠오르는 기억이 그리 많지는 않다. 그중 하나—하나의 유일하게 뚜렷한 사건—는 세번강의 해소海嘯*를 직접 눈앞에서 본 밤이었다. 지역신문에선 해소의 시간표와 함께, 어느 지점에서 언제 봐야 가장 잘 볼 수 있는지 정보를 제공했다. 그러나 맨 처음 가서 봤을 때, 강물은 지시대로 움직일 생각이 없는 듯 보였다.

그러다가 어느 날 저녁, 민스터워스에서 몇 명이 함께 강둑에서 기다렸는데, 자정을 넘겨서야 비로소 보상을 얻었다. 우리는 한두 시간 동안 모든 큰 강이 그렇듯, 강물이 완만하게 바다로 흘러가는 것을 지켜보았다. 이리저리 오가며 내비치는 강렬한 몇 개의 회중전등 빛에 달도 이따금씩 힘을 보태주었다. 그러다가 강물이 마음을 바꾼 듯, 파도가 1미터 남짓한 높이로 우리를 향해 다가오고, 강물이 강 너비를 고스란히 장악하며 밀려와 이 둑, 저 둑에서 부서지기 시작하자 여기저기서 속삭이는 소리, 길게 목을 빼는 모습과 함께 습하고 추운 생각도 일제히 사라져 버렸다. 부풀어올라 굽이치는 물결이 키 높이로 다가오더니, 순식간에 우리를 지나쳐 완만한 곡선을 그리며 멀리 물러갔다. 함께 있던 친구 몇몇은 물살이 그들을 앞지르는 동안 쫓아가면서 고함을 치고 욕을 퍼붓다가 고꾸라졌다. 나 혼자 강둑에 남아 있었다. 그 순간이 내게 가져다준 느낌을 나는 지금도 적절히 형용할 수 있을 것 같지 않다. 그것은—내가 그것들을 직접 봤다는 뜻은 아니지만—토네이도 같지도, 지진 같지도 않았다. 자연이 난폭하고 파괴적인 방식으로 우리에게 우리의 본분을 알려주는 것 같았다. 뭔가가 고

* 영국 세번강의 유명한 밀물로, 바다에 버금갈 정도로 파도가 크게 일어서 서퍼들에게 인기가 있다.

요한 가운데 잘못된 것처럼 보이고 느껴져서 더욱 혼란스러웠다. 마치 우주의 작은 레버가 눌리는 바람에 바로 이곳에서 불과 몇 분 동안, 자연이 뒤집히고 시간도 거꾸로 흐른 것처럼. 또한 해가 진 후에 그 현상을 목격해서인지 한층 신비로웠고, 더욱 속세의 것이 아닌 듯 느껴졌다.

헤어진 후에야, 베로니카는 나와 잤다.

그래, 나도 안다. 여러분이 지금 어떻게 생각할지 감이 온다. 이런 빙충맞은 놈을 다 봤나. 그런 것 하나 미리 내다보질 못하다니. 하지만 나는 몰랐다. 나는 우리 관계가 끝이 났고, 다른 여자(보통 체격에 하이힐을 신고 파티에 가는 여자)에게 마음이 끌렸다고 생각했다. 일이 그렇게 되리라고는 어느 한순간도 예상치 못했다. 펍에서 우연히 그녀와 마주쳤을 때(베로니카는 펍을 싫어했다), 그녀가 나더러 집까지 걸어서 바래다달라고 했을 때, 집으로 가던 도중에 그녀가 멈춰 서더니 나와 키스했을 때, 함께 그녀의 방에 들어가서 내가 불을 켜자 그녀가 다시 껐을 때, 그녀가 속바지를 벗은 후 나에게 듀렉스 페더라이트*를 건네주었을 때, 아니면 심지어 서툴게 만지작거리는

* 콘돔 브랜드.

내 손에서 하나를 빼서 나에게 직접 씌워주었을 때, 아니면 모든 것이 순식간에 이루어졌던 이후의 과정 내내 그랬다.

아무렴, 그 말을 또다시 듣는대도 상관없다. 이런 빙충맞은 놈을 다 봤나. 그래, 그 여자가 네 성기에 콘돔을 말아 씌워주는데도 처녀라고 생각했던 거야? 묘하게도, 그랬다. 내겐 속수무책으로 결여된 여성의 직관적인 기술 중 하나인가 싶었다. 정말 그랬는지도 모른다.

"뺄 때 새지 않게 조심해." 베로니카가 속삭였다(그녀는 내 쪽이 동정이라고 생각한 게 아닌가 싶다). 나는 자리에서 일어나 욕실로 갔다. 가득 찬 콘돔이 덜렁거리다 가끔씩 허벅지 안쪽에 들러붙는 걸 느끼면서. 콘돔을 처리하면서 나는 하나의 판단과 결론을 내리기에 이르렀다. 아냐, 이미 끝장난 관계야.

"넌 너만 아는 나쁜 놈이야." 다음번에 만났을 때, 베로니카가 말했다.

"그래, 왜 그 말이 안 나오나 했다."

"그건 강간이나 다름없어."

"그렇게 말할 만한 일이 단 한 번이라도 있었나 싶은데."

"그래도, 사전에 내게 말해주는 예의 정도는 갖췄어야 하는 거 아닌가?"

"그전에는 몰랐어."

"아, 그럼 그게 그렇게 싫었다는 소리구나."

"아니, 좋았어. 다만……."

"다만 뭐?"

"넌 항상 우리의 관계에 대해 생각해 보라고 했었잖아. 아마 이제 그런 생각이 들었나 봐. 그런 것 같아."

"장하다. 큰일 했네."

나는 생각했다. 그런데도 난 이제껏 얘의 젖을 본 적조차 없어. 만지긴 했지만 보진 못했지. 그런 데다 얘는 드보르자크와 차이콥스키에 대해서도 완전히 잘못 알고 있어. 게다가, 앞으로 「남과 여」 LP판을 실컷 틀 수 있을 거야. 대놓고.

"뭐라고 했어?"

"기가 막힌다, 토니, 이런 순간에도 집중을 못 하네? 우리 오빠가 너에 대해 한 말이 옳았어."

그런 말이 귀에 들어왔으니 '잭 오라버니'께서 뭔 소리를 하셨는지 물어보지 않고선 못 배기는 게 당연했지만, 나는 그녀가 득의양양해하는 것을 보고 싶지 않았다. 내가 잠자코 있자 베로니카는 말을 이어갔다.

"그리고 그 말은 하지 마."

그때만큼 인생이 스무고개처럼 느껴진 때도 없었다.

"무슨 말?"

"우리가 아직도 친구로 지낼 수 있다는 말."

"그게 내가 이 대목에서 해줘야 하는 말인가?"

"네가 생각하는 것, 네가 느끼는 것. 아, 이젠 입이 다 아프네. 네 진심만 말하면 돼."

"좋아. 그렇다면 그런 말은 안 할게. 내가 해줘야 하나 싶었던 말. 난 우리가 아직도 친구가 될 수 있다고 생각하지 않아."

"잘했어." 베로니카가 싸늘하게 말했다. "잘했어. 그렇게 하면 되는 걸."

"그렇다면 이제 내가 한번 물어보자. 넌 나랑 다시 사귈 생각으로 나랑 잔 거야?"

"난 이제 네 질문에 대답할 필요가 없어."

"내 말대로라 치면, 왜 나랑 사귈 때는 안 잔 거야?"

묵묵부답.

"잘 필요가 없었으니까?"

"그러고 싶지 않았나보지."

"그럴 필요가 없었으니까 그러고 싶지 않았나보지."

"그래, 너 편한 쪽으로 믿어."

다음 날, 나는 예전에 베로니카가 나에게 준 크림 용기를 옥스팜* 상점에 내놓았다. 그녀가 진열대를 보길 내심 바라면서. 그러나 어느 날 들러서 확인해 보니, 진열대에는 정작 다른 물건이 올라 있었다. 내가 그녀에게 크리스마스 선물로 준, 치즐허스트를 그린 작은 채색석판화였다.

그나마 서로 다른 과목을 이수하고 있었고 브리스틀도 워낙 대도시였기 때문에, 길을 가다 상대를 우연히 마주치게 되는 일도 있을까 말까 했다. 어쩌다 마주치면, 나는 제 발 저린 죄책감이라고밖에는 말할 수 없는 느낌에 시달렸다. 그녀가 나로 하여금 옴짝달싹 못하게 하고 죄스러워할 수밖에 없을 말을 내뱉거나 행동을 취할 거라는 생각에서였다. 그러나 그녀는 황송하게도 나에게 단 한 번도 말을 걸지 않았고, 그러면서 그런 걱정도 서서히 엷어져갔다. 그래서 내 쪽에서 죄스러워할 이유는 전혀 없다고 생각하게 되었다. 우리는 둘 다 자신의 행동에 책임을 지는 성인에 가까운 존재로, 자유롭게 관계에 뛰어들었으나 제대로 풀리지 않았을 뿐이다. 임신한 사람도 없었고, 살해당한 사람도 없었다.

그해 여름방학의 두 번째 주에 치즐허스트의 소인이 찍힌

* 영국 옥스퍼드에서 빈민 구제를 목적으로 설립된 자선단체.

편지 한 통이 날아들었다. 나는 생소한 필체—동글동글하고 다소 무심한—를 면밀히 살펴보았다. 여자의 글씨였다. 의심할 것 없이 베로니카의 어머니였다. 다시금 제 발 저린 죄책감이 일었다. 그간 베로니카가 신경쇠약에 시달리다 못해 황폐해지고 피골이 상접한 거지꼴이 돼버린 것이리라. 아니면 복막염에 걸려 병원에 입원해 나를 찾고 있는지도 모른다. 혹은……. 그러나 이런 생각이 자아도취적인 망상이라는 자각은 그나마 할 수 있었다. 편지는 과연 베로니카의 어머니가 쓴 것이었다. 내용은 간결했고, 놀랍게도 나에 대한 일말의 비난도 담겨 있지 않았다. 베로니카와 헤어진 데 유감을 표하면서 틀림없이 나에게 더 잘 어울리는 여자가 나타날 것이라고 했다. 나 같은 후레자식은 나에게 꼭 맞는 도덕적으로 저급한 여자나 만나는 게 제격이라는 뜻으로 보이진 않았다. 오히려 정반대로 내가 이런저런 상황에 휘말리지 않아 다행이고, 나의 앞날이 더없이 밝기를 바라고 있었다. 그 편지를 보관하지 않은 게 아쉽다. 갖고 있다면 증거, 더없이 확실한 증거가 됐을 텐데. 그러나 내 기억으로부터 끄집어낼 수 있는 유일한 증거는 태평하고 뭔가 대범한 구석이 있어서 계란이 터지자 딴 계란으로 다시 요리를 해주면서 자기 딸 때문에 손해 볼 일은 절대 하지 말라고 말해주었던 여자가 전부다.

나는 브리스틀로 돌아갔다. 졸업반이 되었다. 하이힐을 신었고 키가 보통이었던 여자가 생겼지만 내가 상상한 것보다 내게 관심이 없었기 때문에 공부에만 열중했다. 내가 1등급을 받을 깜냥인지는 의심스러웠지만 어쨌든 2등급은 받을 작정이었다. 금요일 밤이면 펍에서 저녁 휴식을 즐겼다. 한번은 거기서 만난 여자랑 이야기를 나누다가 내 방에 와서 함께 밤을 보낸 적도 있었다. 더없이 흥분되고 기분 좋은 만남이었지만, 그 후 그녀도 나도 서로 연락을 하는 일은 없었다. 그때는 그런 일에 대해 지금만큼 곱씹어 보지 않았다. 내 아랫세대에겐 그런 심심풀이 차원의 행동이 별스럽게 느껴지진 않으리라 생각한다. 지금 일어난 일이든, 그 당시 일어난 일이든 마찬가지다. 이러니저러니 해도 '그 당시'는 60년대 아니던가. 과연 그렇다. 그러나 앞서 말했듯, 그것도 어디 | 그리고 누가 | 였느냐에 따라 달라진다. 짤막하게 역사적 교훈 하나를 이야기하고자 하니 양해하기 바란다. 70년대가 될 때까지, 그 '60년대'라는 것을 경험한 사람은 거의 없었다. 논리적으로 말하면 60년대에 살면서도 대부분은 50년대식 삶에 젖어 있었다는 뜻이다. 혹은, 내 경우는 두 시대를 나란히, 조금씩 겪었다고 할 수 있다. 그 덕분에 상황이 좀 혼란스러웠던 것이다.

논리라, 좋은 말이다. 근데 그런 게 대체 어디에 있나? 예를 들어 내 이야기의 다음 지점에서는? 졸업반의 중반을 넘겼을 때, 에이드리언의 편지를 받았다. 편지를 주고받는 것도 점차 뜸해진 터였다. 둘 다 졸업시험 때문에 정신없이 공부를 하느라 바빴다. 에이드리언이야 우등은 떼놓은 당상이었다. 그런 다음은? 모름지기 대학원 과정을 밟고 계속해서 학자의 삶을 살든가, 아니면 공공 분야에서 그의 두뇌와 책임 의식을 좋은 쪽으로 활용하게 될 것이다. 누군가 공무원(아니면 최소한 고급 공무원)은 언제나 도덕적인 결정을 내려야 하기 때문에 매력적인 직업이라고 말한 걸 들은 기억이 난다. 에이드리언에겐 그런 일이 맞을지도 모른다. 확실히 그는 세속적이라던가, 위험을 즐기는—물론 지성의 분야에선 예외였지만—타입으로 보이진 않았다. 그는 이름을 날리거나 신문지상에 얼굴이 오르내리길 원하는 유형과는 거리가 멀었다.

지금쯤 왜 내가 얘기를 계속 이어가지 않고 미적대고 있는지 여러분이 눈치챘을 법도 하다. 좋다. 얘기하겠다. 에이드리언은 편지에서 베로니카와 데이트를 해도 되냐고 물었다.

그래, 왜 하필 베로니카지? 왜 하필 그 시점에? 그런 데다 왜 나한테 허락을 구하는 것이지? (그 편지 역시 보관하지 않았기 때문에) 기억나는 것을 가감 없이 되짚어 보되, 가감 없이 기억해 낸다는 게 만에 하나 가능하다는 전제에서 되짚어봤을 때,

그가 한 말은 자신이 이미 베로니카와 사귀고 있으며, 내 눈에 띄는 게 시간문제라는 건 의심할 여지가 없는 상황이니, 제 입으로 직접 털어놓는 게 낫겠다는 의미였다. 또 이 소식이 충격적일 수 있겠으나, 이해하고 받아들여줬으면 좋겠다고 했다. 만약 내가 이해하지 못한다면, 우리의 우정을 위해 자신의 행동과 결정을 재고할 것이라고 했다. 그리고 마지막으로, 베로니카도 그가 이 편지를 쓰는 것을 찬성했다고 했다. 아니, 실은 일부분 그녀의 아이디어이기도 했다는 거였다.

짐작이 가겠지만, 나는 그가 윤리적인 가책에 시달리고 있다는 생각에 은근히 고소했다. 만약 내가 모종의 존엄한 기사도적 예법이나, 아예 한술 더 떠서 현대의 윤리적 원칙이 침해당한 걸로 생각하고 있음을 넌지시 내비치면, 그는 당연히 그리고 응당히 베로니카와 더는 섹스를 하지 않을 테니까 말이다. 나는 베로니카가 나에게 그랬듯, 에이드리언도 그럴듯한 말로 속이고 있을 거라고는 보지 않았다. 또 나로선 날고 기어봤자 도무지 (혹은 꽤 오랫동안) 알아낼 수 없었을 사실을 밝혀줄 뿐 아니라, 그 여자, 베로니카가 더 큰 투자 끝에 내 가장 명민한 친구, 혹은 더 나아가 '잭 오라버니'와 같은 케임브리지 놈팡이를 손에 넣었음을 요지로 담고 있는 그 편지의 위선이 마음에 들었다. 또, 만약 내가 에이드리언을 만나려 한다면 베로니카와 맞닥뜨리게 되리라는 사실을 알려주려 했다는 것도. 그 덕분에 내가 에이드리언을 볼 계획을 아예 접게 만들자는 것이었다. 한낮, 혹은 하룻밤을 할애한 것치곤 꽤 큰 수확이라 할 법했다. 다시 한번 강조하지만, 나는 지금 당시에 일어난 일을 내 입장에서 해석하고 있는 것이다. 아니, 좀 더 정확히 말하면, 당시에 일어난 일을 내 입장에서 해석한 것을 기억에 떠올리고 있는 것이다.

그러나 내 생각에 내겐 생존 본능, 혹은 자기보존 본능이 있는 것 같다. 어쩌면 베로니카가 소심함이라고 말한 것이, 그리고 내가 불화를 좋아하지 않는 성격이라고 말했던 것이 그것일지도 모르겠다. 어쨌거나 무언가가 내게 휘말려 들지 말라고 경고했다. 적어도 지금은 안 된다고. 나는 손에 잡히는 대로 아무 엽서—클리프턴 현수교 사진이 있는—나 집어 들어 이런 식으로 썼다. '21일자로 온 자네의 서신을 수령하면서, 본인은 모든 것을 유쾌하고 즐겁게 받아들이고 있음을 명시하고자 상찬과 기원을 간절한 마음으로 바치네, 벗이여.' 덜떨어졌을진 몰라도, 모호한 구석은 없었다. 그런 데다 잠깐 동안은 소용이 될 것이다. 나는—특히 나 자신에게—조금도 신경 쓰지 않는 척할 것이다. 학업에 열중하고, 감정을 유예하고, 펍에서 누군가를 데려오는 일도 일절 없고, 필요한 만큼, 또 필요할 때마다 자위를 하면 그만이고, 목표 점수는 반드시 받아낼 것이다. 나는 그중 어느 하나 모자람 없이 해냈다(그리고 과연, 2:1을 따냈다).

시험이 끝난 후에도 나는 몇 주를 더 머물면서 다른 패거리들과 어울려 조직적으로 술을 마셨고 마리화나도 좀 피웠지만, 생각은 거의 하지 않았다. 한 가지는 예외였는데, 베로니카가 에이드리언에게 내 얘기('걔는 내 처녀성을 빼앗자마자 날 차버렸어. 그래서 정말, 처음부터 끝까지 강간을 당하는 느낌이었어, 이해해?')를 했을 것만 같다는 상상이었다. 베로니카가 에이드리언을 구워삶는 모습—그 시작을 이미 내 눈으로 본 터였다—과 비위를 맞추면서 그의 기대심리를 교묘히 이용하는 모습을 상상했다. 앞서 말했지만, 에이드리언은 자신이 이룬 모든 학문적 성공과 무관하게, 세속적인 속성과는 거리가 멀었다. 그런 이유에서 나는 한동안 자기연민에 빠진 채, 그의 군자인 체하는 어조가 밴 편지를 읽고 또 읽었다. 마침내 제대로 갖추어 답신을 하게 되었을 때, 나는 예의 바보 같은 '서간체' 따위는 일절 쓰지 않았다. 내가 기억하는 한, 그와 베로니카가 공동으로 느낄 윤리적 가책을 내가 어떻게 생각하는지에 대해 꽤 많은 얘기를 했다. 또 나는 베로니카가 오래전에 받은 괴로운 상처가 있다고 봤기 때문에 그에게 신중할 것을 권했다. 그런 다음 그에게 행운을 빌었고, 그의 편지를 텅 빈 벽난로 속 쇠살대에 넣고 태운 후(신파조라고? 동의하는 바다. 그러나 청춘이었음을 참작해 주기를 바란다), 이제부터 그 두 사람을 내 인생에서 영원히 내치기로 결심했다.

무슨 뜻으로 '상처'라는 말을 한 거냐고? 그냥 짐작이었을 뿐이다. 실제로 증거가 될 만한 건 아무것도 없었다. 그러나 그 불행했던 주말을 회상할 때마다, 나는 그것이 다만 순진한 면이 있는 한 청년이 자신보다 지체 높고 사교술에 능한 가족에게 부대껴 심기가 불편했던 것 이상의 일이었음을 깨닫게 되었다. 물론, 좀 불편했던 것도 사실이다. 그러나 나는 베로니카와, 미욱하고 강압적인데다 나를 수준 이하로 취급했던 그녀의 아버지 사이에 뭔가 복잡한 사정이 있음을 느낄 수 있었다. 그녀가 생활과 행실에서 단연 으뜸으로 쳤던 그녀의 오빠 잭과의 사이도 마찬가지였다. 그녀가 공공연히 '이만하면 괜찮지 않아? 그치?'라고 물었을 때—그 질문은 매번 반복될 때마다 점점 더 거들먹거리는 어조를 띠어갔다—잭은 애초부터 판사 역할을 맡고 있었다. 반면, 베로니카의 어머니에게선 그 어떤 복잡한 기미도 느낄 수 없었다. 그녀는 의심할 여지 없이,

자기 딸을 있는 그대로 인식하고 있었다. 부인이 나에게 자기 딸에게 불리한 얘기를 들려줄 최초의 기회를 어떻게 포착했었나? 그건 그날 아침 — 내가 도착한 다음날 아침 — 베로니카가 가족 모두에게 내가 늦잠을 자고 싶을 거라고 말하고 아버지와 오빠를 데리고 나갔기 때문이었다. 우리는 그런 지어낸 말을 정당화할 만한 어떤 대화도 나눈 적이 없었다. 나는 절대 늦잠을 잔 적이 없었다. 하물며 요새도 마찬가지다.

에이드리언에게 편지를 썼을 때, 나는 어떤 의미로 '상처'란 말을 썼는지를 스스로도 명확히 깨닫지 못했다. 그러다가, 인생의 끝자락에 와서야 어렴풋이나마 알게 되었다. 나의 장모 되는 양반(다행히 이 이야기엔 등장하지 않을 인물)은 나를 그다지 존중하진 않았지만 적어도 그 사실을 숨기지 않았고, 다른 세상사에 대해서도 대부분 마찬가지였다. 한번은 장모가 — 또 한 번의 아동학대가 신문과 TV 뉴스를 오르내렸을 때 — '학대받지 않은 사람이 어딨겠어'라고 말한 적이 있었다. 그런데 나는 지금 베로니카가 목욕할 때나 잠잘 때면 맥주로 불콰해진 눈으로 그녀를 보던 아버지와, 포옹을 할 때마다 어딘지 도를 넘어선 듯한 오빠의, 요샛말로 '부적절한 행동'의 희생양임을 암시하고 있는 것인가? 내가 뭘 안다고? 무언가를 상실하게 된 근본적인 순간이라든가 사랑이 가장 절박했으나 그것이 거둬진 순간, 혹은 아이가 어쩌다 엿듣게 된 대화로 인해 혼자서 결론을 내리게 되는 것 같은 일이라도 있었던 걸까? 다시 말하지만, 내가 알 턱이 없다. 나에겐 증거도, 일화도, 기록물도 없다. 그러나 조 헌트 영감이 에이드리언과 논쟁을 벌이면서 한 말은 기억하고 있다. 그는 행위를 근거로 정신 상태를 판단할 수 있다고 했다. 헨리 8세를 비롯한 기타 등등의 역사에서 그 사례를 찾을 수 있다고 했다. 반면에 개인의 삶에서는 그 반대가 진실이라고 나는 생각한다. 즉, 현재의 정신 상태를 근거로 과거의 행위를 판단할 수 있다.

나는 우리 모두가 이러저러하게 상처받게 마련이라고 믿어 의심치 않는다. 완전무결한 부모와 오누이와 이웃과 동료로 이루어진 세상을 사는 것도 아닌데, 상처를 피할 도리가 있을까. 그렇다면 문제는, 수많은 것들이 걸린 그런 문제로 인한 손실에 어떻게 대처할까이다. 상처를 인정할 것인가, 아니면 억누를 것인가. 또 그 상처는 우리의 대인관계에 어떤 영향을 미치게 될 것인가. 상처를 받아들여 중압감을 덜어보려는 사람도 있을 테고, 상처받은 이들을 돕는 데 한평생을 바치는 사람도 있다. 그리고 어떤 대가를 치르더라도 더 이상 상처받지 않는 것을 주된 목표로 삼는 사람도 있다. 이들이야말로 피도 눈물도 없는 부류이자, 가장 조심해야 할 부류다.

이런 얘기가 설교조에, 자기변명조의 허섭스레기로 들릴 사람이 있을지도 모른다. 내가 베로니카에게 한 행동이 치기어린 남자의 전형이며, 내가 내린 모든 '판단'의 화살이 내게로 향할 수 있다고 생각할지도 모른다. 가령, '헤어진 후에야, 베로니카는 나와 잤다'라는 말은 재고의 여지없이 '나는 베로니카와 잔 다음, 차버렸다'로 바뀔 수 있다. 또 멀쩡한 영국 중산층 가정인 포드 가家를 상대로 내가 길길이 날뛰며 얼토당토않게 날조된 상처 이론을 대입한 것이라 볼 수도 있겠다. 그렇게 본다면, 포드 부인은 내 입장에서 사려 깊은 우려를 표한 게 아니라, 천박하게도 자기 딸을 질투한 것이라 생각할 수 있다. 심지어는 내 '이론'을 나 자신에게 대입한 다음, 내가 오래전에 받은 상처와, 그로 인해 일어날 만한 결과가 무엇인지 설명해보라고 요구할 수도 있겠다. 예를 들면, 그 상처가 나의 신뢰도와 진정성에 어떤 영향을 미쳤는가를. 솔직히 말하면 그런 질문에 대답을 할 자신이 없다.

나는 에이드리언이 답장을 할 거라고 생각하지도 않았고, 실제로도 받지 못했다. 그러고 나니 앞으로 콜린과 앨릭스만 보게 될 거라는 생각이 들었고, 그다지 마음이 동하지 않았다. 셋이었다가 넷이 되었는데, 다시 셋으로 돌아간다는 게 가당키

나 한가. 자기들끼리만 또 다시 패거리를 결성하고 싶어한다면? 얼마든지 잘해보라고. 나는 내 인생부터 추스를 필요가 있었고, 그렇게 했다.

내 동세대 중에는 VSO*에 신청서를 넣고 아프리카에 가서 어린 학생들을 가르치고 진흙 벽을 짓는 인간들이 있었다. 나는 그럴 만큼 고매한 성격이 못 되었다. 그런 데다 그 시절엔 다들 학교 점수만 좋으면 이르든 늦든 간에 좋은 직장에 들어가는 건 당연하다고 생각했다. '시가아아아안은 내 편이지, 아무렴, 그렇고말고.'** 기숙사 방에서 혼자 빙글빙글 돌며 믹 재거와 듀엣으로 요들처럼 목청을 떨며 부르던 노래였다. 그런 고로, 다른 친구들이 의사와 변호사 과정을 밟고 공무원 시험을 볼 때, 나는 아랑곳 않고 미국으로 갔고, 반년 동안 떠돌이 생활을 했다. 웨이터 일을 했고, 울타리에 페인트칠을 했고, 정원을 관리했고, 자동차를 다른 주에 배달하는 일을 했다. 휴대폰과 이메일과 스카이프가 등장하기 전이었던 그 시절, 여행자들은 엽서라고 알려진 원시적인 소통방식에 의존했다. 다른 방법들—장거리 전화, 전보—은 '비상시에만 사용'하는 것으로 분류되어 있었다. 그래서 자식을 알지도 못하는 곳에 떠나보낸

* 각 분야의 인력을 해외로 파견하는 영국의 대외 자원봉사제도.

** 미국 뮤지션 제리 래거보이의 원곡을 1964년에 롤링 스톤스가 커버하여 부른 곡.

나의 부모가 다른 사람들에게 내 소식을 고지할 문구는 '네, 잘 도착했대요'와 '지난번에 듣기론 오리건에 있다는데요'와 '몇 주 후에 돌아오지 않겠어요'로 한정되어 있었다. 그러는 게 꼭 더 나았다거나, 인격 도야에 도움이 되었다는 이야긴 아니다. 다만 내 경우에 비추어보면, 부모님이 맘 편히 전화 버튼을 누르고 나에 대한 노심초사와 장기 일기예보 정보를 쏟아내며, 홍수와 유행병과 배낭족만 노리고 사는 정신병자들을 조심하란 말을 늘어놓을 만큼 가까이 살지 않는 데 도움이 되었다는 뜻이다.

그곳을 외유하던 중에 애니라는 여자를 만났다. 미국인이었고, 나처럼 여행을 하며 돌아다니던 여자였다. 그녀의 말을 빌리면 우리는 서로에게 낚였고, 그렇게 세 달을 함께 살았다. 격자무늬 셔츠를 즐겨 입던 그녀는 잿빛이 도는 초록색 눈에, 태도가 사근사근했다. 우리는 쉽게, 빨리도 연인이 되었다. 그런 횡재가 실감이 나지 않았다. 그런 횡재를 그리 쉽게 얻은 것은 더더욱 실감이 나지 않았다. 친구이자 침실의 동반자가 된다는 것—함께 웃고 술 마시고 적당히 마리화나를 피우고, 나란히 세상의 이런저런 면모를 바라본다는 것—, 그리고 맞고소도, 비난도 없이 헤어진다는 것. 쉽게 얻은 건 쉽게 잃게 마련이야. 애니는 그렇게 말했고, 그건 진담이었다. 훗날 그 시절을 돌이켜 보면, 마음 한구석으로 관계가 그렇게 쉬울 수 있다는 데, 굳이 더 복잡할 필요가 없다는 것을 한편으론 담담히 받아들였던 건 아닌지 자문하게 되었다. 관계란 무언가의 증거로서 복잡함을 요하게 마련이지만……. 그러나 대체 무엇에 대한 증거인가? 깊이? 진지함? 그럼에도, 깊이나 진지함을 바치지 않고도 관계가 정말로 복잡하고 까다로울 수 있다는 건 맹세코 사실이다. 훨씬 더 오랜 세월이 흐른 후, 나는 '쉽게 얻은 것은 쉽게 잃게 마련'이라는 게 사실인지 아닌지를 따져보면서, 나 자신이 일종의 질문을 던지고 있는 게 아닌가 생각했다. 구할 길 없는 특정한 답을 갈구하면서. 어쨌거나, 이건 전부 딴 얘기이다. 애니는 내 이야기의 일부이지만, 이 이야기에선 아니다.

그 일이 일어났을 때 우리 부모님은 연락을 취하려고 했지만, 내가 어디에 있는지 전혀 알지 못했다. 의심할 여지없는 응급 상황—어머니의 임종을 지킨다거나—이라면, 외무성에서 워싱턴 대사관에 연락해서 미 당국에 용건을 알렸을 테고, 경찰을 통해 피부는 햇볕에 그을었고, 성격은 쾌활하고, 처음 미국에 도착했을 때보다 좀 더 자신감을 얻은 영국인 남자를 수소문했을 것이다. 요새야 문자 메시지 한 번이면 해결될 일이지만. 내가 집에 왔을 때, 어머니는 내 얼굴에 분가루가 묻도록 얼굴을 부비며 뼈가 으스러져라 끌어안고 나선, 목욕을 하게 했다. 그리고 그때까지도 내가 '가장 좋아하는 저녁 메뉴'라고 믿던 음식을 차려주었다. 한동안 내 입맛에 맞춰 메뉴를 갱신하지 못한 어머니를 배려해 나는 그러려니 하고 먹었다. 식사가 끝난 후, 어머니는 내가 없는 동안 내 앞으로 온 몇 통 안 되는 편지들을 건네주었다.

"그 두 개부터 보는 게 좋을 거야."

맨 위의 편지에 앨릭스가 짤막하게 쓴 글이 보였다. '토니에게'로 시작된 편지의 내용은 다음과 같았다. '에이드리언이 죽었다. 자살했어. 어머니께 전화 드렸더니 네 행방을 모르신다더라. 앨릭스.'

"이런 쌍." 부모님 앞에서 처음으로 욕이 튀어나왔다.

"뭐라고 말해야 할지 모르겠구나." 아버지의 말씀은 그 상황에 진심으로 부응하는 것 같지는 않았다. 아버지를 바라보던 나는 나도 모르게 우리 집안에 대머리 유전이 있었는지, 혹은 앞으로 있을 예정인지에 대한 생각에 빠져 들었다.

가족마다 양상이 각기 달리 나타나는 공동의 침묵 끝에 어머니가 입을 열었다. "걔가 너무 똑똑해서 그랬을까?"

“지성과 자살이 연관이 있다는 통계는 본 적이 없는데요.” 내가 대꾸했다.

“그래, 토니, 하지만 엄마 말이 무슨 뜻인지 알잖니.”

“아뇨, 사실, 전혀 모르겠어요.”

“그럼 이렇게 말해볼까. 넌 똑똑한 아이야, 하지만 그런 짓을 할 만큼 똑똑하진 않아.”

나는 아무 생각 없이 가만히 어머니를 응시했다. 엉뚱하게 고무된 어머니는 계속해서 말을 이어갔다.

“하지만 사람이 너무 똑똑하면, 스스로를 미치게 만들어버리는 뭔가가 있다는 생각이 들어.”

이런 식의 억측에 말려들고 싶지 않아, 나는 앨릭스가 보낸 두 번째 편지를 열었다. 읽어보니 에이드리언은 지극히 효율적인 방식으로 자살을 감행했고, 자살 이유를 소상히 설명한 유서를 남겼다고 했다. “만나서 이야기하자. 채링 크로스 호텔의 바 어때? 전화줘. 앨릭스.”

나는 짐을 풀고 정돈을 한 후, 여행 얘기를 들려주었고, 그렇게 가정이라는 울타리의 일상적인 안일과 냄새와 소소한 재미와 거대한 무위에 다시 젖어들었다. 그러나 나의 마음은 우리의 삶이 개시되기 전 시절, 롭슨이 다락방에서 목을 맸을 때 열렬하고도 순진하게 토론했던 것을 하나하나 계속해서 불러내고 있었다. 그 시절 우리는 자살이 모든 자유로운 개인의 권리임이 철학적으로 자명하다고 여겼다. 불치병에 걸리거나 노망이 났을 때 취할 수 있는 논리적인 행위, 고통에 맞서서, 혹은 다른 이의 죽음을 막기 위해 취하는 영웅적 행위, 실연에 격노해 감행하는 매혹적인 행위(역시나 등장하는 '위대한 문학'). 이 범주 중 어떤 것에도 롭슨의 추레한 이류 행위를 대입한 적은 없었다.

에이드리언에 대해서도 사정은 마찬가지였다. 마지막으로 남긴 편지에서 그는 검시관에게 자신의 자살 이유를 설명해 놓았다. 그는 삶이 바란 적이 없음에도 받게 된 선물이며, 사유하는 자는 삶의 본질과 그 삶에 딸린 조건 모두를 시험할 철학적 의무가 있다고 말했다. 그리고 그가 만약 바란 적이 없는 그 선물을 포기하겠다고 결정했다면, 결정대로 행동을 취할 윤리적, 인간적 의무가 있다는 것이었다. 결론 부분은 실질적으로 자신의 논지가 타당함을 알리고자 하는 내용이었다. 에이드리언은 검시관에게 자신의 주장을 공표해 줄 것을 부탁했고, 검시관은 그의 말대로 했다. 마침내 나는 물었다.

"어떻게 한 거야?"

"욕조에서 손목을 그었어."

"미치겠다. 완전히…… 그리스적이잖아, 안 그래? 아, 그리스는 독배였나?"

"그보다는 로마식이라고 해야 될 것 같은데. 동맥을 끊었으니까. 그런 데다 방법도 제대로였다고. 대각선으로 그어야 되거든. 그냥 일직선으로 그으면 의식만 잃을 수 있고, 그동안 상처가 서로 붙으면 도로아미타불이 돼버려."

"그럴 바엔 그냥 물에 빠져 죽겠다."

"그렇게 하면 2등급밖에 안 되잖아." 앨릭스가 말했다. "에이드리언은 1등급을 원했을 거야." 앨릭스 말이 맞았다. 1등급 성적, 1등급 자살.

에이드리언은 두 대학원생과 함께 살고 있던 아파트에서 목숨을 끊었다. 주말이라 둘 다 없었기 때문에 준비할 시간이 넉넉했다. 그는 검시관에게 편지를 썼고, 쪽지에 '들어오지 말고 경찰에 전화할 것, 에이드리언'이라고 써서 욕실 문 밖에 붙인 후, 욕조에 물을 받았다. 문을 잠그고 뜨거운 물에 담근 채로 손목을 끊었고 피를 흘리다 죽었다. 죽은 그를 발견한 건 그로부터 하루하고도 반나절이 지나서였다.

앨릭스가 내게 《케임브리지 이브닝 뉴스》에서 오려가지고 온 단신을 보여주었다. '장래가 촉망되는 한 청년의 비극적인 죽음'. 그런 문구는 언제고 쓸 수 있도록 항상 조판해 두는 모양이다. 검시관의 검시배심*엔 에이드리언 핀(22세)이 심적 균형을 잃고 '스스로 목숨을 끊었다'고 씌어 있었다. 그 고루한 표현에 머리끝까지 화가 치밀어 올랐던 기억이 난다. 하늘이 무너진다 해도 에이드리언이 심적 균형을 잃는 일은 일어나지 않을 거라는 데 선서라도 했을 것이다. 그러나 법의 관점에서 정의할 때, 자살한 사람은 실성한 것이다. 최소한 자살을 감행하는 시점에는 그렇다. 법과 사회와 종교 모두 건전하고 건강한 상태에서 사람이 자살을 하는 건 불가능하다고 보았다. 어쩌면 그런 권위의 요체들은 검시관을 부리고 있는 국가의 관할하에 놓인 삶의 본질과 가치가 자살의 논지로 인해 침범당할까 두려워한 건 아니었을까. 그리고, 일시적으로 실성했다는 선고를 받은 이상, 자살하려는 이유 또한 실성한 것으로 간주될 게 아닌가. 그래서 나는 에이드리언이 고대와 현대의 철학자들을 언급하며 인생을 허비하는 무가치한 수동성에 적극적으로 개입하는 행동의 우월함을 보여주었으나, 그의 논지에 주의를 기울인 사람은 단 하나도 없을 거라고 생각했다.

에이드리언은 경찰에 폐를 끼친 데 대해 양해를 구했고, 검시관에겐 자신의 유언을 공표해 주는 수고에 대한 감사를 표

* 검시관이 사인조사에 입회해서 자연사, 고살, 모살 등의 평결을 내리는 절차.

했다. 그는 또 자신의 시신을 화장해 유골을 뿌려달라고 부탁했는데, 육체의 신속한 파괴 또한 철학자의 능동적인 선택이기 때문이며, 또한 이는 흙 속에 누워 다만 자연분해되기를 기다리는 것보다 낫다고 했다.

"넌 갔었어? 장례식 말이야."

"부고를 못 받았어. 콜린도 마찬가지고. 가족들끼리만 치렀다나 그랬어."

"어떻게 받아들여야 하는 거지?"

"뭐, 가족의 권리라고 봐야 하지 않겠어?"

"아니, 그거 말고. 에이드리언이 자살한 이유 말이야."

앨릭스는 맥주를 한 모금 마셨다. "그게 눈 튀어나오게 멋진 건지 아니면 엿같은 낭비인지 판단이 안 섰지."

"그럼 지금은? 판단했어?"

"뭐, 둘 다일 수 있지 않을까?"

"내가 이해가 안 가는 건 말이야." 내가 말했다. "그 자살이란 게 그 자체로 완결된 건지—자기본위적인 행동이란 의미가 아니라, 그냥 에이드리언과 관련해서 말하자면 말이야—아니면 다른 사람들이나 혹은 우리에 대한 함축적 비판이 담긴 건지 모르겠다는 거야." 나는 앨릭스를 보았다.

"뭐, 둘 다일 수 있지 않을까?"

"그 말은 좀 그만해."

"난 걔의 철학 선생들이 무슨 생각을 했는지 궁금해. 만에 하나 책임이 있다고 느꼈을까 싶어서. 어쨌거나 걔의 두뇌를 훈련시킨 건 그 작자들 아니냐고."

"마지막으로 에이드리언을 본 게 언제였어?"

"죽기 한 세 달 전쯤? 지금 네가 앉아 있는 그 자리에 있었어. 그래서 거기 앉으라고 한 거야."

"그렇다면 치즐허스트로 가는 길이었다는 거잖아. 어때 보였어?"

"팔팔하던데. 발랄했어. 좀 들떠 있긴 했어도 평소랑 크게 다를 거 없었어. 자리에서 일어나는데, 사랑하는 사람이 생겼다고 하더라."

그년이군, 나는 생각했다. 전 세계를 통틀어 남자가 사랑할 수 있고, 그런 와중에도 목숨을 저버릴 수 있다고 생각하게 만드는 단 하나의 여자가 있다면 바로 베로니카였다.

"그 여자에 대해 뭐라고 했어?"

"아무 말 안 했어. 걔 성격 알잖아."

"내가 편지로 걔한테 집어치우라고 했단 말은 안 했어?"

"아니, 그랬대도 놀랍지 않은데."

"뭐가 놀랍지 않다는 거야? 내가 그런 말을 쓴 게? 아니면 걔가 너한테 말을 안 한 게?"

"뭐, 둘 다일 수 있지 않을까."

나는 앨릭스가 맥주를 쏟을 정도로 반쯤은 진심으로 그를 쳤다.

집에 돌아와서 앨릭스에게 들은 말을 미처 되새길 겨를도 없이 쏟아지는 어머니의 질문공세에 애를 먹었다.

"뭐 알아낸 것 있니?"

나는 정황에 대해서만 살짝 이야기해 드렸다.

"경관이 가엾지 뭐니, 정말로 찝찝했을 거야. 그런 일을 처리해야 했으니. 여자 문제였다니?"

나는 한편으론 두말하면 잔소리죠, 베로니카랑 사귀었다고요, 라고 말하고 싶었다. 하지만 그냥 짧게 대꾸했다. "앨릭스 말이 마지막에 봤을 때는 기분이 좋았다던데요."

"그런데 왜 그런 짓을 했다니?"

나는 관련 철학자들의 이름은 빼버리고, 간단한 버전을 더 간단히 줄여서 이야기했다. 원치 않은 선물의 거부에 관해, 수동성에 항거하는 능동성에 관해 설명하려고 애썼다. 어머니는 내 얘기 한마디 한마디에 고개를 주억거렸다.

"거 봐라. 엄마 말이 맞지."

"뭐가요?"

"걘 너무 똑똑했어. 사람이 그 정도로 똑똑하면 세상 모든 걸 다 따지고 들 만하거든. 상식 같은 건 뒷전에 버리고 말이야. 그 아이를 이리 뛰고 저리 뛰게 만든 건, 다름아닌 그 애의 머리야, 그래서 그런 짓을 한 거야."

"그래요, 엄마."

"대답이 그게 전부니? 엄마 말이 맞단 뜻이야?"

일절 대꾸를 않는 것 말고는 화를 가라앉힐 도리가 없었다. 그후 며칠을 에이드리언의 죽음을 놓고 이 각도 저 각도로 생각하면서 보냈다. 나부터가 고별의 편지는 바랄 처지가 아니었지만, 그래도 콜린과 앨릭스의 반응은 실망 그 자체였다. 그리고 베로니카에 대해선 어떻게 생각해야 할 것인가? 에이드리언은 그녀를 사랑했지만, 그럼에도 자살하고 말았다. 그걸 어떻게 설명할 수 있단 말인가. 우리 대부분에게 첫사랑의 경험은, 비록 좋게 끝나지 않는다 해도—어쩌면 그럴 때 더더욱—삶의 정당성을 입증하는, 삶의 권리를 지지하는 실체가 이곳에 있다는 희망을 준다. 그후 세월이 흐르면서 그 생각도 변할지 모르는 일이고, 우리 중 누군가는 급기야 아예 단념해 버린다 해도, 사랑과 맞닥뜨린 그 첫 순간과 같은 건 이 세상 어디에서도 찾을 수 없다. 동의하는가?

그러나 에이드리언은 동의하지 않았다. 어쩌면 다른 여자 때문이었는지도 모른다……. 아닐 수도 있고. 앨릭스는 마지막으로 봤을 때의 에이드리언이 행복에 겨워 어찌할 바를 몰랐다고 증언했었으니까. 그후, 죽기 전까지의 몇 달 동안 뭔가 끔찍한 일이 일어났던 걸까? 그랬다면 에이드리언은 그 사실을 분명히 짚고 넘어갔을 것이다. 우리 중 그야말로 진실의 탐구자이자 철학자였다. 그가 이유를 밝혔다면, 그에겐 그것이 진실했기 때문일 것이다.

베로니카에 대해서라면, 에이드리언을 구하지 못했다는 이유로 비판했으나, 점차 가엾게 여기게 되었다. 그 여자 말이야, 제대로 된 물건을 건졌다고 득의양양하더니 큰코 다쳤네. 애도를 표해야 할까? 하지만 그녀는 내가 위선적이라고 생각할 것이다. 만에 하나 그녀에게 연락한다 한들, 그녀 쪽에서 거부하거나 상황을 묘하게 왜곡하는 걸로 나의 논리적인 생각을 가로막고야 말겠지.

그러다 마침내, 내가 논리적으로 생각하게 되었다는 사실을 깨달았다. 다시 말해, 에이드리언의 논거들을 이해하고 존중하게 되었고, 그에게 경외심을 지니게 되었다. 그는 나보다 도량이 넓고 준열한 기질의 소유자였다. 그는 논리적으로 사고했고, 논리적 사고로 도출한 결론에 따라 행동했다. 반면 우리 대부분은, 정반대로 행동하는 것 같다. 우리는 충동적으로 결정한 다음, 그 결정을 정당화할 논거의 하부구조를 세운다. 그런 후, 그렇게 만들어진 결과를 상식이라고 말한다. 에이드리언의 자살이 우리 모두에 대한 함축적 비판을 담은 거라고 생각하느냐고? 아니다. 적어도, 그에게 그런 의도는 없었다고 확신할 수 있다. 에이드리언은 사람들을 매료시켰는지는 모르지만, 자기를 스승으로 모시라는 식으로 군 적은 한 번도 없었다. 그는 우리 모두가 자력으로 사고한다고 믿었다. 그러니 그가 죽지 않았다면 우리 대부분과 마찬가지로 '삶을 즐겼을지도 모른다'고? 그럴지도. 혹은 자신의 행위와 논거를 일치시키지 못해 죄책감과 후회로 괴로워했을지도 모른다.

그리고 지금까지 말한 그 어떤 것도, 앨릭스 말대로, 그것이 엿 같은 낭비라는 사실을 바꾸진 못한다.

1년 후, 콜린과 앨릭스가 다시 뭉치자고 제안했다. 에이드리언의 첫 번째 기일에 우리 셋은 채링 크로스 호텔에서 만나 술 한잔 한 후, 인도 요리를 먹으러 갔다. 우리는 우리의 친구를 기억 속으로 불러내어 그의 추억을 기리려고 했다. 에이드리언이 조 헌트 영감의 밥줄을 끊을 만한 얘기를 했던 걸 떠올렸고, 필 딕슨에게 에로스와 타나토스에 대해 한 수 가르친 걸 기억했다. 우리는 그렇게 서둘러 과거를 미담 사례로 바꾸고 있었다. 에이드리언이 케임브리지 대학 장학금을 받게 되었다는 소식에 환호하던 기억도 떠올랐다. 그가 우리 각자의 집을 방문한 적은 있어도, 우리가 그의 집에 간 적은 없었음을 깨달았다. 그의 아버지가 어떤 일을 했는지도 몰랐다. 물어본 적은 있었나? 우리는 호텔 바에서 와인 잔을 부딪치며 그에게 경의를 표했고, 식사 말미엔 맥주잔을 부딪치며 또 경의를 표했다.

밖으로 나온 우리는 서로 어깨를 후려치며 해마다 기념식을 치를 것을 맹세했다. 그러나 우리는 이미 각자 다른 인생길을 향하기 시작했고, 에이드리언이라는 공동의 기억만으로 결속을 다질 수는 없었다. 그의 죽음에 의문을 품을 만한 구석이 별로 없었기에 그의 자살 사건이 더 수월하게 정리되었는지도 모른다. 물론, 우리는 평생토록 그를 기억할 것이다. 그러나 그의 죽음은—케임브리지 신문이 기계적으로 주장했듯이—'비극적'이라기보다는, 전형적이었다. 그래서인지 그는 빠르다 싶을 만큼 우리에게서 멀어져 시간과 역사의 틈새 속으로 사라져갔다.

그즈음 나는 집을 떠나 예술 행정기관의 수습 직원으로 일하기 시작했다. 그러다가 마거릿을 만났다. 우리는 결혼을 했고, 3년 후 수지가 태어났다. 어마어마한 금액의 모기지 대출을 받아 작은 집을 샀다. 나는 매일 런던으로 통근했다. 수습 직원으로 시작한 일은 장기 이력으로 이어졌다. 삶이 물처럼 흘러갔다. 한 영국인이 결혼이란 처음에는 푸딩이 나오지만 그다음부턴 맛없는 음식만 나오는 식사라고 말한 적이 있다. 좀 지나치게 냉소적인 말이 아닌가 싶었다. 나는 결혼 생활을 즐겁게 누렸지만, 내 입장만 따지면 억울할 만큼 조용한—지지부진하게 평화로운—것이 아니었나 싶다. 결혼한 지 12년째 되는 해에 마거릿은 식당을 경영하던 놈과 사귀게 되었다. 나는 그를 별로 좋아하지 않았다. 그의 식당 음식과 마찬가지로. 뭐, 당연한 일 아니겠는가. 수지의 양육권은 공동으로 설정했다. 다행히, 수지는 우리가 헤어질 때 그리 큰 상처를 받은 것 같지 않았다. 그리고 지금 깨달았지만, 그 애에겐 나의 상처 이론을 적용해 본 적이 한 번도 없었다.

이혼 후, 몇몇 여자들과 사귀었지만 진지한 관계라고 할 만한 건 없었다. 여자가 생기면 언제나 마거릿에게 얘기를 했다. 그땐 그러는 게 자연스럽게 느껴졌다. 요새 들어 가끔 내가 아내를 질투하게 만들 작정이었던가 궁금해질 때가 있다. 아니면 새로운 관계가 부담스러울 정도로 진지해지는 걸 막으려는 자기보존 차원의 행동이었나. 그리고 전보다 텅 빈 인생을 살게 되면서 수많은 아이디어가 떠올랐고, 그걸 '프로젝트'라고 명명했는데, 내 딴엔 좀 더 그럴싸하게 들릴까 싶어서였는지도 모른다. 그것들 중 실현된 건 아무것도 없다. 뭐, 아무래도 좋다. 어쨌거나 지금 하는 이야기에선 전혀 비중이 없는 얘기들이니까.

수지는 무럭무럭 자라나, 수전이라고 불리기 시작했다. 수전이 스물네 살이 되었을 때 나는 그 애의 팔짱을 끼고 등기소* 통로를 따라 걸었다. 켄은 의사였다. 수전 부부는 현재 아들 하나, 딸 하나를 두고 있다. 내가 늘 지갑 속에 가지고 다니는 수전의 가족사진 속 그들 모습은 실제보다 어려 보인다. '철학적으로 자명'할 것까진 없어도 그건 정상적인 일이다. 하지만 정신을 차려보면 이렇게 구시렁대고 있다. '애들은 어찌 이리 빨리 클까.' 그 말은 사실 요새 들어 유독 나에게만 시간이 더 빨리 흐른다는 뜻이다.

마거릿의 두 번째 남편은 화목한 분위기를 좋아하는 성격이라고는 할 수 없었고, 마거릿을 닮은 여자 때문에 집을 나갔는데, 치명적인 건 그 여자가 마거릿보다 열 살 더 젊다는 사실이었다. 마거릿과 나는 친분을 유지했다. 가족 행사 때마다 만

* 영국의 등기소는 출생 · 혼인 · 사망 기록을 보관하는 곳으로, 비종교적인 결혼식을 올리기도 한다.

나고, 가끔이지만 점심도 함께한다. 한번은, 술을 한두 잔 마신 후 감상에 젖은 마거릿이 다시 합쳐볼 수도 있지 않겠냐고 운을 뗀 적이 있었다. 더한 일도 겪어봤잖아. 그녀가 말하기론 그랬다. 과연 그랬지만, 난 이제 내 식대로 사는 데 익숙해졌고, 고독을 즐기게 되었다. 아니면 아직도 철이 덜 들어서 마거릿의 제안대로는 살 수 없는 건지도 모른다. 함께 휴가를 보내자는 말이 한두 번 오갔지만, 아무래도 둘 다 상대 쪽에서 계획을 짜고 티켓과 호텔을 예매하길 바랐던 것 같다. 그런 이유로 그런 일은 결코 일어나지 않았다.

이제 나는 은퇴를 한 몸이다. 내 소유의 살림이 딸린 아파트를 가지고 있다. 꾸준히 만나는 술친구가 두엇 있고, 여자친구들도 있다. 물론, 플라토닉한 관계다(그들 역시 이 이야기와는 관련이 없다). 지역 역사 모임의 회원이지만, 금속탐지기로 뭔가 캐내는 데 열광하는 사람들처럼 열성적이진 않다. 얼마 전엔 동네 병원 도서 관리직에 자원해서 병동을 돌아다니면서 책을 배달하고, 수거하고, 추천하는 일을 하고 있다. 그 덕에 외출도 하고, 뭔가 쓸모 있는 일을 하는 것 같아 기분이 나쁘지 않다. 많진 않지만 새로운 사람들도 만난다. 아픈 사람들, 죽어가는 사람들이긴 하다. 그러나 내 차례가 되었을 때 적어도 병원 지리 정도는 알고 지낼 수 있을 것이다.

인생이 다 그런 것 아니겠는가? 얼마간은 성취를, 얼마간은 실망을 맛보는 것. 나는 이제껏 재미있게 살아온 편이다. 다른 사람들 눈엔 그렇게 보이지 않는다고 해도 볼멘소리를 하거나 깜짝 놀라는 일은 없을 것이다. 어쩌면, 어떤 면에서 에이드리언은 자신이 뭘 하는지 알았던 것 같기도 하다. 하지만 그렇다고 해서, 여러분도 알다시피 내 인생에서 뭔가 아쉬운 게 있다는 뜻은 아니다.

나는 살아남았다. '그는 살아남아 이야기를 전했다.' 후세 사람들은 그렇게 말하지 않을까? 과거, 조 헌트 영감에게 내가 넉살좋게 단언한 것과 달리, 역사는 승자들의 거짓말이 아니다. 이제 나는 알고 있다. 역사는 살아남은 자, 대부분 승자도 패자도 아닌 이들의 회고에 더 가깝다는 것을.

2부

생이 저물어가는 무렵이 되면 좀 쉬어야겠다는 생각이 들게 마련이다. 안 그런가? 그럴 자격이 있다고 생각하게 되는 것이다. 나는 그랬다. 하지만 그러다가도, 덕을 쌓은 만큼 상을 주는 게 인생의 소관이 아님을 깨닫기 시작한다.

또, 젊었을 때는 노년에 겪을지 모를 고통과 황폐를 미리 예견할 수 있다고 생각한다. 홀로인, 이혼을 한, 상처한 자신을 상상해 본다. 자식들도 커서 품을 떠나고, 친구들도 하나둘씩 세상을 떠난다. 입지가 사라지고 욕망이, 이성을 끄는 매력이 사라지는 것을 상상해 본다. 더 나아가 다가올 자신의 죽음, 세상 어떤 동반자를 구한다 해도 홀로 맞설 수밖에 없는 죽음까지도 생각할지 모른다. 그러나 이는 결국 앞을 내다보는 행위일 뿐이다. 앞을 내다보고, 그러고 나서 그 미래로부터 과거를 돌아보는 자신을 상상한다는 건 불가능하다. 시간이 가져다주는 새로운 감정을 익히는 것. 예를 들면, 우리의 삶을 지켜봐 온 사람이 줄어들면서 나의 인간됨과 내가 지금까지 어떻게 살았는가를 증명해 줄 것도 줄어들고, 결국 확신할 수 있는 것도 줄어듦을 깨닫게 되는 것. 부단히 기록—말로, 소리로, 사진으로—을 남겨두었다 해도, 어쩌면 그 기록의 방식은 엉뚱한 것이었는지도 모른다. 에이드리언이 줄곧 인용했던 말이 무엇이었나? '역사는 부정확한 기억이 불충분한 문서와 만나는 지점에서 빚어지는 확신이다.'

나는 요새도 역사책을 많이 읽는다. 내가 사는 동안 일어났던 공식적인 역사—사회주의의 몰락, 대처 수상, 9·11, 지구온난화—도 빠짐없이 챙겼다. 평범한 사람이라면 다들 그랬듯이 공포와 우려와 신중한 낙관이 교차했지만, 단 한 번도 그것에 대해 그리스와 로마, 혹은 대영제국, 혹은 러시아 혁명에서 일어난 사건을 두고 느꼈던 것과 같은 감정을 느낀 적은 없었다. 그것을 신뢰한 적도 없었다. 어쩌면 나는 대략 합의하에 결정된 역사가 더 안전하다고 생각하는지도 모른다. 아니면 전과 똑같은 역설이거나. 즉, 바로 우리 코 앞에서 벌어지는 역사가 가장 분명해야 함에도 그와 동시에 가장 가변적이라는 것. 우리는 시간 속에 살고, 그것은 우리를 제한하고 규정하며,

그것을 통해 우리는 역사를 측량하게 돼 있다. 안 그런가? 그러나 시간을 이해하지 못하고 그 속도와 진전에 깃든 수수께끼를 파악하지 못한다면, 우리가 역사를 어찌 파악한단 말인가. 심지어 우리 자신의 소소하고 사적이고 기록되지 않은 것이 태반인 그 단편들을.

젊을 때는 서른 살 넘은 사람들이 모두 중년으로 보이고, 쉰 살을 넘은 이들은 골동품처럼 느껴진다. 그리고 시간은, 유유히 흘러가면서 우리의 생각이 그리 크게 틀리지 않았음을 확인해 준다. 어릴 때는 그렇게도 결정적이고 그렇게도 역겹던 몇 살 되지도 않는 나이차가 점차 풍화되어간다. 결국 우리는 모두 '젊지 않음'이라는 동일한 카테고리로 일괄 통합된다. 내 경우는 그런 문제로 신경 쓰인 적이 한 번도 없지만.

그러나 이 원칙엔 몇 가지 예외가 있다. 어떤 이들은 젊은 시절에 못 박은 나이차의 개념을 끝까지 고수한다. 그런 사람들은 설사 둘 다 침을 줄줄 흘리는 노인네가 되어도 연장자는 연장자라고 믿는다. 가령, 다섯 달 먼저 태어난 어떤 사람은, 아무리 정반대의 증거가 존재한다고 해도, 자신이 다섯 달 늦게 태어난 사람보다 늘 현명하고 식견도 풍부하다고 옹고집처럼 믿는다는 뜻이다. 혹은, 바로 그런 반대의 증거 때문에 더더욱 고집을 부리게 된다고 해야 할지도 모르겠다. 그런 경우, 대개의 객관적인 관찰자들은 백이면 백 조금이라도 더 젊은 사람의 손을 들어주게 마련이므로, 때문에 그 반대편은 나이가 많은 쪽의 우월함을 더욱 철저하게, 더욱 신경증적으로 믿어 의심치 않는다.

그건 그렇고, 나는 지금도 드보르작의 작품을 많이 듣는다. 심포니는 그리 많이 듣지 않는다. 요샌 현악 사중주에 더 끌린다. 그러나 청년기를 매혹하고, 중년기에도 어느 정도 그 여파가 이어지던 차이코프스키의 천재에 대해서는 말년에 이르니, 당혹스러울 정도는 아니지만 무관심하게 된다. 베로니카가 옳았다는 뜻이 아니다. 청년을 매료시키는 천재에 무슨 잘못이 있을까. 그보다는, 천재에 매료되지 않는 청년 쪽이 문제다. 그렇다, 「남과 여」 사운드트랙까지 천재적인 작품이라고 생각하지는 않는다. 그 생각은 그때도 마찬가지였다. 한편으로는, 간간이 테드 휴즈를 떠올릴 때마다 실제로 그의 동물 소재가 고갈된 적이 한 번도 없었다는 사실에 미소를 짓게 된다.

수지와는 잘 지내고 있다. 일단은 무난한 관계라고 해도 좋을 정도다. 그러나 젊은 세대는 지속적으로 연락을 취하려는 마음은 둘째치고 의무감조차 없다. 적어도, '얼굴을 본다'는 의미에서 '연락을 하고 지내'지는 않는다. 아빠한테는 이메일 한

통이면 족해. 문자메시지 보내는 법을 모르시니 딱한 노릇이지. 그래, 아버지는 이제 은퇴했고, 당신의 미심쩍은 '프로젝트' 때문에 여전히 여기저기 들쑤시고 있지만, 어느 하나 끝을 보실 것 같진 않아. 그래도 최소한 그런 일로 두뇌를 활용하는 쪽이 골프보다야 낫지. 그래, 지난주에 찾아뵈려고 했었는데 일이 생겨버렸지. 알츠하이머는 안 걸리셨으면, 그게 제일 걱정이야. 알잖아, 어머니가 아버지와 다시 합치실 생각도 없는 마당에. 아니다. 내가 지나치게 넘겨짚고 있다. 곡해하고 있는 거다. 수지는 그렇게 생각하지 않는다. 장담한다. 혼자 살다 보면 자기연민과 망상에 시달릴 때가 있다. 수지와 나는 잘 지내고 있다.

우리 부부의 한 친구—마거릿과의 결혼 생활보다 이혼 후의 세월이 더 긴데도 여전히 나는 무의식적으로 이렇게 말한다—에게는 펑크록 밴드를 하는 아들이 있다. 그 친구에게 아들 밴드의 음악을 하나라도 들어본 적이 있냐고 물었다. 친구가 '모든 날이 일요일'이라는 제목의 노래 하나를 들어봤다고 대답했다. 청년기의 그 해묵은 권태는 세대에서 세대를 거쳐 계속된다는 사실에 안도하며 웃음을 터뜨렸던 기억이 난다. 또 예나 지금이나 똑같은 냉소적인 위트를 빌려 그 권태를 모면한다는 사실에도. '모든 날이 일요일'이라. 그 말에 나의 소싯적 침체기, 인생이 시작되길 기다리던 지긋지긋했던 때가 떠올랐다. 그 친구에게 아들 밴드가 연주하는 다른 음악은 뭐냐고 물었다. 없는데요, 그게 걔네의 단 하나의 곡이에요. 친구의 대답에 나는 물었다. 그러면 그 노래는 어떻게 진행되나요? 무슨 뜻이에요? 아, 다음 가사가 어떻게 되느냐고요. 감을 못 잡으셨구나, 친구가 말했다. 그게 노래 가사예요. 노래 처음부터 끝까지 그 말만 하고 또 하다 끝나요. 나는 또 미소를 지었다. '모든 날이 일요일'이라. 묘비명으로는 나쁘지 않을 것 같다. 안 그런가?

그것은 비닐 창이 달려 있고, 그 아래로 내 이름과 주소가 보이는 길고 흰 편지 봉투였다. 누가 보냈는지는 모르지만, 내가 곧바로 뜯을 거라 생각하면 오산이지. 한때, 그런 편지들은 이혼 과정에서 밟아야 할 또 다른 고통스러운 절차를 의미했다. 그래서 내가 이런 봉투를 보면 경계하는가보다. 요새는, 은퇴할 때 조금 사놨으나 처량할 정도로 금리가 낮은 주식 세금전표나, 이미 자동이체로 후원납부를 하고 있는 자선단체가 보낸 추가 요청서일 때도 있다. 그래서 내내 까먹고 있다가 그날, 아파트에 굴러다니는 폐지들을 재활용할 참으로 전부—그 마지막 편지 봉투에까지 손을 뻗어—그러모으다가 비로소 기억이 났다. 봉투 안에는 '코일, 이네스 & 블랙'이라는, 한 번도 들어본 적이 없는 사무변호 회사의 편지가 담겨 있었다. 엘리너 메리엇이라는 아무개가 '고故 사라 포드 여사의 재산 처분 문제'로 보낸 편지였다. 그 편지에 손이 가기까지는 얼마간의 시간이 소요되었다.

누구나 그렇게 간단히 짐작하면서 살아가지 않는가. 예를 들면, 기억이란 사건과 시간을 합친 것과 동등하다고. 그러나 기억은 그와 비교도 할 수 없을 정도로 기이하다. 기억은 우리가 잊어버렸다고 생각한 것이라고 말한 사람이 누구였더라. 또한 시간이 정착제 역할을 하는 게 아니라, 용해제에 가깝다는 사실을 우리는 명백히 알아야만 한다. 그러나 이렇게 믿는다 한들 뭔가가 편리해지지도 않고, 뭔가에 소용이 되는 것도 아니다. 인생을 순탄하게 살아가는 데는 아무 도움이 안 된다. 그래서 우리는 그 사실을 무시해 버린다.

편지의 용건은 내 집 주소를 확인하고 여권 사본을 보내달라는 것이었다. 내 앞으로 500파운드와 두 개의 '문서'가 남겨졌다고 했다. 황당무계한 일이 아닐 수 없었다. 먼저, 세례명을 보니 내가 알지도 못하거나 혹은 잊어버린 누군가로부터 유산을 받는다는 것. 그리고 500파운드란 돈은 어쩐지 특별한 목적이 담긴 액수 같았다. 없는 것보다야 낫지만, 그렇다고 대단한 액수는 아니었다. 포드 부인이 언제쯤 유언장을 작성했는지를 안다면 사정을 이해할 수도 있었을 것이다. 그러나 아주 오래전에 만들었다면, 당시의 500파운드란 돈은 상당한 액수였을 테니, 더더욱 이해가 가지 않는 것이다.

나는 나의 생존 사실을 알리고 신원과 거주지를 밝힌 후, 그에 대한 확증 서류 사본을 보냈다. 유언의 작성일자를 알려달라는 부탁도 했다. 그런 후 어느 날 저녁, 나는 자리에 앉아 40여 년 전의 세월을 시시콜콜히 떠올리면서 치즐허스트에서 보냈던 그 굴욕적인 주말을 다시 기억해 내려고 했다. 모든 순간과 일화와 했던 말을 빠짐없이 끄집어내면서, 인정을 받거나 답례를 받을 만한 뭔가가 있었는지 생각해 보았다. 그러나 현저히 기계적으로 변한 내 기억력은 확실한 사실로 여겨지는 데이터를 약간의 변형과 함께 무한 반복할 뿐이었다. 나는 과거를 직시했다. 기다렸다. 기억의 경로를 다른 쪽으로 돌려보려고 했다. 소용없었다. 나는 고故 사라 포드 여사의 딸과 1년 남짓 사귀었다. 여사의 남편은 나를 하대했고, 여사의 아들은 오만하게도 나를 낱낱이 뜯어보았으며, 여사의 딸은 나를 교묘히 조종했다. 그때 맘고생을 좀 하긴 했지만, 그렇다고 이후에 그 모친으로부터 500파운드의 사죄를 받을 만큼은 결코 아니었다.

게다가 그 고생이란 것도 그리 오래가지 않았다. 이미 말했지만, 나에겐 일종의 자기보존 본능이 있다. 나는 내 마음에서, 나의 역사에서 베로니카를 깔끔하게 몰아냈다. 그래서 세월이 쏜살같이 흘러 중년에 접어들고, 과거 나의 인생이 어떻게 펼쳐졌는지 돌아보기 시작하고, 또 가지 않은 길이라든가 사기를 꺾는 이런저런 가정을 하기 시작하면서도, 베로니카와 계속 사귀었다면 어땠을까 하는 생각—잘 풀렸을 경우는 물론, 더 나빠졌을 경우의 가정조차—은 해본 적이 없었다. 애니라면 모를까, 베로니카는 아니었다. 그리고 마거릿에 대해선, 설령 이혼을 했을지언정 함께한 세월을 후회한 적은 한 번도 없었다. 아무리 열심히 상상해 봐도, —나로선 그다지 어려울 것 없는 일이었다—이제까지 살아온 인생과 천양지차인 삶을 허황되게 꿈꾸는 일은 거의 없었다. 이런 게 자기만족이라는 생각은 들지 않는다. 오히려 상상력이나 야심의 부족이라고 해야 할 것 같다. 아마도 사실은, 그렇다, 내가 인생을 살면서 결국 하지 않을 수 없었던 일들을 하지 않을 수 있을 만큼의 별

종은 못 돼서 그런 것 같다.

나는 사무변호사의 편지를 곧바로 읽지는 않았다. 대신, 그 안에 동봉되어 있던 것을 보았는데, 내 이름이 적힌 기다란 크림색 편지 봉투였다. 인생을 통틀어 단 한 번 본 적이 있는 사람의 필체였지만, 그럼에도 낯이 익었다. '앤서니 웹스터 귀하'. 시작과 마무리를 소용돌이 모양으로 맺은 필기체 스타일을 보니, 딱 한 주 동안 알고 지냈던 사람이 머릿속에 떠올랐다. 필체에 맵시보다는 자신감이 배어 있는 걸로 보건대, 나는 하지 않았던 일을 할 만큼 '별종'인 여자였다. 그러나 어떤 일을 했을지는 내가 알 수도, 짐작할 수도 없었다. 편지 봉투 앞면 가운데 위쪽으로 3센티미터 길이의 스카치테이프가 붙어 있었다. 봉투 뒷면까지 테이프가 쭉 붙어 있고 또 한 번 더 봉해져 있을 거라는 예상과 달리, 봉투 위쪽이 테두리를 따라 잘려 있었다. 아무래도 전에 뭔가 딴 것에 붙어 있었던 봉투인 듯했다.

마침내 나는 봉투를 열고 읽어보았다. '토니, 나는 토니가 이 편지에 첨부한 것을 꼭 가져야 한다고 생각해. 에이드리언은 토니 얘길 할 땐 늘 애정을 담아 말했었지. 토니가 보면 재미있을지도 몰라. 옛날 일 때문에 가슴이 아플 수도 있고. 그리고 얼마 안 되는 액수이지만 토니 앞으로 남겼어. 토니는 이상하다고 생각할 법하지만, 솔직히 말하면 나도 내가 왜 이러는지 모르겠어. 어쨌건 그때 그 시절, 나와 우리 가족들이 토니에게 잘못 대했던 것에 대해 진심으로 사과하고 싶어. 앞으로 토니가 하는 모든 일이 잘되기를 저세상에 가서도 기원할게. 사라 포드 씀. 추신. 이상하게 들릴지 모르지만 세상을 떠나기 전에 보낸 마지막 몇 달 동안 에이드리언은 행복했다고 생각해.'

사무변호사는 유산을 곧바로 송금할 수 있도록 내 은행계좌를 알려달라고 했다. 또, 내 앞으로 남겨진 '문서' 중 첫 번째 것을 동봉한다고 했다. 두 번째 것은 아직 포드 부인의 딸 소유로 돼 있었다. 그제야 스카치테이프로 봉한 부분이 왜 잘려나갔는지 알 수 있었다. 메리엇 부인은 목하 그 두 번째 문서를 가지고 있을 셈이었다. 그리고 포드 부인의 유언은, 내 질문에 대한 답변에 따르면, 그보다 5년 먼저 쓰여진 것이었다.

마거릿은 여자는 두 종류라고 말하곤 했다. 매사에 분명한 여자와 미스터리를 남겨두는 여자. 그리고 이는 남자가 여자를 볼 때 가장 먼저 감지하는 것이자, 가장 먼저 그를 매료시키거나 그렇지 않게 하는 요소였다. 남자들마다 끌리는 유형은 각기 다르다. 마거릿—여러분이 굳이 묻지 않더라도 대답해 주겠다—은 매사가 분명한 여자였지만, 가끔은 미스터리한 분위기를 풍기거나, 그것을 꾸며내기라도 하는 여자들을 부러워할 때가 있었다.

"난 지금 그대로의 당신이 좋아." 한번은 내가 이렇게 말하자 그녀가 대꾸했다.

"하지만 당신은 이제 날 속속들이 알잖아." 우리가 결혼한 지 6~7년쯤 되던 해였다. "내가 지금보다 좀 더…… 알기 쉽지 않은 여자면 더 좋지 않겠어?"

"난 당신이 미스터리한 여자가 되길 바라진 않아. 그건 별로일 것 같아. 그래봤자 허세나 게임이고, 남자를 꼬드기는 기술일 뿐이야. 혹은 그 미스터리라는 게 여자 자신에게도 미스터리일 텐데, 그건 최악이지."

"토니, 세상 물정에 훤한 사람처럼 말씀하시네."

"에이, 내가 어딜 봐서." 나는 대답했다. 물론 그녀가 날 놀리려는 말이라는 건 알고 있었다. "살면서 알고 지낸 여자가 그렇게 많지도 않구먼."

"여자들에 대해 많이 아는 건 아니지만 그래도 자신이 뭘 좋아하는지는 안다는 뜻이야?"

"내가 언제 그렇게 얘기했어? 그리고 그런 뜻으로 한 말도 아니야. 하지만 남들보다는 아는 여자가 적기 때문에, 내가 그들을 어떻게 생각하는지를 그만큼 인식하고 있다는 소리지. 또 그들의 어떤 면이 좋았는지도. 알던 여자가 더 많으면 오히려 갈피가 안 잡혔을걸."

그러자 마거릿이 말했다. "그렇게 말하니까 내가 우쭐해도 되는 건지 아닌지 모르겠는데."

이는 물론 우리의 결혼 생활이 망가지기 전에 나눈 대화였다. 그러나 마거릿에게 좀 더 미스터리한 구석이 있었다 한들, 우리의 결혼 생활이 더 오래가진 않았을 것이다. 이 점은 여러분에게든, 그녀에게든 장담할 수 있다.

그리고 어쩐 일인지 살아오면서 나는 마거릿에게 어느 구석인가가 물이 들었다. 예를 들어, 마거릿을 안 만났더라면 그 변호사와 끈질기게 서신을 주고받았을지도 모른다. 하지만 그렇다고 비닐창이 달린 봉투가 하나 더 올 때까지 가만 기다리고만 있을 수는 없는 노릇이었다. 나는 엘리너 메리엇 부인에게 전화를 걸어서 내 앞으로 남겨진 다른 문서에 대해 물어보았다.

"유서상으론 일기장이라고 돼 있는데요."

"일기장이요? 포드 부인의 일기장인가요?"

"아뇨. 이름을 확인해 볼게요." 잠시 후. "에이드리언 핀." 에이드리언이라니! 그의 일기장을 마지막으로 갖게 된 사람이 포드 부인이란 건 대체 무슨 연유란 말인가. 사무변호사에게 물어볼 일은 아니었다. "제 친구였어요." 내가 할 수 있는 말은 그것뿐이었다. 그러고 나서 물었다. "아마도 예전에 보내셨던 편지에 원래는 동봉되어 있던 것 아닌가요?"

"그건 확실히 대답해 드리기 어렵습니다."

"실제로 일기장을 보신 적은 있나요?"

"없어요." 변호사의 태도는 건성이라기보다는 적정선에서 신중을 기하는 편이었다.

"베로니카 포드 씨가 양도를 보류하는 이유를 밝힌 적이 있나요?"

"아직 일기장을 내줄 마음의 준비가 안 됐다고 했습니다."

옳거니. "하지만 일기장은 제 게 맞죠?"

"유언장 상으론 확실히 웹스터 씨 소유로 명시돼 있습니다."

음. 나는 앞선 두 개의 진술을 별개로 처리하는 법적 세부 조항이라도 존재하는 건 아닌지 궁금해졌다.

"혹시…… 베로니카 포드 씨가 어떻게 그 일기장을 갖게 됐는지 아십니까?"

"제가 알기로, 베로니카 포드 씨는 지난 몇 년간 포드 부인의 거처에서 그리 멀지 않은 곳에서 살고 있었습니다. 베로니카 포드 씨 말로는, 자신이 다양한 가재를 가져다가 직접 관리 보관했다고 했습니다. 집에 도둑이 들 경우를 대비해서 보석류, 금전, 서류 등을요."

"그게 합법적인 겁니까?"

"음, 그렇다고 불법은 아닙니다. 신중을 기한 것으로 봐도 무방합니다."

우리의 이야기는 진도를 나가지 못하고 있었다. "이 점은 분명히 해둬야겠네요. 베로니카 포드 씨는 이 문서, 이 일기장을 변호사님께 반드시 양도했어야 합니다. 변호사님이 요구를 했는데도 포드 씨 쪽에서 건네주길 거부하고 있는 거죠."

"지금 현재 시점에선, 네, 그게 사실이라고 말씀드려야겠습니다."

"베로니카 포드 씨의 주소를 알려주시겠습니까?"

"그러려면 그분의 인가를 받아야 합니다만."

"그렇다면 번거로우시겠지만 그렇게 해주시겠습니까?"

눈치채셨는가? 사무변호사 같은 부류와 얘길 나누다 보면 어느덧 자신의 평소 말투는 사라지고 그들처럼 말하게 된다는 것을.

살아갈 날이 줄어들수록 헛되이 살고 싶지 않게 된다. 당연한 거 아닌가. 자투리 시간을 아무리 잘 활용한다 해도…….

하여튼, 그건 젊었을 때는 미처 예견하지 못하는 문제 중 하나다. 가령, 나 같은 경우는 정리 정돈하는 데 많은 시간을 투자하는 편이다. 잘 어지르는 성격이 아닌데도 그렇다. 그러나 정리정돈은 노년기에 가장 수수한 충족감을 안겨주는 소일거리 중 하나다. 깔끔함을 목표로 한다. 재활용을 한다. 아파트 값어치가 떨어지는 일이 없도록 청소를 하고 꾸민다. 유서도 작성해 놓았다. 나의 딸, 사위, 손주들, 전처에 대한 처우가 흠잡을 데 없달 순 없어도, 적어도 완료는 한 셈이다. 어쨌거나 내 딴엔 그렇게 믿고 있다. 나는 평화로울 수 있는, 아니 평화로 충만한 경지에 이르렀다. 만사에 거스르는 법이 없기 때문이다. 나는 분란을 좋아하지 않고, 분란의 여지를 남기는 것도 좋아하지 않는다. 혹여 궁금해할까 봐 밝혀두자면, 나는 화장火葬을 택했다.

그래서 나는 메리엇 부인에게 전화를 걸어 포드 여사의 다른 자식, 애칭이 잭이었던 존이란 사람의 연락처를 알려달라고 부탁했다. 마거릿에게 전화를 걸어 점심을 먹자고 했다. 그리고 내 쪽 사무변호사와도 약속을 잡았다. 아니, 이건 좀 거창한 표현인 것 같다. '잭 형님'에게도 분명 '내 쪽 변호사'라 부를 만한 사람이 있을 것이다. 내 경우, 사무변호사라 함은 내 유언장을 작성해 준 동네 친구다. 그의 사무실은 딱 맞아떨어지게도 꽂가게 바로 위층이라 더할 나위 없이 편리하다. 그 친구가 마음에 드는 또 다른 이유는 그가 내 세례명을 부른다거나 나도 자기에게 그래줘야 한다는 식의 언질을 하지 않아서다. 그래서 나는 그를 다만 T. J. 거널이라는 이름으로만 알았고, 그의 이니셜이 어떤 뜻일지 짐작할 생각조차 하지 않는다. 내가 두려워하는 게 뭔지 아는가? 병원 신세를 지는 노인네가 되었는데 생면부지의 간호사들이 날 앤서니라고 부르거나, 더 고약하게는 토니라고 부르는 것이다. 주사 딱 한 대만 맞을까요, 토니. 이 오트밀 좀 더 드시는 게 어때요, 토니? 변은 좀 보셨어요, 토니? 물론 이런 일들이 일어날 즈음엔 나를 괴롭히는 것의 목록에서 간호사들의 지나치게 친밀한 태도 같은 건 맨 아래쯤에 가 있을지도 모르지만, 그렇다 해도 내 마음엔 변함이 없다.

마거릿을 처음 만났을 때 나는 살짝 이상한 짓을 했다. 내 인생사에서 베로니카를 빼버린 것이다. 나는 애니가 내 최초의 정식 여자친구인 것처럼 꾸몄다. 남자들 태반이 사귄 여자와 섹스의 횟수를 부풀려 말한다는 건 안다. 나는 정반대였다. 선을 긋고 다시 시작했다. 내가—동정이라서가 아니라 관계를 진지하게 받아들이겠다는 점에서—진도를 지지부진하게 나가자 마거릿은 다소 곤혹스러워했다. 하지만 그러면서도 일면 매혹되었다는 게 당시 나의 생각이었다. 그녀로부터 숫기 없는 남자가 풍기는 매력에 대해 들은 적도 있었고.

가장 괴상한 부분은 이렇게 조작한 나의 역사를 마음 편히 입에 올렸다는 것인데, 아무래도 나 스스로에게 끝도 없이 그렇게 말해왔기 때문인 것 같다. 나는 베로니카와 사귄 것을 패배—그녀의 멸시, 나의 굴욕—라 보았고, 기록에서 삭제해 버렸다. 편지도 보관하지 않았고, 사진이 딱 한 장 있었지만 그것도 긴 세월 동안 단 한 번 들춰본 적이 없었다.

그러나 결혼한 지 1~2년쯤 지나면서 나 자신을 좀 더 긍정적으로 보게 되었고, 아내와의 관계에 대해서도 어지간히 자신감을 갖게 되면서 마거릿에게 비로소 사실대로 말할 수 있게 되었다. 마거릿은 주의 깊게 듣고선 적절한 질문을 했고, 이해해 주었다. 그리고—트래펄가 광장에서 찍은—사진을 보여달라고 했고, 면밀히 들여다보고는 고개를 끄덕였을 뿐, 아무 말도 하지 않았다. 그걸로 족했다. 나는 아무것도 기대할 입장이 못 됐다. 전 여자친구를 칭찬하는 말 같은 건 꿈도 못 꿀 일이었다. 상황을 막론하고 내가 원하지 않았다. 나는 다만 과거에서 벗어나길 바랐고, 그래서 묘한 거짓말을 한 나를 마거릿이 용서해 주길 바랐다. 그녀는 그렇게 해주었다.

거널 씨는 말이 없고 수척한 용모에, 상대가 말이 없어도 신경을 쓰지 않는다. 어쨌거나, 그가 말을 하는 만큼 돈을 내야 하는 쪽은 고객이다.

"웹스터 선생."

"거널 씨."

그렇게 45분 동안 우리는 서로 존칭을 썼고, 그는 내가 대가를 지불하기로 한 전문적인 조언을 해주었다. 그의 관점에서 볼 때, 경찰서에 가서 최근 어머니와 사별한 나이 지긋한 여자를 절도죄 명목으로 고소를 하는 건 바보짓이라고 했다. 마음에 들었다. 조언이 아니라 '바보짓'이라고 말한 게. '적합치 않은'이니 '부적절한' 같은 말보다 훨씬 나았다. 그는 또 메리엇 부인을 채근하면 안 된다고 누차 강조했다.

"거널 씨, 사무변호사들은 채근하는 걸 싫어할까?"

"채근하는 쪽이 고객일 경우엔 사정이 달라진다고 말해두지. 그러나 지금 같은 경우는 포드 가족 측에서 돈을 지불하고 있거든. 그런 데다 편지가 서류 케이스 맨 밑으로 끼어 들어가 버리는 일이 정말로 생기기도 한다는 걸 알면 당신도 아마 놀랄걸."

나는 화분들과, 법적 권위를 다룬 책들이 꽂힌 서가와, 무난한 영국 풍경화 복사본과, 그리고 맞다, 예의 서류 캐비닛들이 있는 크림색 페인트를 칠한 사무실을 둘러보았다. 그리고 다시 거널 씨를 보았다.

"그러니까, 그 여자한테 내가 미친놈으로 보일 만한 빌미를 주지 말라는 말이군."

"아, 그렇게까진 생각하지 않을걸, 웹스터 선생. 그리고 '미친놈'이란 말은 법률용어하곤 거리가 멀다고."

"그러면 그대신 뭐라고 말하겠어?"

"딱 떨어지는 말은 없지만 소권 남용* 정도면 얼추 부합할 것 같은데. 그만해도 꽤 세니까."

"그렇군. 그럼 또 다른 문제를 들여다보자고. 재산을 정리하는 데 보통 얼마나 걸리지?"

"곧바로 착수한다고 하면…… 18개월이나 2년쯤."

2년이라고! 일기장 때문에 그렇게 오래 기다리진 않을 작정이었다.

"물론, 주요 업무부터 처리하지만, 질질 끄는 일이 늘 있게 마련이니까. 분실주권에 수익수치 대조. 편지들이 엉뚱한 데 들어가기도 하고."

"아니면 서류 케이스 맨 밑으로 끼어들어간다거나."

* 분쟁 해결을 요구하는 당사자가 주어진 권한을 과도하게 행사하는 것.

"그것도 있고, 웹스터 씨."

"달리 조언해 줄 건 없어?"

"나 같으면 '도둑질' 같은 말은 조심해서 쓰겠어. 양측을 쓸데없이 분열시킬 수 있으니까."

"하지만 그게 바로 그 여자가 한 짓인데? 상황이 명명백백할 때를 의미하는 법률용어 하나만 알려줘."

"과실 추정칙?*"

"바로 그거야."

거널 씨는 잠시 말이 없었다. "사실 형사 관련 업무가 내 책상에 자주 던져지는 건 아니거든. 그래도 절도 문제를 다룰 때마다 생각나는 말이 있어. 도난당한 물품에 대한 소유자의 권리를 '영구적으로 박탈하려는 의도'라는 건데, 포드 씨의 의도라든가 전반적인 의중에 대해 한 가지라도 짚이는 데 있어?"

나는 웃었다. 베로니카의 의중을 헤아리는 건 40년 전에도 못 했던 골칫거리였다. 그래서 나는 꽤나 삐딱하게 웃었다. 그리고 거널 씨는 눈치가 없는 친구가 아니었다.

"웹스터 선생, 집요하게 캐고 싶은 생각은 없지만, 혹시 과거에, 포드 씨와 선생 사이에, 만에 하나라도 말이지, 추후 민사

* 손해를 입은 피해자를 구제하기 위하여 가해자의 과실을 추정하는 것.

상의, 아니면 진짜 형사 소송절차를 밟게 된다고 해도 이상하지 않을 그런 일이 일어난 적 있나?"

나와 포드 사이에? 가족사진으로 추정되는 액자의 뒷면을 바라보던 나는 문득 각별한 이미지 하나를 떠올렸다.

"거널 씨, 덕분에 상황이 훨씬 더 분명해졌어. 사례금을 보낼 때는 1등급 우표를 붙이도록 하지."

거널 씨는 미소를 지었다. "사실 그래야 눈에 더 잘 띄긴 하지. 몇몇 경우엔 말이지."

메리엇 부인은 이 주 후 나에게 존 포드의 이메일 주소를 알려주었다. 베로니카 포드는 자신의 연락처를 다른 이에게 알리길 원치 않았다. 존 포드도 확실히 신중을 기하고 있었다. 알려준 연락처는 전화번호도, 우편 주소도 아니었다.

무심하고 자신만만한 태도로 소파에 기대 있던 '잭 형님'이 기억난다. 베로니카가 내 머리칼을 헝클어뜨리곤 '이만하면 괜찮지 않아? 그치?'라고 물었을 때였다. 그때 그는 나에게 윙크를 했다. 나는 그 윙크를 되돌려주지 않았다

나는 예의를 갖춘 메일을 보냈다. 조의를 표했다. 치즐허스트에서 보낸 한때가 실제보다 더 즐거웠던 것처럼 꾸며 썼다. 그에게 상황을 설명하고, 여동생을 잘 설득해서 내가 알게 된

바로는 내 옛 동창 에이드리언 핀의 일기장이라는 두 번째 '문서'를 양도받게 해줄 수 없겠느냐는 부탁을 했다.

열흘쯤 지나 '잭 형님'의 서한이 내 메일함에 당도했다. 여행과 퇴직 후의 비상근직과 싱가포르의 습도와 와이파이와 사이버카페에 관한 기나긴 서두가 펼쳐졌다. 그러고 나서야 '각설하고. 유감이지만, 난 현재 그 아이의 보호자가 아니야. 우리끼리 하는 말인데, 그랬던 적은 한 번도 없어. 걔 마음을 바꿔보려는 노력도 관둔 지 몇 년이나 됐고. 그리고 솔직히 말하는데, 내가 자네를 거드는 말을 하는 건 안 하느니만 못한 게 될 게 뻔해. 이런 별난 문제로 속 썩는 자네 입장을 모르는 건 아니지만. 이런, 내 인력거가 왔구먼, 이만 가봐야겠네. 존 포드.'

이 모든 게 어딘가 미심쩍다고 느껴지는 건 왜일까. 앞뒤 잴 것도 없이 그가 자기 집—뒤로 서리*의 골프 코스가 보이는 호사스러운 저택—에 말없이 앉아 나를 비웃는 모습이 떠오른 건 왜일까. 그의 이메일 서버는 aol.com이라 아무런 힌트도 얻을 수 없었다. 그의 이메일이 도착한 때를 보니 싱가포르와 서리 둘 중 어디라고 해도 무방할 시간이었다. 왜 나는 '잭 형님'이 이런 일이 있을 줄 예견하고 그걸 조롱거리 삼았다고

* 영국 잉글랜드 남부의 카운티.

상상했을까. 아무래도 이 나라에선 연령차보다 계층의 미묘한 구분이 더 공고하기 때문인 것 같다. 당시 포드 가는 웹스터 가보다 더 높은 계층이었고, 그들은 앞으로도 즐겁게 그 지위를 누리며 살 것이었다. 아니면 그냥 나의 망상에 지나지 않는 걸까.

물론 더 이상 할 수 있는 건 없었지만, 나는 정중하게 답메일을 보냈다. 그리고 베로니카의 연락처를 알려달라고 부탁했다.

사람들이 '그 여자는 예쁘게 생겼다'고 할 땐 보통 '그 여자는 소싯적에 예뻤다'는 뜻일 경우가 많다. 그러나 내가 마거릿에 대해 말할 땐 정말 그렇기 때문이다. 마거릿은 자신이 변했다고 생각한다. 그렇다는 걸 안다. 실제로도 그녀는 변했다. 그러나 나는 그 변화의 폭을 다른 사람만큼 느끼지 못한다. 당연한 말이지만, 내 입에서 식당 지배인 같은 말이 나올 리는 없다. 그래도 이렇게 말하련다. 마거릿은 사라져 버린 것만 보고, 나는 변함없이 그대로인 것만 본다고. 그녀는 더 이상 머리를 허리까지 늘어뜨리지 않고, 프렌치 플리트* 스타일로 틀어올리

* 머리를 뒤로 틀어올려 한쪽으로 여미듯 마무리한 스타일.

지도 않는다. 요새는 두피가 보일 정도로 짧게 잘라서 새치가 훤히 보인다. 예전에 줄곧 입었던 페전트 드레스**는 카디건과 잘 재단된 바지로 바뀌었다. 내가 예전에 사랑했었던 주근깨는 얼마간 갈색 기미에 가까워진 듯 보였다. 그러나 우리가 지금도 가장 중점적으로 바라보는 것은 눈이다. 안 그런가? 우리가 처음 만나, 사랑을 나누고, 결혼을 하고, 신혼여행을 가고, 공동담보를 잡히고, 쇼핑을 하고, 요리를 하고, 휴일을 함께 보내고, 서로를 사랑하며 함께 아이를 낳았을 때의 그 사람이 여전히 지니고 있는 그 눈 말이다. 갈라서게 됐을 때도 여전히 똑같았던.

어디 눈뿐인가. 골격도 그대로이고, 무심결에 나오는 제스처도 그대로이고, 그녀다운 여러 가지 면도 그대로이다. 그리고 떨어져 산 지 이렇게 오래되었는데도, 나와 함께 있을 때면 나오는 여전한 면모들도.

"그래, 이게 다 무슨 일이야, 토니?"

나는 웃었다. 메뉴를 들여다보기 시작했을까 말까 했을 때 튀어나온 말이었지만, 너무 이르다는 생각은 들지 않았다. 오

** 전원풍의 원피스 드레스.

히려 마거릿다웠다. 아이를 또 낳을 자신이 없다는 말은 나하고 아이를 갖는 게 자신이 없다는 말이야? 어째서 이혼이 책임 소재를 묻는 거라고 생각하는 거야? 여생을 어떻게 보낼 생각이야? 정말 나랑 휴가를 보내고 싶었다면, 티켓을 예약해 놓는 게 좋지 않았을까? 그래, 이게 다 무슨 일이야, 토니?

배우자의 전 애인 때문에 안절부절못하는 사람들이 간혹 있다. 지금 이 시점에 와서도 그들을 두려워한다는 듯이. 마거릿과 나는 그런 감정으로부터는 열외였다. 내가 왕년에 줄을 세울 만큼 많은 애인을 거느렸던 것도 아니다. 또 마거릿이 무심히 그들에게 별명을 붙였다 한들, 그건 그녀의 권한이 아닐까?

"실은, 하필이면 하고 많은 인간 중에 베로니카 포드 때문에 그래."

"그 과일케이크?"* 마거릿이 그렇게 말할 줄 알았던 나는 얼굴을 찌푸리거나 하진 않았다. "그 세월 내내 잠잠하더니 이제 본업에 복귀하겠대? 토니, 잘 극복해 놓고는."

"알아." 나는 대답했다. 내가 마침내 그녀에게 허심탄회하게 베로니카 얘기를 하게 되었을 때, 나는 베로니카가 실제 그

* 마거릿은 여기서 'Fruitcake'라는 단어를 쓰고 있는데, 이는 베로니카와 토니가 가졌던 마지막 티타임의 과일케이크 때문에 붙인 별명이지만, 동시에 은어로 '정신병자'라는 뜻이기도 하다.

랬던 것보다 더 많이 날 속였고, 또 정신적으로도 실제보다 더 불안정했다는 식으로 들리게 부풀려서 말했을 수도 있다. 마거릿이 베로니카에게 그런 별명을 붙이게 된 건 애초 내가 그런 식으로 말했기 때문일 것이므로, 나로선 제대로 반대할 입장이 못 되었다. 내가 할 수 있는 건 다만 그 별명을 내 편에서 입에 올리지 않는 것뿐이다.

나는 마거릿에게 상황을 설명했고, 내가 뭘 했는지, 어떤 식으로 문제에 접근했는지 말해주었다. 지난 세월을 함께하면서 나는 마거릿의, 딱히 꼬집어 말할 수 없는 면모를 닮게 되었다. 그녀가 내 얘기를 들으면서 자주 동의하거나 격려하는 의미로 고개를 끄덕인 것도 그래서인 듯싶다.

"당신 생각엔 '과일케이크'의 어머니가 당신한테 500파운드를 물려준 이유가 뭘 것 같아?"

"도통 짚이는 데가 없어."

"그리고 그 형님이라는 사람이 당신을 속이고 있는거라고 생각해?"

"그래. 어쨌거나 적어도 그 인간이 나에게 본심을 보여준 적은 없었어."

"하지만 그 사람을 전혀 모르잖아, 안 그래?"

"그래, 딱 한 번 만났으니까. 아무래도 그 집안 식구들 전부를 의심하고 있나 봐."

"그 어머니가 결국 그 일기장을 마지막으로 손에 넣게 된 거라고 생각하는 근거는 뭔데?"

"나도 전혀 모르겠어."

"에이드리언이 '과일케이크'를 믿지 못해서 대신 그 여자 어머니한테 남긴 게 아닐까?"

"그건 말이 안 되는데."

침묵이 흘렀다. 우리는 식사를 했다. 잠시 후 마거릿이 나이프로 내 접시를 톡톡 두드렸다.

"그리고 아직도 미혼일 거라 짐작되는 베로니카 포드 양이 어쩌다 이 카페에 들렀다가 우리와 합석하게 된다면, 오래전에 이혼한 앤서니 웹스터 씨는 어떤 반응을 보이게 될까요?"

과연, 에둘러 말하는 법이 없는 마거릿다운 말 아닌가.

"그 친구를 본대도 유달리 기쁘거나 하진 않을 것 같은데."

내 말투에서 뭔가 형식을 차리는 구석을 감지한 마거릿은 미소를 지었다. "가슴이 두근거릴까? 소매를 걷어붙이고 시계를 풀면서?"

나는 얼굴을 붉혔다. 예순 살의 대머리 남자가 얼굴을 붉히는 걸 본 적이 없다고? 이런, 그들도 얼굴을 붉힌다. 더벅머리에 여드름 가득한 열다섯 살 소년과 똑같이. 그런 데다 상당히 드문 일인지라, 얼굴을 붉히는 쪽은 인생이 기나긴 당혹감의 연속에 지나지 않았던 그 시절로 곤두박질쳐 돌아가게 된단 말이다.

"당신한테 얘기하는 게 아니었나 봐."

마거릿이 로키트*와 토마토 샐러드를 포크로 듬뿍 찍어 올렸다.

"확실해? 당신 가슴속에…… 아직 꺼지지 않은 불꽃이 남은 건 아니야? 웹스터 씨?"

"나는 아니라고 꽤 자신하는데."

"그렇다면, 그 여자가 당신에게 연락하지 않는 한 나는 신경 끌게. 수표를 돈으로 바꿔서 저가 휴가 여행에 데려다주면 그걸로 족해. 한 사람당 250파운드씩이면 채널 제도까지는 갈 수 있지 않겠어?"

"당신이 날 놀릴 때가 좋더라." 나는 말했다. "이렇게 오랜 세월이 흘렀는데도."

마거릿이 저편에서 몸을 수그려 내 손을 토닥여 주었다.

"우리가 아직도 서로 위한다는 게 참 좋아. 그리고 당신이

* 유럽산 십자화과 식물.

여행 예약을 하지 않으리란 사실을 안다는 것도."

"그건 오로지 당신이 진심으로 하는 말이 아니라는 걸 알기 때문이지."

그녀가 미소지었다. 잠깐이긴 했지만, 그 순간 그녀는 불가사의해 보였다. 그러나 마거릿은 '미스터리의 여인'이 되기 위한 첫 단계인 불가사의의 술수를 부릴 줄 모른다. 내가 둘의 휴가 여행 경비를 부담하길 바랐다면 그렇게 말했을 여자다. 그렇다, 사실 그것이 그녀가 실제로 한 말이기는 하다. 그렇지만…….

뭐, 어쨌든. "그 여자가 내 걸 훔쳤어." 이때 내 말투는 징징대는 것처럼 들렸을지도 모른다.

"정말로 그걸 찾고 싶은 거야?"

"그건 에이드리언의 일기장이야. 내 친구라고. 내 친구였어. 내 거야."

"당신 친구가 자기 일기장을 당신에게 주고 싶었다면, 40년 전에 줄 수도 있었을 거야. 중개인 같은 걸 거치지 않고. 여자도 마찬가지고."

"그래."

"거기 뭔가 뜻이 있는 것 같아?"

"전혀 모르겠어. 그건 그냥 내 거야." 그 순간 나는 내가 그렇게 작정했던 또 다른 이유가 뭔지 깨달았다. 그 일기장은 증거였다. 확실한—아마도—증거물. 진부하게 반복되는 기억을 구제해 주고 물꼬를 터줄지도 모르는 일이었다. 그것이 어디로 이어질지는 전혀 알 수 없었지만.

"당신은 언제고 과일케이크가 사는 델 알아낼 수 있어. 옛친구 모임을 들여다봐도 되고, 전화번호부를 뒤져도 되고, 사립탐정을 고용해도 되고. 찾아내서 초인종을 눌러. 그리고 당신 물건 달라고 해."

"안 돼."

"그럼 가서 훔쳐 오는 방법밖에 없네." 그녀가 쾌활하게 암시했다.

"농담도 참."

"그럼 잊어버려. 흔히들 말하는 과거사가 있어서 정면승부를 안 하면 새 출발을 하지 못한다면 몰라도. 하지만 당신은 그런 게 아니잖아, 토니?"

"응, 그렇진 않은 것 같은데." 나는 다소 신중하게 대답했다. 왜냐하면 마음 한켠으로, 심리학 용어 나부랭이는 차치하더라도 그 말에 일말의 진실이 있을지도 모른다는 생각이 들어서였다. 침묵이 흘렀다. 우리의 접시는 비어 있었다. 마거릿은 손바닥을 들여다보듯 내 마음을 읽고 있었다.

"당신이 이 정도로 깐깐하다니, 감동적이지 뭐야. 이 나이 먹도록 일이 어떻게 돌아가는지 감을 잃지 않는 것도 그런 성격 덕이겠지?"

"20년 전이라고 지금과 달랐던 것 같지는 않은데."

"그건 모르는 일이야." 그녀는 손짓으로 계산서를 가져다달라고 했다. "근데, 캐럴라인이란 친구 얘길 좀 해줄게. 아니, 당신은 모르는 여자야. 우리가 헤어진 후에 알게 된 친구거든. 그 친구는 남편과 어린 자식 둘에, 잘 알고 지내진 못하는 오페어* 한 명을 두고 있었어. 그 학생애를 두고 소름끼치는 의심을 하거나 하는 일은 전혀 없었지. 오페어는 늘 예의가 발랐고, 애들도 별 불만이 없었고. 그래도 캐럴라인은 믿을 만한 사람에게 자기 가족들을 맡긴 건지 알아야 할 것 같아서 친구—여자 친구, 아니, 나 말고—에게 조언을 구했어. 그랬더니 친구 말이 '그 애 물건을 뒤져보라'는 거였어. '뭐?' '너 그 문제로 신경이 많이 쓰이는 모양인데, 그 학생애가 저녁에 외출한 후에 방을 뒤져봐, 편지를 읽어보라고. 나 같으면 그렇게 한다.' 그래서 얼마 후, 캐럴라인은 오페어가 쉬는 날 밤에 그 애의 짐을 뒤졌는데, 일기장이 하나 나왔어. 읽어봤더니, 별별 험담이 다

* 여자 유학생이 언어나 풍습을 배우기 위해 집안일을 도와주고 숙박과 식사를 제공받는 제도.

쏟아져나오더래. '정말 웃기는 년 밑에서 일하고 있다' '남편은 괜찮다. 내 엉덩이를 훔쳐보는데도 여편네가 워낙에 멍청해서' '이 여자는 자기 때문에 자식들이 얼마나 불쌍하게 사는지 알지도 못하나?' 정말 정말 입에 담기도 힘든 말도 더러 있었고."

"그래서 어떻게 됐어?" 내가 물었다. "그 학생을 잘랐어?"

"토니." 나의 전처가 말했다. "이 이야기의 요점은 그게 아니야."

나는 고개를 끄덕였다. 마거릿은 자신의 신용카드 모서리로 계산서의 내역을 짚어가면서 확인했다.

지난 몇 년 동안 마거릿이 해준 두 가지 이야기가 있다. 하나는 여자는 전혀 미스터리한 구석이 없는데 남자들이 이해능력이 떨어져서 그렇게 본다는 것이었다. 그리고 마거릿의 생각에, '과일케이크들'은 여왕의 머리가 그려진 비스킷 깡통 안에 그대로 가둬둬야 마땅했다. 내가 그녀에게 브리스틀 시절 얘기를 꽤 시시콜콜하게 했던 게 틀림없다.

일주일쯤 지나서, 받은편지함에 다시금 '잭 형님'의 존함이 떴다. '베로니카의 이메일 주소를 알려주지. 하지만 내가 알려줬다는 걸 말해선 안 돼. 뒷수습하느라 생고생하게 될 거야. 지혜로운 세 마리 원숭이의 교훈을 명심해. 눈을 감고, 귀를 막고, 입을 막아라. 어쨌든 이게 내 모토거든. 이곳 하늘이 파랗군. 잘하면 시드니 하버브리지도 보일 듯. 아, 저기 또 내 인력거가 오네. 잘 있게. 존 F.'

나는 놀랐다. 그가 도와줄 거라곤 생각하지 않았다. 그의 사람됨이나 인생에 대해 뭘 알고 있었던 걸까. 오래전에 함께 보낸 악몽 같은 주말의 기억에 근거해 추정한 게 전부였다. 나는 언제나 그가 타고난 복과 교육 덕분에 나보다 우월한 위치를 확보했고, 지금까지도 손 하나 까딱하지 않고 그 자리를 차지하고 있다고 생각했다. 에이드리언이 어느 대학 잡지에서 잭에 관한 글을 읽은 적이 있지만 그를 만나리라고는 예상치 못했다고 말한 게 기억났다(하지만 그는 베로니카와 데이트하게 되리라는 것도 예상하지 못했다). 또 그가 평소와 달리 거친 말투로 '영국인들이 진지해야 할 때 진지하지 않은 게 싫어. 정말 싫어'라고 말했던 것도. 나는 그 말에 무슨 의미가 깔려 있는지—바보같이 물어볼 생각조차 않았던 덕분에—전혀 눈치 채지 못했다.

흔히들 시간이 과오를 밝혀낸다고 한다. 시간이 '잭 형님'을 찾아내어 그의 경망함을 벌했는지도 모른다. 그리고 이제 나는 베로니카의 오빠란 인간의 삶을 다른 각도로 상세히 그려

보기 시작했다. 그의 기억 속 학창 시절은 행복과 희망으로 가득한 눈부신 시절—과연, 우리 모두가 열망해 마지않는 조화로운 감각을 잠시나마 지녔던—이었다. 나는 졸업 후, 연고자 등용으로 거대 다국적기업 중 하나에 취직한 그의 모습을 상상했다. 시작부터 순조로웠고, 그 후, 눈에 띄지 않을 정도로 살짝 운이 기울어가는 모습을 상상했다. 예의 바른 태도에 사교적인 성격이지만 세상을 바꿀 만한 예리한 통찰력은 부족한 인간. 서한과 대화의 끝에 동원하는 예의 쾌활한 맺음말은 오래 지나지 않아 세련된 묘미라기보다는 경박함으로 느껴지게 되었다. 엄밀히 말하면 해고된 건 아니지만, 간간이 급조된 업무를 얹어주는 정도로 해서 빠른 명예퇴직을 종용당한 게 뻔했다. 아마도 대도시에선 현지 지원책이고, 소도시에선 분쟁 조정자 역할을 하는 일종의 파견 명예직일 것이다. 그래서 그는 인생을 재정비하게 되었고, 남들 눈앞에 성공한 인생으로 보일 법한 그럴듯한 방도를 찾아낸 것이리라. '잘하면 시드니 하버브리지도 보일 듯'이라. 와이파이가 되는 카페테라스에서 랩톱으로 이메일을 쓰는 잭의 모습이 그려졌다. 솔직히 그 편이 그전까지 그가 일할 때 줄곧 이용했던 저급 호텔방보다 덜 우울할 테니까.

거대 조직의 운영 방식이 딱 이런 식일지에 대해선 나로서는 전혀 알 길이 없지만, 그래도 이제부턴 '잭 형님'을 생각할 때마다 꺼림칙해하지 않아도 된다. 뿐이랴, 골프 코스가 내려다보이는 저택에 거하는 모습도 머릿속에서 지울 수 있었다. 그렇다고 그에게 애틋한 마음을 품을 정도로 심경에 큰 변화가 일어났다는 뜻은 아니다. 그리고 이 대목이 중요한데, 그에게 신세를 졌다는 생각 또한 들지 않았다.

나는 '베로니카에게'로 시작되는 메일을 쓰기 시작했다. '잭 형님의 그지없는 배려로 네 이메일 주소를 알게 되었어…….'

어쩌면 이것이 젊은 사람과 나이 든 사람의 차이일지도 모른다는 생각이 든다. 젊은 시절에는 자신의 미래를 꾸며내고, 나이가 들면 다른 사람들의 과거를 꾸며내는 것.

베로니카의 아버지는 험버 슈퍼 스나이프를 몰았다. 요새 차엔 절대 안 붙일 이름이잖은가. 내 차는 폴크스바겐 폴로다. 하지만 '험버 슈퍼 스나이프' 같은 이름은 '성부와 성자와 성령'처럼 막힘없이 입 안에서 굴러나온다. 험버 슈퍼 스나이프. 암스트롱 시덜리 사파이어. 조이트 재블린. 젠슨 인터셉터. 심지어 울슬리 파리나라든가 힐먼 밍크스 같은 차 이름들.

오해는 말자. 나는 구형이든 신형이든 간에 차에는 관심이 없다. 중형 세단에 '도요새Snipe' 같은 작은 엽조의 이름을 붙이게 된 연유라든가, '밍크스'라는 말에 여성의 괄괄한 성격을 나타내는 의미가 있는지 없는지 같은 게 어렴풋이 궁금할 뿐이다. 그러나 굳이 찾아 나설 정도의 열성은 없다. 지금 단계에선 그냥 모르고 사는 편을 택하련다.

그러나 언젠가부터 향수鄕愁라는 것, 그리고 내가 그 때문에 괴로운 건지 아닌지 하는 문제로 마음을 뒤척이게 되었다. 확실히 나는 유년시절을 채운 자질구레한 기억 때문에 허우적대는 인간은 아니다. 더군다나 당시에도 진실이 아니었던 것—옛 학교에 대한 사랑 등등—때문에 나 자신을 감상적으로 기만하고 싶은 마음도 없다. 그러나 향수라는 것이 뜨거웠던 감정들을 강하게 회고하는 것, 이제는 우리의 삶에 존재하지 않는 감정들에 대한 회한 같은 것을 의미한다면, 나 자신도 예외일 수 없음을 인정한다. 나는 마거릿과의 결혼 생활 초기가 그립고, 수지가 태어났을 때와 첫 입학을 했을 때가 그립고, 애니와 장거리 자동차 여행을 했던 때가 그립다. 내친 김에 이제부터는 결코 느끼지 못할 강렬한 감정에 대해서도 말해본다면, 기쁜 기억 못지않게 슬픈 기억도 그리울 수 있다고 본다. 그렇다면, 할 이야기는 더 많아지는 게 아닐까. 또한 그러다 보면 이야기는 베로니카 포드 문제로 뻗어가게 된다.

'피 묻은 돈?'

나는 그 말을 읽으면서도 이해할 수가 없었다. 베로니카는 내 메시지와 제목을 지우고, 수신확인 버튼도 누르지 않은 채, 이렇게 딱 한 구절의 답신만 보내왔다. 나는 내가 보냈던 이메일을 열고 문법적으로 한 문장 한 문장을 곱씹은 끝에, 그 세 마디의 답변이 그녀의 어머니가 내게 500파운드를 물려준 이유를 묻는 질문에 대한 답변임을 깨닫게 되었다. 이런 노력도 무색하게 전혀 이해가 되지 않았다. 피를 흘린 사람은 아무도 없었다. 내 자존심이 상처를 입었던 건 사실이다. 그러나 베로니카가 자신이 나에게 상처를 준 데 대한 보상으로 자기 어머니가 돈을 준 거라는 암시를 하고 있다고 보긴 어렵지 않은가. 아닌가?

그러면서도, 베로니카가 간단히 답변하지 않았던 것, 아니면 내가 바라거나 예상했던 대로 행동하거나 말하지 않은 것이 일면 이해가 갔다. 이 점에서 그녀는 적어도 내가 기억하고 있는 여자와 일관되게 같았다. 물론, 가끔은 그녀를 미스터리한 여자로 정해버림으로써, 내가 결혼한 마거릿이 속해 있는 분명한 여자의 반대쪽에 놓고 싶은 마음도 있었다. 그렇다, 나는 나와 그녀의 관계가 어디까지 갔었는지 그녀의 본심도, 심리도, 동인도 읽을 수 없었다. 불가사의가 있으면 풀어보고 싶어지는 법. 하지만 나는 베로니카라는 존재를 풀어보고 싶지 않았고, 이렇게 뒤늦게는 더 달갑지 않았다. 40년 전의 그녀는 이가 갈리게 까다로운 여자였다. 그리고—날 제대로 엿먹인 그 세 마디의 답변을 증거로 판단컨대—나이를 먹었다고 성격이 물러졌을 것 같지도 않았다. 그 사실을 나는 스스로에게 단단히 일러두었다.

그런데, 왜 우리는 사람이 나이를 먹으면 유순해진다고 생각하는 걸까. 잘 살았다고 상을 주는 게 인생이란 것의 소관이 아니라고 한다면, 생이 저물어갈 때 우리에게 따뜻하고 기분 좋은 감정을 느끼게 할 의무도 없는 것 아닌가. 생의 진화론적 목적 중에 향수라는 감정이 종사할 만한 부분이 과연 있기나 한 걸까.

변호사 과정을 밟았지만 환멸을 느낀 나머지 결코 일선에 뛰어들지 않은 친구가 하나 있었다. 그는 나에게 말하길 변호사가 되겠다고 허비한 세월에서 하나 얻은 게 있다면, 더는 법도 변호사도 두려워하지 않게 된 것이라고 했었다. 이런 경우는 주위에서 꽤 흔한 편이잖은가. 배우면 배울수록 두려움은 줄어든다. 학문의 의미가 아니라, 인생을 실질적으로 이해한다는 맥락에서 '배우는' 것이다.

내가 이런 말을 하고 앉아 있는 것도 어쩌면 베로니카와 사귄 시절 덕분에 이제는 그녀를 두려워하지 않게 되었다고 말하고 싶어서인지도 모른다. 그래서 나는 이메일 캠페인을 벌이기 시작했다. 정중하고, 거슬리지 않고, 끈기 있고, 지루하고, 친절하게 나가자고 마음먹었다. 다시 말해, 그녀를 속이기로 작정한 것이다. 물론, 이메일을 지우는 데는 백만 분의 일초밖에 걸리지 않겠지만, 지워진 것을 대체할 메일을 보내는 것 역시 부지하세월이 걸릴 일은 아니다. 나는 사근사근한 태도로 베로니카의 마음을 녹일 테고, 에이드리언의 일기장을 손에 넣을 것이다. '가슴속에 채 꺼지지 않은 불꽃' 같은 건 없었다. 마거릿에게도 그 점을 분명히 해두었다. 그리고 더 일반적인 측면에서 마거릿이 해준 조언에 대해서는, 이혼한 남자는 더 이상 자신의 행동을 정당화할 필요가 없다, 혹은 다른 사람의 제안을 따라야 할 의무는 없다, 는 정도로 마무리해두자.

나의 접근에 베로니카가 당혹스러워하는 걸 느낄 수 있었다. 그녀는 간단하고 무뚝뚝하게 답하기도 했지만, 묵묵부답인 때가 더 많았다. 내 계획의 저의를 알아채고 우쭐해했을 리도 없다. 결혼 생활 막바지에, 마거릿과 함께 살던 교외의 견고한 별장이 살짝 무너진 적이 있었다. 여기저기 균열이 갔고 현관과

앞 벽 일부가 부서지기 시작했다. (물론, 그렇다고 그게 상징적인 사건이라고 생각하진 않았다.) 보험회사에선 그해 여름이 사람들 입에 오르내릴 정도로 건조했다는 사실은 무시하고, 앞뜰의 라임나무 때문이라고 결론을 내렸다. 딱히 아름다운 나무도 아닌 데다 내 눈에는 이런저런 이유로 달갑지 않았던 나무였다. 앞쪽 방의 빛을 차단했고, 보도에 찐득한 것을 떨어뜨렸고, 길 위에 드리운 가지에 비둘기들이 자리잡고 앉아 그 밑에 주차한 차들에 똥을 뿌려댔기 때문이었다. 우리 차에 유독 그랬다.

하지만 나무를 베어버리는 걸 반대한 데는 원칙에 근거한 이유가 있었다. 이 나라의 수목 보유량을 유지한다는 원칙이 아니라, 보이지 않는 관료, 이마에 피도 안 마른 수목관리사, 그리고 보험회사가 제출했던, 요새 유행 중인 별난 남의 탓 이론을 조아려 받들지 않겠다는 원칙이었다. 마거릿이 그 나무를 꽤 좋아했다는 것도 한 가지 이유였다. 그래서 나는 장기적인 방어 캠페인에 착수했다. 수목관리사가 내린 결론에 대해 문의했고, 별장 토대 가까이에 받침뿌리들이 있는지 입증하기 위해 추가 정밀 발굴을 요청했다. 기후 패턴, 런던의 광대한 클레이벨트*, 전 지역에 걸친 호스 사용금지법 부과 사안 등등을

* 진흙과 침니(沈泥)로 뒤덮인 지역.

놓고 설전을 벌였다. 그러면서 철저히 정중한 태도를 고수했다. 적수의 관료적인 어법을 흉내냈다. 매번 새 편지가 올 때마다 분연한 태도로 전에 주고받은 편지의 사본을 첨부했다. 정중하게 심층 현장 시찰을 요구했고, 추가 인력 동원을 제안했다. 매번 편지를 보낼 때마다 그들이 시간을 들여 재고하지 않을 수 없도록 새로운 의문점을 제기했다. 그들이 답변하지 못하면, 또 편지를 보내어 똑같은 의문점을 되풀이해 제기하는 게 아니라, 같은 달 17일자로 보낸 서신의 세 번째나 네 번째 단락을 언급하여, 그들이 하는 수 없이 날이 갈수록 두꺼워지는 서류를 뒤져보게 만들었다. 그들이 나를 또라이가 아니라, 학자연하고 말도 많아 넌더리는 나지만 무시할 수 없는 작자로 생각하게끔 신중을 기했다. 내 편지를 다시금 받아든 그들이 이를 갈며 한탄할 모습을 상상하니 고소했다. 또한 나는 일정 시점이 되면 그들이 회계 업무상으로 볼 때 이런 소송 건은 그냥 접는 편이 더 현명한 처사라고 생각할 것임을 알고 있었다. 결국, 화가 머리끝까지 치밀어오른 그들은 라임나무 위에 씌울 덮개를 30퍼센트 할인해 주겠다는 제안을 해왔고, 나는 깊은 통한을 표하되 속으론 희열을 맛보면서, 이를 수락했다.

예상대로 베로니카는 보험회사 취급을 달가워하지 않았다.

우리가 서신을 주고받은 지루한 과정은 건너뛰고, 여러분에게 곧바로 최초의 실질적 결과를 알려주겠다. 나는 메리엇 부인에게서 편지 한 통을 받았는데, 거기엔 그녀의 설명을 빌리자면 '분쟁 대상이 된 문건의 일부'가 동봉돼 있었다. 그녀는 향후 수개월 내로 내 유산의 완전상환이 가능할지도 모른다는 희망을 피력했다. 내가 보기엔 꽤 낙천적인 예측이었다.

알고 보니 그 '일부'란 일기의 일부를 복사한 것이었다. 하지만—40년의 세월이 지났어도—나는 그게 에이드리언의 진짜 일기라는 걸 알 수 있었다. 에이드리언은 개성적인 이탤릭체를 썼고, 'g'의 경우는 다른 어느 서체에 견줄 수 없을 정도로 독특했다. 두말하면 잔소리지만, 그때까지 베로니카는 내게 일기의 첫 번째 페이지나 마지막 페이지를 보낸 적이 없었던데다, 이 일부가 일기장의 몇 페이지에 해당하는지도 말해주지 않았다. 번호를 매긴 단락으로 이루어진 문서도 '일기'라고 할 수 있다면 말이지만. 다음은 그 '일부'의 내용이다.

5.4 축적의 문제. 만약 삶이 판돈이라면, 그런 내기는 어떤 방식으로 이루어질까? 경마장을 예로 들면, 축적이란 말 한 마리가 거둔 상금을 다음번 경마에 거는 행위라고 말할 수 있다.

5.5 따라서 a) 인간관계를 수학공식이나 논리식으로 표현한다면

어느 정도까지 표현할 수 있을까? 그리고 b) 그렇게 할 때, 두 개의 정수 사이에는 어떤 부호가 놓일 수 있을까? 덧셈과 뺄셈 부호임은 확실하다. 때로는 곱셈, 그리고, 그렇다, 나눗셈 부호도 쓰일 수 있을 것이다. 그러나 이런 부호들은 한정적이다. 요컨대 전적으로 실패한 관계는 상실/뺄셈, 축소/나눗셈이라는 용어 양쪽에서 설명될 수 있고, 총계값은 0이다. 반면에 전적으로 성공적인 관계는 덧셈과 곱셈으로 나타낼 수 있다. 하지만 대부분의 관계는 어떤가? 논리적으로 생성 불가능하고 수학적으로는 해결 불가능한 주석으로 표현하는 수밖에는 달리 방도가 없지 않은가?

5.6 요컨대 b, a^1, a^2, s, v라는 정수가 포함된 축적은 어떻게 나타낼 수 있을까?

$$b=s-v+a^1$$

혹은 $a^2+v+a^1 \times s = b$?

5.7 혹은 질문을 하고 축적을 공식화하는 것이 잘못된 것인가? 인간 조건에 논리학을 적용하는 것은 그 자체로 자멸을 초래하는 일인가? 그 연결고리들이 강도가 각기 다른 금속으로 만들어져 있다고 할 때, 논의의 사슬은 어떻게 될 것인가?

5.8 혹여 그 '연결고리'라는 것이 잘못된 은유는 아닐까?

5.9 그러나 잘못된 것이 아니라고 하고, 연결고리가 끊길 거라

고 할 때, 그와 같은 단절의 책임 소재는 어디에서 찾을 수 있을까? 연결고리의 양쪽 끝에 있는 것일까, 아니면 전체가 문제인가? 그런데 여기서 '전체'라고 하는 것은 무엇을 의미하는가? 책임의 범위를 어느 정도까지 정할 수 있을까?

6.0 혹은 책임의 범위를 좀 더 협소하게 정한 후, 더 정확하게 배분해 볼 수 있지 않을까? 그리고 등식과 정수를 사용하지 않고, 대신 전통적인 화술로 제반 문제들을 표현하는 것이다. 그래서 예를 들면, 만약 토니가

이 대목까지가 복사에 복사를 거친 복사본의 전부였다. '그래서 예를 들면, 만약 토니가'. 이것이 페이지 맨 아랫줄의 마지막 구절이었다. 보자마자 에이드리언의 필체임을 알아차리지 못했다면, 나는 이 일촉즉발의 대목이 베로니카가 꾸며낸 정교한 속임수라고 생각했을지도 모른다.

그러나 나는 베로니카를 떠올리고 싶지 않았다. 피할 수 있는 한 그러고 싶었다. 대신 에이드리언과 그가 하던 행동에 집중하려고 애썼다. 정확히 뭐라고 해야 할지 알 수 없지만, 그 복사본을 보았을 때 나는 상당한 주해가 필요한, 뭔가 역사적인 문건을 검토하는 심정은 아니었다. 그렇다, 에이드리언이 내 방에, 내 옆에 다시 와서 숨을 쉬고 생각하고 있는 듯한 느

낌이었다.

어쩌면 그는 지금에 와서 봐도 이리 훌륭할까. 이따금씩 나는 자살에 이르는 절망이 무언지 상상해 보려 했었고, 죽음만이 한 줄기 빛처럼 여겨지는 암흑의 수렁과 늪, 즉 삶의 정상적인 상태와 정반대인 상황을 구상해 보려고 했다. 그러나 이 문서—내 손에 들어온 이 한 페이지의 글에 근거해, 에이드리언이 자살을 목적으로 펼친 이 이성적인 논거—에서 글쓴이는 빛을 끌어들여 한층 더 밝은 빛에 다가가고자 했다.

이게 말이 되는가.

장담하는데 심리학자들은 어딘가에 연령별 지적수준을 측정한 도표를 꿍쳐놓고 있을 것이다. 분별력, 실용주의, 조직화 기술, 전략적 상식 같은, 시간이 지날수록 제반 사안에 대한 이해력을 떨어뜨리는 것들이 아니라 순수지성의 도표를. 그리고 추측이지만, 그 도표를 보면 우리들 대부분이 16세에서 25세 사이에 정점을 찍을 것이다. 에이드리언의 일기 일부를 보고 나는 그 연령대에서 그의 면모를 다시 떠올리게 되었다. 우리가 이야기를 나누고 논쟁을 했을 때, 그에겐 사고思考를 정연히 정리하는 것이 마치 태어난 이유인 것처럼, 두뇌를 활용하는 것이 운동선수가 근육을 쓰는 것처럼 자연스럽게 여겨졌다. 그리고 승리를 거둔 운동선수들이 대개 자존과 의혹과 겸손이 뒤섞인 흥미로운 반응—내가 해낸 거야. 그런데 어떻게 한 거지? 나 혼자서? 다른 이들의 도움을 받아서? 아니면 신이 나를 보살피셨나?—을 보이듯, 에이드리언은 아무 어려움 없이 사유의 여행을 하고 있으나 정작 자신은 그 사실을 전혀 믿지 못하는 와중에 다른 모두를 그 여행으로 이끌어들일 것이다. 그는 고아하나 배타적이지 않은 경지에 올라 있었다. 그는 설령 아무 말 오가지 않더라도 상대가 그와 같은 생각을 하고 있다고 느끼게끔 행동했다. 그리고 이제는 죽고 없으나, 그후 수십여 년을 살아온 나의 현재 상태보다 더 높은 지성을 갖춘 사람에게 다시금 이런 동료애를 맛보는 기분은 묘했다.

그것은 단순히 순수하기만 한 게 아니라 응용력을 갖춘 지성이었다. 어느새 나는 내 인생과 에이드리언의 인생을 비교하고 있었다. 윤리적 결정을 내리고 그에 따라 행동하는 능력에 대해, 자살을 감행한 정신적, 육체적 용기에 대해. 한 구절로 표현하자면 '그는 스스로 목숨을 끊었다'. 그러나 에이드리언은 자신의 삶을 책임졌고, 그것을 지휘했으며, 온전히 포착했다. 그리고 놓아주었다. 우리—살아남은 우리—중에 그와 같은 경지에 이르렀다고 할 수 있는 자가 과연 몇이나 될까. 우리는 살면서 좌충우돌하고, 대책 없이 삶과 맞닥뜨리면서 서서히 기억의 창고를 지어간다. 축적의 문제가 있지만, 에이드리언이 의미한 것과는 무관하게 다만 인생의 토대에 더하고 또 더할 뿐이다. 그리고 한 시인이 지적했듯, 더하는 것과 늘어나는 것은 다른 것이다.

나의 삶엔 늘어남이 있었을까, 아니면 단순한 더하기만 있었을까. 그것이 에이드리언의 글이 내 안에서 촉발시킨 의문이었다. 나의 삶에 더해진 것—과 뺀 것—은 있었지만 곱해진 것은? 그 생각에 이르자 나는 심란하고 불안해졌다.

'그래서 예를 들면, 만약 토니가'. 이 말에는 40년 전에 해당하는 특정한 맥락상의 의미가 담겨 있었다. 그리고 얼마 후, 나는 그 말에 질책이 담겨 있음을, 즉 명철한 시각과 자아 성찰을 갖춘 옛 친구가 나를 비판하고 있음을, 혹은 그렇게 귀결될 내용임을 깨닫게 될지도 모른다. 그러나 당장은 그보다는 두루뭉술한 범위에서 그 말을 받아들였다. 바로 내가 살아온 세월 전체의 범위 안에서. '그래서 예를 들면, 만약 토니가'. 이 기록에서 단어들은 실질적으로 완결되었으므로 설명을 위한 주절을 덧붙일 필요는 없다. 그렇고말고. 만약 토니가 더 분명하게 바라보고, 더 단호히 행동하고, 더 진실한 윤리적 가치를 고수했다면, 그가 애초엔 행복이라고, 그리고 나중엔 만족이라고 칭했던 수동적인 평화 상태에 그처럼 쉽게 안주하지 않았다면. 만약 토니가 두려워하지 않았다면, 스스로를 허락하기 위해 다른 이에게서 허락을 구하려 하지 않았다면 등등. 그렇게 가설에 가설을 거듭하면 마지막 가설에 이르게 된다. 예를 들자면 이런 것이다. 만약 토니가 토니가 아니었다면.

그러나 토니는 토니였고, 현재도 토니이다. 자신의 끈덕짐 속에서 평온해지는 이 남자는 보험회사에 편지를 보내고, 베로니카에게 이메일을 보냈다. 네가 날 가지고 놀겠다면, 나도 널 가지고 놀아주지. 나는 베로니카에게 하루걸러 한 번씩 이메일을 보냈고, 요샌 어조도 다양하게 바꿨다. '마땅히 할 일을 해야지, 이 친구야' 하고 농을 섞은 권고를 건네기도 했고, 에이드리언의 문장이 중간에 끊긴 것에 대해 질문을 던지기도 했고, 심드렁하게 근황을 묻기도 했다. 그녀가 이메일을 열기 무섭게 내가 버티고 있을 것 같다고 느끼길 바랐다. 그리고 설령 곧바로 내 메시지를 지운다 해도, 내가 이미 짐작하던 터라 상처를 받기는커녕 놀라지도 않을 것임을 그녀도 알길 바랐다. 그렇게 나는 버티며 기다렸다. '시가아아아안은 내 편이야, 그렇고말고…….' 그녀를 괴롭힌다는 생각은 들지 않았다. 어디까지나 내 소유인 것을 찾고자 할 뿐이었다. 그러던 어느 날 아침, 결과가 당도했다.

'내일 시내에 나갈 일이 있어. 워블리 다리 중간에서 3시에

만나자.'

전혀 예상치 못했던 결과였다. 모든 과정이 일정한 거리를 두고 진행될 줄만 알았고, 그녀가 사무변호사와 침묵이라는 방법을 고수할 줄 알았던 것이다. 베로니카의 마음이 바뀐 건지도 모른다. 아니면 나 때문에 짜증이 난 건지도. 내가 의도한 바이긴 했다.

워블리 다리는 템스강을 가로지르는 신축 육교로, 세인트 폴 대성당에서 테이트 모던까지 이어져 있었다. 다리는 처음 개통됐을 때 살짝 흔들렸고—바람 때문인지, 수많은 사람들이 쿵쾅대며 지나가서인지, 둘 다인지 모르지만—영국의 논평가들은 본분을 다하지 못한 건축가들과 엔지니어들을 적당히 조롱했다. 나는 그 다리가 아름답다고 생각했다. 다리가 흔들리는 것도 좋았다. 우리가 딛고 있는 지반이 불안정하다는 사실을 가끔이나마 상기할 필요가 있다고 말하는 것처럼 느껴졌다. 그후, 다리는 보수공사를 거쳐 더는 흔들리지 않게 되었지만, 이름만은 그대로 남았다. 적어도 한동안은 그랬다. 베로니카가 하필 그 다리를 선택한 이유가 궁금했다. 날 바람맞히는 건 아닌지, 또 다리의 어느 방향에서 올지도 궁금했다.

그러나 베로니카는 먼저 와 있었다. 나는 멀찍이서 그녀를 알아보았다. 키와 자세만 보고 금세 알아보았다. 누군가에 대한 기억에 자세의 이미지가 늘 따라붙는다는 건 묘한 일 아닌가. 그런 데다 그녀의 경우는 뭐랄까, 초조하게 서 있는 자세라고 하면 아실지. 베로니카가 발을 번갈아 폴짝폴짝 뛰고 있었다는 말은 아니다. 그러나 그녀는 긴장한 티가 역력하여 그 자리에 있고 싶지 않은 게 분명했다.

나는 손목시계를 보았다. 정확한 시간에 맞춰 왔다. 우리는 서로를 바라보았다.

"머리숱이 많이 줄었네." 베로니카가 말했다.

"다 그렇지 뭐. 적어도 알코올중독자가 아니라는 건 입증해주니 다행이지?"

"네가 알코올중독자였다는 뜻은 아니야. 저기 벤치 중에 아무 데나 가서 앉자."

베로니카는 내 대답은 기다리지도 않고 앞장섰다. 어찌나 걸음이 빠르던지 그녀와 나란히 걸으려면 숫제 달리는 게 나을 것 같았다. 베로니카에게 그런 만족감을 주고 싶진 않아서 나는 몇 걸음 뒤처져 따라갔고, 이윽고 우리는 템스 강을 마주하는 빈 벤치까지 갔다. 맵찬 옆바람이 강 수면에 잔물결을 일으키고 있었는데, 조수의 방향을 짐작할 수가 없었다. 머리 위 하늘은 잿빛이었고 관광객들은 거의 보이지 않았다. 롤러블레이드를 탄 사람이 덜거덕거리며 우리 뒤를 지나갔다.

"사람들이 왜 널 알코올중독자라고 생각하는 건데?"

"그런 사람 없는데."

"그런데 아까 왜 그런 말을 한 거야?"

"내가 그런 게 아니지. 네가 내 머리숱이 줄었다고 했지. 그리고 술을 아주 많이 마시는 사람들은 술의 특정 성분 덕에 머리가 빠지지 않는다는 게 사실이고."

"정말이야?"

"대머리 알코올중독자 본 적 있어?"

"그런 걸 상상할 시간이 있으면 딴 걸 하겠다."

그녀를 흘긋 보며 나는 생각했다. 하나도 안 변했군, 그런데 난 변했거든. 그런데 묘하게도 이런 줄타기 같은 대화를 하면서 향수 비슷한 감정이 드는 것이었다. 어디까지나 '비슷한' 감정이었다. 동시에 그녀를 보면서 생각했다. 좀 구닥다리가 된 거 아냐? 베로니카는 실용적인 디자인의 트위드 스커트와 다소 낡은 파란색 레인코트 차림이었다. 머리는 강에서 불어오는 바람을 감안하더라도 손질을 제대로 하지 않은 모양새였다. 길이는 40년 전과 똑같았지만 현저히 늘어난 흰머리가 갈래갈래 뒤섞여 있었다. 아니, 숫제 원래의 밤색머리가 흰머리에 섞인 것이라 해야겠다. 예전에 마거릿에게 들은 말인데, 여자는 자신이 가장 매력적이었던 시절의 헤어스타일을 늙어서까지도 고수하는 실수를 저지르는 경우가 많다고 한다. 과감히 쳐내는 게 두렵다는 이유 하나 때문에 더는 어울리지 않는 스타일에 줄곧 매달리는 것이다. 지금 베로니카의 경우는 확실히 그래 보였다. 아니면 그냥 신경을 안 써서일 수도 있고.

"그래서?" 베로니카가 말했다.

"그래서?" 나는 그 말을 따라했다.

"만나자고 했잖아."

"내가?"

"그러지 않았다는 말이야?"

"네 말이 그렇다면 그랬겠지."

"참내, 그렇다는 거야, 안 그렇다는 거야?" 베로니카가 자리에서 몸을 일으키더니, 옳거니, 초조하게 따졌다.

나는 주도면밀하게 아무 반응도 보이지 않았다. 그녀에게 앉으라고 말하지도 않았고, 그녀를 따라 일어나지도 않았다. 그녀는 원하면 떠날 수 있고, 그러고도 남을 테니 붙잡아봤자 소용없었다. 그녀는 강 너머를 바라보고 있었다. 목 한쪽에 세 개의 사마귀가 돋아난 게 보였다. 전에도 알고 있었던 건가, 아닌가. 사마귀마다 긴 터럭이 한 가닥씩 나 있었고, 햇빛에 가는 실낱 같은 털들이 비쳐 보였다.

거참 잘됐군. 소소한 잡담도 금물이고, 옛이야기나 향수도 금물이라 이거지. 본론으로 들어가자.

"에이드리언의 일기장 줄 거야?"

"줄 수 없어." 베로니카가 내 얼굴을 보지도 않고 대답했다.

"왜?"

"태워버렸어."

처음엔 절도였다가, 다음엔 방화로군. 분노가 치솟는 걸 느끼면서 나는 생각했다. 그래도 그녀를 보험회사 다루듯 다뤄야 한다고 스스로 타일렀다. 그래서 가능한 한 자연스러운 태도를 유지하면서 다만 이렇게 물었다.

"이유가 뭐야?"

그녀의 빰이 씰룩했지만, 미소를 짓는 건지, 찡그리는 건지 알 수가 없었다.

"누가 됐건 다른 사람의 일기장을 읽는 건 옳지 않아."

"너희 어머니가 읽으신 건 확실하잖아. 너도 마찬가지고. 그랬으니까 나한테 보낼 페이지를 정했을 것 아니야."

묵묵부답이었다. 돛의 방향을 바꿔보자.

"그건 그렇고, 그 문장 다음엔 어떻게 되는 거야? 너도 알 것 아냐. '그래서 예를 들면, 만약 토니가……' 다음에."

그녀는 어깨를 으쓱하고 얼굴을 찌푸리더니 같은 말을 반복했다. "다른 사람의 일기를 읽는 건 옳지 않아. 원한다면 이거나 읽든가."

베로니카는 입고 있던 레인코트의 주머니에서 편지 봉투를 잡아빼더니 내게 건네주곤 자리를 떴다.

집에 돌아와서 보낸편지함을 확인해 보니, 그러나마나, 내 쪽에서 만나자고 한 적은 한 번도 없었다. 뭐, 어쨌거나 꼭 그렇게 말한 적은 없었다.

나는 컴퓨터 화면에 뜬 '피 묻은 돈'이라는 말을 처음 봤을 때 느꼈던 심정을 떠올렸다. 죽은 사람은 아무도 없어, 라고 혼잣말을 했었다. 베로니카와 나 자신에 대해서만 생각했기 때문이었다. 에이드리언은 고려하지 않았다.

또 한 가지를 깨달았다. 분명한 여자 대 미스터리한 여자라는 마거릿의 이론에는 뭔가 실수, 혹은 모종의 통계적 예외가 있었다. 아니 그보다는, 이론의 두 번째 항목에 등장하는 '남자는 둘 중 어느 한쪽에 매혹된다'가 오류일 수도 있다. 나는 베로니카와 마거릿 둘 다에게 매혹되었었던 것이다.

사춘기가 끝나갈 무렵, 모험이라는 것에 대책없이 취했던 게 기억난다. 성인이 된 나 자신에 대해 이런저런 걸 상상했다. 어디를 갈 것이고, 이런 걸 하고, 저런 걸 발견하고, 그녀를 사랑하고, 또 다른 그녀, 또 다른 그녀, 또 다른 그녀를 사랑하게 될 거라고. 소설 속 인물들처럼 살 것이라고, 또 그렇게 살아왔다고. 어떤 소설처럼 살았는지는 꼬집어 말할 수 없지만, 오직 열정과 위험, 황홀경과 절망(이 있으나 그후에 더 크게 찾아오는 황홀경)뿐일 거라고. 그러나…… '예술이 과장하는 삶의 보잘것없음'에 대해 이야기한 게 누구였나. 20대 막바지의 어느 순간, 나는 나의 모험심이 졸아들어 버린 지 오래라는 걸 인정하게 되었다. 소년기에 꿈꾼 것 중 단 하나라도 실행에 옮길 날은 오지 않을 거였다. 대신, 나는 잔디를 깎았고, 휴가를 냈고, 나름대로 인생을 즐겼다.

그러나 시간이란…… 처음에는 멍석을 깔아줬다가 다음 순간 우리의 무릎을 꺾는다. 자신이 성숙했다고 생각했을 때 우리는 그저 무탈했을 뿐이었다. 자신이 책임감 있다고 느꼈을 때 우리는 다만 비겁했을 뿐이었다. 우리가 현실주의라 칭한 것은 결국 삶에 맞서기보다는 회피하는 법에 지나지 않았다. 시간이란…… 우리에게 넉넉한 시간이 주어지면, 결국 최대한의 든든한 지원을 받았던 우리의 결정은 갈피를 못 잡게 되고, 확실했던 것들은 종잡을 수 없어지고 만다.

나는 하루하고 반나절 동안 베로니카가 준 편지 봉투를 열어보지 않았다. 그녀가 시야에서 사라지기 무섭게 내가 기다렸다는 듯 엄지손가락을 봉투 입구에 갖다댈 거라고 그녀가 생각할 게 뻔해서 나는 기다렸다. 그렇지만 그 봉투 안에 내가 바랐던 내용이 있을 거라는 기대 같은 건 거의 하지 않았다. 이를테면 에이드리언의 일기장이 있는 수화물보관소의 열쇠 같은 것. 동시에 다른 사람의 일기를 읽어선 안 된다는 베로니카의 고지식한 원칙도 그다지 납득이 가지 않았다. 옛적의 과오와 결함 때문에 나를 벌하려는 심사라면 몰라도, 급조된 올바른 행동에 대한 원칙을 옹호하고자 하는 마음으로 불을 지를 타입은 아니었다.

그녀가 나에게 만나자고 한 저의를 알 수 없어 당혹스러웠다. 왜 우체국을 통하지 않고? 참기 힘들 정도로 싫은 만남은 피할 수 있었을 텐데. 왜 굳이 직접 만나자고 했을까? 어지간한 세월이 흐르고 나니, 몸서리쳐지게 싫어도 직접 두 눈으로 날 확인하고 싶었던 걸까? 그렇진 않은 것 같다. 나는 베로니카와 만났던 10여 분 동안 있었던 일—장소와 장소의 변경, 어딜 가건 자리를 뜨고 싶었던 마음, 말한 것과 말하지 않은 것—을 재빨리 되새겨보았고, 마침내 하나의 논리에 도달하게 되었다. 설령 며칠 전의 용무—나에게 그 편지 봉투를 건네주는 것—때문에 나를 만날 필요는 없었다 해도, 자신이 했던 그 말, 에이드리언의 일기장을 불태워 버렸다는 말을 하기 위해서라도 그녀는 나와야 했다고. 그렇다 해도 왜 하고많은 장소 중 하필이면 칙칙한 템스 강 부근에서 그 말을 하려고 했던 걸까. 그러면 나중에 그 사실을 부인할 수 있기 때문이리라. 이메일로 답변하지 않은 건, 그랬다가는 내 쪽에 확증적인 사실을 건네주는 꼴이 돼버리기 때문이었다. 내가 먼저 만나자고 했다고 거짓 주장을 할 수 있다면, 마찬가지로 결코 방화를 저질렀다는 말을 한 적 없다고 주장하는 것 역시 그녀에겐 별달리 어려운 일도 아닐 것이다.

이렇게 가설에 가까운 독해를 한 후 나는 저녁까지 기다렸고, 저녁 식사를 마치고 와인을 한 잔 더 따른 후에야 비로소 예의 편지 봉투를 가지고 자리에 앉았다. 봉투에 내 이름은 적혀 있지 않았다. 그녀가 부인하려 했다는 가설을 더욱 확고히 해주는 증거가 아닐까. 물론 전 그 사람에게 편지를 준 적이 없어요. 그 사람을 만난 적도 없는걸요. 그 사람은 이메일상의 민폐이고, 망상에 죽고 못 사는 대머리 사이버스토커일 뿐이라고요.

첫 번째 페이지의 가장자리가 잿빛에서 검은색의 띠 모양으로 짙어지는 걸 보니, 이것 역시 복사본이라는 걸 알 수 있었다. 도대체 어떻게 돼먹은 여자지? 진본이란 걸 취급해 본 적이 한 번도 없나? 문득 편지 맨 위에 적힌 날짜와 친필이 눈에 들어왔다. 까마득한 그 옛날, 내가 쓴 글씨가, 그때와 변함없는 필체로 남아 있었다. 편지는 '에이드리언에게'라는 말과 함께 시작되었다. 나는 끝까지 다 읽었고, 그런 후 자리에서 일어나 잔에 남아 있던 와인을 이리저리 흘리면서 도로 병에 부었다. 그리고 커다란 잔에 위스키를 가득 따랐다.

우리는 살면서 우리 자신의 인생 이야기를 얼마나 자주 할까. 그러면서 얼마나 가감하고, 윤색하고, 교묘히 가지를 쳐내는 걸까. 그러나 살아온 날이 길어질수록, 우리의 이야기에 제동을 걸고, 우리의 삶이 실제 우리가 산 삶과는 다르며, 다만 이제까지 우리 스스로에게 들려준 이야기에 지나지 않는다는 사실을 깨닫도록 우리에게 반기를 드는 사람도 적어진다. 타인에게 얘기했다 해도, 결국은 주로 우리 자신에게 얘기한 것에 불과하다는 사실을.

에이드리언에게, 아니, 에이드리언과 베로니카에게.

(베로니카, 개같은 년. 잘 지냈나? 너도 함께 이 편지를 읽도록.)

과연, 너희들은 서로 천상배필이니 모쪼록 그 기쁨을 실컷 누리길 바라마지않아. 서로에게 한없이 빠져든 나머지 서로에게 해가 되는 일도 영원히 지속되길. 내가 너희를 소개해 준 날을 저주하게 되길. 필연적으로 맞게 될 결과로 너희가 헤어질 때 꼭 그러길 바라마지않아. 나는 6개월 후라고 보지만, 너희 둘의 자존심을 합친다면 1년으로 늘어날 테고, 그만큼 둘 다 만신창이가 될 테니 어찌 아니 좋겠어? 각자의 인간관계에 독처럼 작용하는 고통이 평생 이어지길. 사실 마음 한편으론 너희 둘 사이에 아이가 생기길 바라고 있어. 이유인즉 내가 시간이 대대손손 이어지며 복수를 가한다는 걸 굳건히 믿는 인간이라 그래. 예술작품을 보라고. 그러나 복수의 과녁은 그 조준이 정확해야 하는 법. 너희 둘이 딱 그에 해당된단 말이지. (그러나 너희는 위대한 예술품이라기보단 만화가의 낙서에 지나지 않지). 그러니 너희에게 그런 걸 바랄 수는 없는 노릇. 너희의 양해를 구하며 시어詩語를 동원해 보자면, 순진무구한 새 생명으로 하여금 자신이 너희의 운우지정으로 인한 결실임을 깨닫는 짐을 지운다는 건 불공정한 처사일 테니 말이야. 그러니, 베로니카, 에이드리언의 새끼손가락만한 자지에 듀렉스를 끼워줄 때마다 빈틈없이 잘 씌우려무나. 아, 아직 그 단계까지는 안 갔으려나?
덕담도 이쯤 해야겠군. 너희 각자에게 적확한 사실 두엇을 들려주도록 하지.
에이드리언: 너도 이미 그 여자가 남자 잡아먹는 요물이라는 사실쯤은 알았겠지. 하지만 내 생각에 너는 그녀가 '자신의 원칙

에 얽매여 발버둥치는 것일 뿐'이라고 스스로 타일렀을 것 같군. 그래서 철학자인 너의 회색세포를 동원해 그녀가 극복할 수 있도록 도와줄 모양인 듯해. 만약 여자가 아직 너한테 '갈 데까지 가는 단계'까지 허용하지 않았다면, 그녀와 헤어질 것을 권고하는 바야. 그러면 여자는 너한테 모든 걸 내주지 못해 안달이 나서 흠뻑 젖은 팬티만 입고 콘돔을 든 채 너희 집 앞을 전전할걸. 하지만 남자 잡아먹는다는 것 또한 은유 아니겠어? 그 여자는 너의 내적 자아를 조종하면서 정작 자신의 자아는 감출 위인이지. 내 여기 정신과 의사들에게 제출할 만한 정확한 소견서—한 주의 어느 요일이냐에 따라 천양지차가 될 수는 있지만—를 남길 테니, 다 필요 없고 그 여자가 자기 자신 말고는 세상 어느 누구의 감정이나 정서적 삶을 생각할 능력이 없음을 알길 바라. 그 여자 어머니까지도 나에게 자기 딸을 경계하라 주의를 줬었지. 내가 너라면, '모친'에게 이런 사실들을 확인해 볼걸? 오래전에 그 여자가 상처를 받은 경험이 있는지 물어보라고. 물론, 베로니카 몰래 해야겠지. 그 이유는 말이야, 썩을, 그 여자는 만사를 제멋대로 휘둘러야 성에 차는 종자라서 그래. 에, 또, 허세덩어리이기도 하니, 명심하라고. 그 여자가 너와 어울리는 이유는 어디까지나 네가 조만간 네 이름을 딴 케임브리지 문학사 학위를 받을 것이기 때문이라는 사실을. 네가 '잭 형님'과 그의 상류층 친구들을 얼마나 경멸했는지 기억해? 바야흐로 네가 어울리고자 하는 부류가 그들인가? 그렇다 한들 잊지 말고 시간을 두고 그 여자를 관찰하라고. 그 여자는 날 경멸하는 것과 마찬가지로 너 또한 경멸하게 될 터이니.

베로니카: 공동서한이라, 그의 까탈과 네 악의가 뒤섞여 있으니 것 참 재미있군. 말하자면 두 엘리트의 혼인이라고나 할까. 너의 사회적 우위와 그의 지적 우위 간의 한판승부라고 해도 되고 말이지. 그러나 나를 (한동안) 뛰어넘은 것처럼 에이드리언도 뛰어넘을 수 있을 거라고 생각하면 오산이야. 네가 머리 굴리는 게 훤히 보이는걸. 그를 소외시키고, 그의 옛 친구들과 절연시키고, 너에게 의존하게 만들고, 기타 등등, 기타 등등. 단기적으론 먹힐 수도 있어. 하지만 장기적으로는? 그 친구가 네가 더없이 지리멸렬한 인간임을 깨닫기 전에 임신하는 건 시간문제겠지. 그리고 설령 그를 닦달한 끝에 그가 그 사실을 실토한다 해도, 너는 평생에 걸쳐 네 논리를 교정받을 수 있을 테고, 아침식사 테이블에서 까탈을 떠는 것도, 아니꼽게 점잔 빼는 너 때문에 몰래 한숨이 터지는 것도 즐거이 고대할 수 있을 거야. 지금의 나로선 너에게 손가락 하나 까딱할 수 없지만, 시간은 그럴 수 있지. 시간이 말해줄 거야. 시간은 늘 그렇거든.

너희에게 계절 인사를 보낸다. 그리고 기원컨대 함께 기름 부음

받은 너희의 머리통에 산성비가 쏟아지기를.

토니

위스키가 생각을 맑게 하는 데 도움이 된다는 걸 경험으로 안다. 또 고통을 줄이는 데도. 위스키의 다른 미덕은 취할 수 있거나, 좋이 마시면 만취할 수도 있다는 것이다. 나는 이 편지를 몇 번에 걸쳐 읽고 또 읽었다. 내가 그 편지를 썼다는 사실이나 그렇게 험담을 퍼부었다는 것을 부인하기가 어려웠다. 행여 하소연할 수 있는 게 있다면, 그 편지를 쓴 당시의 나와 현재의 나는 다르다는 것 말고는 아무것도 없었다. 정말이지, 나의 어떤 성정이 나를 부추겨 그런 편지를 쓰게 했는지 나도 모르겠다. 그러나 이런 태도는 고도의 자기기만인지도 모른다.

처음에 나는 주로 나 자신에 대해, 그리고 그때까지 살아온 바와, 나의 인간의 됨됨이—예민하고, 시기심 많고, 독한 성격—에 대해 생각했다. 또 둘의 관계를 와해시키려 했던 것에 대해서도. 이 범주에서 볼 때, 소득은 없었다. 베로니카의 어머니가 에이드리언이 세상을 떠나기 전 몇 달 동안 행복했다고 말했던 것을 생각하면 그랬다. 그렇다고 내게 면죄부가 생기는 건 아니었다. 젊은 시절의 자아가 노년의 자아를 찾아와 그 시절에, 그 이후에, 혹은 그 시절에 가끔씩 내 깜냥이 발휘됐던 것이 어떤 양상이었는지를 알리며 충격에 빠뜨린 것이다. 그런 데다 우리의 삶을 지켜봐주던 사람들이 하나둘씩 세상을 떠나고, 그와 함께 우리의 존재를 밝혀주는 증거까지도 하나둘씩 사라진다는 걸 내가 지껄이기 시작한 것도 정말 최근에 와서였다. 이제 나는 그 시절, 혹은 그보다 더 전 시절의 내 됨됨이에 대한 모종의 전혀 달갑지 않은 확증을 갖게 된 것이다. 이것이 베로니카가 불에 태워버린 단 하나의 문서라면 말이다.

그런 다음 나는 베로니카를 생각했다. 그녀가 처음 이 편지를 읽었을 때 느꼈을 감정—이 얘긴 나중에 할 것이다—이 아니라 그 편지를 넘겨준 이유에 대해서. 물론, 그녀로선 내가 천하의 개망나니라는 사실을 지적하고 싶었을 것이다. 그러나 결국엔 그보다 더 큰 이유가 있을 거라는 데 생각이 기울었다. 현재 우리의 교착상태를 고려해 보건대, 이 또한 전략적 행보이자 일종의 경고라고 볼 수 있었다. 만약 내 쪽에서 어떤 식으로든 법적 소동을 일으킬 경우, 그녀에게 이는 일말의 정당방위가 될 것이다. 나 자신의 사람됨을 목격한 증인이 바로 나일 터였다.

그런 후 나는 에이드리언을 생각했다. 자살로 생을 마감한 나의 옛 친구. 그리고 이 편지는 그가 죽기 전 나한테서 마지막으로 받은 서신이었다. 그의 인성에 대한 명예훼손이자 그의 인생 최초이자 최후의 사랑을 파괴하려는 시도였다. 그리고 이 편지에서 시간이 말해줄 거라고 썼을 때 나는 과소평가, 아니 계산 착오를 저질렀으니, 시간은 그들이 아니라 나를 비판하고 있었다.

그리고 마침내 나는 에이드리언의 편지를 읽은 후에 내 본심을 감출 요량으로 보낸 엽서를 기억해 냈다. 모든 것이 다 좋아, 이 친구야 운운하며 평정을 가장했던 문장들을. 그것은 클리프턴 현수교 사진이 인쇄된 카드였다. 매년 수많은 사람들이 그 다리에서 뛰어내려 자살했다.

그다음 날, 맑은 정신으로 나는 우리 셋에 대해, 그리고 시간의 수많은 역설에 대해 생각했다. 예를 들면 이렇다. 사람은 가장 젊고 민감한 시절에 상처도 가장 많이 받는다. 반면 끓어오르던 피가 서서히 잦아들고, 감정이 전보다 무뎌지면서 더 든든히 무장을 하고 상처를 견딜 줄 알게 되면, 예전보다 더 신중하게 운신하게 된다. 요새 들어 내가 베로니카의 속을 긁을 궁리를 하고 있는 건 맞을지 몰라도, 악랄하게 그녀를 껍질부터 야금야금 벗겨낼 생각은 추호도 없다.

돌이켜 생각해 보니 그들이 서로 연애를 하겠다고 내게 통보한 건 못돼먹은 처사가 아니었다. 다만 그 말을 한 타이밍이 문제였고, 모든 배후에 베로니카가 도사리고 있는 것처럼 여겨졌던 것뿐이었다. 나는 왜 그런 문제로 노발대발했던 걸까? 자존심이 상해서? 시험 전 스트레스 때문에? 외로워서? 어떤 이유도 변명에 지나지 않았다. 그리고 내가 지금 느끼는 건 수치심이나 죄책감이 아니었다. 천만에, 내 인생에선 상대적으로 드문 데다 더욱 강렬한 종류였다. 회한의 감정. 더 복잡하고, 온통 엉겨 붙어버린 원시적인 감정이다. 그런 감정의 특징은 속수무책으로 견디는 수밖에 없다는 것이었다. 헤아릴 수 없을 만큼 세월이 흘렀고, 그만큼 상처도 깊어 개선의 여지조차 없는 감정이었다. 그럼에도, 40년이 흐른 지금, 나는 베로니카에게 그런 편지를 쓴 데 대해 사과하는 내용의 이메일을 보냈다.

그런 후 나는 에이드리언에 대해 좀 더 생각했다. 처음 봤을 때부터 그는 언제나 우리 모두를 합친 것보다 더 명철한 시각을 갖추었던 것으로 보였다. 우리가 호강에 받들려 무풍지대나 다름없는 사춘기를 허우적대며 우리의 타성적 불만이 인간조건에 대한 본원적 반응이라 믿는 동안, 에이드리언은 이미 거기에서 벗어나 멀리, 넓게 앞을 조망하고 있었다. 그는 인생에 대해서도—애써 살아봤자 보람이 없다는 결론에 이르렀을 때마저도, 어쩌면 그래서 더더욱—남달리 명징하게 받아들였다. 그에 비하면 나는 언제나 흐리멍덩했고, 인생이 내게 던져주는 얼마 되지도 않는 교훈에 대해 크게 깨달을 깜냥도 못 되었다. 내 식으로 말하면, 나는 삶의 현실에 안주했고, 삶의 불가항력에 복속했다. 만약 이렇다면 이렇게, 그렇다면 저렇게 하는 식으로 세월을 보냈다. 에이드리언 식으로 말하면 나는 삶을 포기했고, 삶을 시험해 보는 것도 포기했고, 삶이 닥쳐오는 대로 받아들였다. 그래서 난생처음, 나는 내 온 인생에 대해 한결 총체적인—자기연민과 자기혐오 사이의 어딘가에 위치한—후회의 감정에 시달리기 시작했다. 살아온 어느 하루도 후회되지 않는 날이 없었다. 젊은 시절 알게 된 친구들을 잃었다. 아내의 사랑을 잃었다. 즐겼던 야망을 저버렸다. 인생이 너무 성가시지 않기를 바랐고 성공을 거두었다. 이 얼마나 옹색한 일인가.

평균치. 학교를 떠난 후 나란 인간은 줄곧 그랬다. 대학에서, 직장에서 평균치. 우정과 성실과 사랑에서 평균치. 섹스에서도 의심할 여지 없이 평균치였다. 몇 년전 영국의 자동차 운전자들을 상대로 실시한 조사에서 설문에 참여한 운전자 95퍼센트가 스스로 '평균 수준보다 양호한' 운전 실력을 갖추고 있다고 믿는다는 결과가 나왔다. 그러나 평균치의 법칙에 따르면, 우리는 불가항력적으로 평균치가 될 수밖에 없는 존재다. 이렇게 생각해 봐도 마음은 결코 편해지지 않았다. 평균치란 말이 메아리쳐 울려퍼졌다. 평균치 인생. 평균치 진실. 평균치 윤리관. 나를 다시 만났을 때 베로니카가 보인 첫 반응은 내 머리숱이 줄어들었다는 지적이었다. 그건 정말 아무것도 아니었다.

나의 사과 편지를 받은 그녀가 답장을 보내왔다. '좀처럼 이해를 못 하네? 하긴 언제 한 번이라도 그랬던 적이 있나?' 투덜댈 여지가 거의 없었다. 그 와중에 그녀가 쓴 그 두 문장 속에 내 이름이 직접적으로 적혀 있기를 내가 궁상맞게 기대하고 있음을 깨달았다 해도.

나는 베로니카가 어떻게 해서 내 편지를 계속 갖고 있었는지 궁금했다. 에이드리언이 자신의 모든 물건을 그녀에게 넘겨주라는 유언을 남긴 걸까? 그가 유언장을 썼는지 안 썼는지조차 나는 알지 못했다. 어쩌면 그가 일기장 속에 보관한 것을 그녀가 발견한 건지도 모른다. 아니지, 이건 틀린 생각이다. 편지가 에이드리언의 일기장 안에 있었다면 포드 부인이 봤을 테고, 그랬다면 나에게 500파운드를 물려주는 일은 결코 없었을 것이다.

베로니카가 나를 머리끝부터 발끝까지 혐오해 마지않으리라는 사실을 생각하면, 내가 보낸 편지에 굳이 답장을 쓴 이유가 궁금했다. 뭐, 어쩌면 혐오하지 않는 건지도 모르지만.

베로니카가 자신의 이메일 주소를 넘겨준 '잭 오라버니'를 닦달했을지도 궁금했다.

그 옛날, 그녀가 '그래선 안 될 것 같아'라고 한 게 다만 예의상 한 말인지 궁금했다. 그녀가 결정을 내리고 있는 동안 나누었던 성적인 접촉이 영 마음에 들지 않았기 때문에 나와 자고 싶지 않았던 것일지도 모른다.

잭에게 연락한 것과 에이드리언이 남긴 일기장의 한 페이지와 다리 위에서의 만남과 내가 보냈던 편지의 내용과 후회의 감정을 이야기하는 동안, 마거릿은 내 얘기를 들으면서 자리에 앉아 키슈*와 샐러드를 먹고, 과일 쿨리를 곁들인 파나코타**를 먹었다. 그리고 커피잔을 받침접시에 딸깍 소리 나게 내려놓았다.

"당신이 그 '과일케이크'를 아직도 사랑하는 건 아니겠지."

"아니, 아니라고 생각해."

"토니, 내 말은 질문이 아니야. 진술이지."

* 치즈와 베이컨을 넣은 파이.

** '쿨리'는 야채와 과일로 만든 소스이고, '파나코타'는 이탈리아식 아이스크림이다.

나는 맞은편에 앉은 마거릿을 애정어린 눈으로 바라보았다. 이 세상에서 그녀만큼 나를 잘 아는 사람은 없었다. 그런데도 그녀는 여전히 나와 점심 식사를 같이 하길 원했다. 그리고 내가 나 자신에 대해 주저리주저리 떠들어대는 걸 받아주었다. 나는 그녀가 한점 의심 없이 알아챌 만한 의미를 담아 미소를 지었다.

"조만간 당신을 깜짝 놀라게 할 거야." 내가 말했다.

"지금도 그래. 오늘도 그랬고."

"그래, 하지만 당신이 날 지금보다 안 좋게 보는 게 아니라, 좋게 보는 쪽으로 놀라게 해주고 싶어."

"내가 당신을 더 안 좋게 볼 일은 없어. 과일케이크의 경우도 마찬가지고. 물론 그 여자에 대한 나의 평가수준이 해수면 아래쯤에만 머물렀던 건 분명하지만."

마거릿은 득의만만해하는 타입은 아니었다. 내가 그녀의 조언대로 하지 않았다는 사실을 굳이 지적할 필요가 없다는 것도 잘 알고 있었을 테지만. 그녀는 공감하며 귀 기울여 들어주는 걸 꽤 좋아하는데다, 더는 나의 아내가 아니라는 사실에 안도할 만한 이유를 재삼 상기하는 것도 즐기는 편이다. 이건 험담하자는 말이 아니다. 사실이 그렇다는 소리다.

"뭐 하나 물어봐도 돼?"

"늘 그러잖아." 그녀가 말했다.

"날 떠난 게 내가 싫어서였어?"

"아니." 그녀가 말했다. "우리 둘 다 문제여서 떠났던 거야."

같은 말을 되풀이하는 경향에 기대어 또다시 말하는데, 나는 수지와 원만히 지내고 있다. 이는 재판정에서 기쁜 마음으로 선서할 수도 있는 진술이다. 딸아이는 서른셋이나 서른네 살쯤일 것이다. 맞다, 서른네 살이다. 참나무로 지은 등기소 앞줄에 앉아 증인의 소임을 다한 후로, 지금까지 나와 딸아이 사이엔 어떤 종류의 다툼도 없었다. 그때 혼인신고서에 서명을 하면서 그 아이를 떠나보낸다고, 아니, 더 정확히 말하면 내가 그 아이를 떠나는 거라고 생각한 기억이 난다. 아비의 의무를 다했고, 외동딸은 결혼이라는 한시적 피난처로 떠났다. 이제 할 일은 알츠하이머에 걸리지 않도록 조심하면서, 가진 재산을 잊지 않고 그 아이에게 남기는 것뿐이다. 그리고 우리 부모보다 더 나은 부모가 되기 위해, 가진 재산이 자식에게 실제로 도움이 될 시점에 맞춰 죽어주는 편이 더 좋다. 그것이 출발점이 되리라.

내가 마거릿과 이혼하지 않았다면, 수지가 내게 손주 사랑이

과한 할아버지 이상의 자리를 내주었으리라는 건 두말하면 잔소리다. 마거릿이 그런 역할을 더 잘해낸다는 것도 놀라울 게 없었다. 수지는 손주들을 내게 맡기고 싶어하지 않았다. 가령 애들 기저귀 가는 것도 숱하게 했건만, 내가 아이들을 돌볼 수 있다고 생각하지 않았다. '루카스가 더 크면 그때 같이 축구경기 보러 가시면 되잖아요.' 그 애가 했던 말이다. 아, 테라스에서 짓무른 눈의 할아버지가 손자에게 다른 팀 응원 셔츠를 입은 인간들을 혐오하는 방법과, 부상당한 척하는 방법과, 경기장 쪽으로 코를 푸는 방법—잘 봐라, 얘야, 한쪽 콧구멍을 꽉 틀어막은 다음, 있는 힘껏 코를 풀어서 다른 쪽 콧구멍으로 푸르딩딩한 걸 확 내뿜는 거야—을 가르치며 축구의 신비로운 세계로 인도하는 광경이라니. 인생이 무언지 알기도 전에 허세를 떨고, 호사를 누리고, 가장 아름다운 시절을 허비하는 법을 가르치라는 말이리라. 아, 여부가 있나, 루카스를 데리고 축구경기장에 갈 날을 손꼽아 기다릴 뿐이다.

그러나 수지는 내가 운동경기—혹은 작금의 운동경기란 것의 위상—를 탐탁치 않아 한다는 사실을 알지 못한다. 수지는 감정의 문제를 실리적으로 접근하는 아이다. 실로 그렇다. 마거릿에게서 물려받은 면이다. 따라서 내가 느끼는 감정 그 자체는 딸의 걱정거리가 못 된다. 수지는 내가 특정한 감정을 느낀다고 가정하고, 그 가정에 따라 나를 좌지우지하는 걸 선호한다. 일정 면에서, 그 애는 이혼의 책임이 내 쪽에 있다고 생각한다. 가령 이런 거다. 이혼이 전적으로 어머니의 선택이었으니, 모든 잘못은 아버지 쪽에 있다.

인성의 깊이와 세월의 흐름은 비례하는 걸까? 소설에선 물론 그렇다. 그렇지 않다면, 스토리라고 할 수 있는 건 거의 없을 것이다. 그렇지만 실제 인생에선 어떨지 가끔 궁금해질 때가 있다. 우리의 태도와 견해가 바뀌고, 새로운 습성과 기벽이 생기긴 하지만, 그건 뭔가 다른 것, 이를테면 장식에 가까운 것이다. 어쩌면 인성이란 다소 시간이 지나서, 즉 20대에서 30대 사이에 정점에 이른다는 점만 빼면, 지성과 비슷할지도 모른다. 그 시기가 지나면 우리는 그때까지 쌓은 소양에 여지없이 고착되고 만다. 우리에겐 우리 자신뿐이다. 그렇다면 그걸 통해 여러 인생을 설명할 수 있지 않을까? 그리고—허세 부리려는 건 아니지만—우리의 비극까지도.

'축적의 문제'라고 에이드리언은 썼었다. 축적의 문제. 어떤 말에 돈을 걸고, 그 말이 이기면, 그 상금을 다음번 경기의 다음번 말에게 건다. 이런 식으로 승리는 축적된다. 그렇다면 패배도 축적되는 걸까? 경마에서는 그렇지 않다. 그저 첫 번째 노름 밑천을 잃을 뿐이다. 그렇다면 인생에서는? 다른 법칙을 적용해야 할지도 모른다. 한 관계에 승부를 걸었으나 실패로 끝난다. 계속해서 다음번 관계에서도 실패하고 만다. 이때 잃는 건 단순히 두 번 뺄셈을 하고 난 값이 아니라, 우리가 내걸었던 것의 배수이다. 아무튼 그런 기분일 것이다. 인생은 단순히 더하고 빼는 문제가 아니다. 상실의, 혹은 실패의 축적과 곱셈이다.

에이드리언의 글은 또한 책임의 문제를 언급하고 있다. 연쇄적으로 이어지는 책임이 있는지 없는지, 혹은 책임의 개념을 그보다 더 협소하게 좁혀야 하는 건지 아닌지를 묻고 있다. 나는 그 범위를 좁혀야 한다고 굳게 믿고 있다. 미안하지만, 우리는 세상을 뜬 부모도, 형제자매도, 외동 신세도, 우리의 유전자도, 사회도, 그 어떤 것도 원망할 수 없다. 정상적인 환경에 있다면 안 될 일이다. 그와 정반대인 상황을 강력히 입증할 만한 것이 없다면, 자신의 인생은 전적으로 자신의 책임이라는 개념부터 챙겨라. 에이드리언은 나와는 비교할 수 없을 정도로 명석했다. 내가 상식을 적용하는 지점에서 그는 논리를 적용했다. 그러나 결국엔 우리 둘 다 엇비슷한 결론에 도달했다는 생각이다.

그가 쓴 글을 내가 낱낱이 이해할 수 있다는 말은 아니다. 그가 일기에 쓴 방정식을 눈여겨보면서도 이렇다 할 혜안이 생기는 것 같지는 않았다. 그렇지만 난 원래 수학에는 도통 젬병이었다.

에이드리언이 죽은 건 부럽지 않지만, 그 삶의 명징성은 부럽다. 그가 비단 우리보다 명징하게 보았고, 생각했고, 느꼈고, 행동했기 때문만이 아니라, 죽는 순간에도 그럴 수 있었기 때문에 부럽다. 행여 내가 제1차 세계대전 같은 걸 의미한다고 생각지 말자. '꽃같은 나이에 안타깝게 세상을 떠난'—롭슨이 자살했을 때 교장이 입에 침이 마르도록 한 그 말—과 '살아남아 늙어갈 우리와 달리 그들은 늙지 않으리' 같은 것 말이다. 살아남은 우리의 대부분은 늙는 데 연연한 적이 없다. 내 판단이지만, 요절하는 것보다는 늙는 것이 언제나 나은 법이다. 아니, 내 말뜻은 이렇다. 20대에는 자신의 목표와 목적이 혼란스럽고 확신이 서지 않는다 해도, 인생 자체와, 또 인생에서의 자신의 실존과 장차 가능한 바를 강하게 의식한다. 그후로…… 그후로 기억은 더 불확실해지고, 더 중복되고, 더 되감기하게 되고, 왜곡이 더 심해진다. 젊을 때는 산 날이 많지 않기 때문에 자신의 삶을 온전한 형태로 기억하는 게 가능하다. 노년에 이르면, 기억은 이리저리 찢기고 누덕누덕 기운 것처럼 돼버린다. 충돌사고 현황을 기록하기 위해 비행기에 탑재하는 블랙박스와 비슷한 데가 있다. 사고가 일어나지 않으면 테이프는 자체적으로 기록을 지운다. 사고가 생기면 사고가 일어난 원인은 명확히 알 수 있다. 사고가 없으면 인생의 운행일지는 더욱더 불투명해진다.

달리 설명해 볼까. 혹자는 역사적으로 가장 좋아하는 시기가 모든 것이 붕괴할 때로, 이는 곧 무언가 새로운 것이 태어남을 의미하기 때문이라고 했다. 이를 우리 개인의 삶에 적용할 때 과연 타당한 데가 있을까? 무언가 새로운 것이 태어나는 동안 죽는다는 것. 설사 그 새로운 것이 다름 아닌 바로 우리 자신이라 해도. 모든 정치적, 역사적 변화가 얼마 안 가 반드시 실망을 안겨주는 것처럼, 성년기도 마찬가지이다. 나는 인생의 목적이 흔히 말하듯 인생이 마냥 좋은 것만은 아님을 얼마의 시간이 걸리건 상관없이 기어코 납득시킨 끝에, 고달파진 우리가 최후의 상실까지 체념하고 받아들이게 하는 데 있는 건 아닌가 생각할 때가 가끔 있다.

한 남자가, 밤이 늦어, 살짝 취한 나머지 전 애인에게 편지를 쓴다고 생각해 보자. 그가 편지 봉투에 주소를 적고, 우표를 붙인 다음, 코트를 찾아 입고 우체통이 있는 곳까지 걸어가서 편지 봉투를 밀어 넣은 후, 걸어서 집으로 돌아와 잠을 잔다고 말이다. 그가 마지막 과정까지 일사천리로 행동에 옮길 가능성은 거의 없다. 안 그런가? 편지는 다음 날 아침까지도 부치지 않은 채 놓여 있을 것이다. 얼마 안 가서, 아니나 다를까, 생각이 달라진다. 그런 점에서 이메일에는 미덕이 많다. 임의적이고, 즉각적이고, 감정에 대해, 감정상의 결례에 대해서까지 진실되다. 나의 사유—라는 말이 너무 거창한지는 모르겠지만—는 다음과 같이 진행되었다. 마거릿의 말을 곧이곧대로 믿어야 하나? 거기 있지도 않았으니 기껏해야 선입견뿐일 텐데. 그래서 나는 베로니카에게 이메일을 보냈다. 제목에 '질문'이라고 쓴 다음, 다음과 같이 물었다. '그 시절에 내가 널 사랑했다고 생각해?' 내 이니셜로 서명을 한 후, 마음이 바뀌기 전에 보내기 버튼을 눌러버렸다.

다음 날 아침, 베로니카에게서 답장이 와 있는 것을 보고 내 눈을 의심했다. 이번에 그녀는 내 제목을 지우지 않았다. 답장의 내용은 이랬다. '그런 질문을 하고 싶다면, 내 대답은 [아니]. V.'

이런 반응이 정상적이라고, 심지어 고무적이라고까지 보다니, 여기엔 내 심리 상태를 시사해 주는 바가 있지 싶다.

그런 후 마거릿에게 전화를 해서 그때까지 베로니카와 주고받은 얘기를 들려주다니, 나의 반응을 시사해 주는 또 다른 뭔가가 있지 싶다. 나의 전처는 잠시 말이 없다가 조용히 말했다. "토니, 이제 당신은 혼자야."

물론 달리 말해볼 수도 있다. 달리 말할 방도는 언제나 있다. 가령, 경멸의 문제와, 경멸을 당한 후의 우리의 반응이라는 문제가 있다. '잭 형님'이 내게 시건방진 태도로 윙크를 하고, 그로부터 40년이 지나서 나는 고유의 매력을 발휘, 아, 이건 아니지, 과장은 하지 말자, 매력이 아닌, 모종의 비뚤어진 예우를 갖춰서 그에게서 정보를 빼낸다. 그러기 무섭게 나는 그를 배신한다. 네가 날 경멸한다면 나도 널 경멸해 주마. 이제 와서 비로소 인정하는 바이지만, 그때 그가 나에게 실제로 느낀 감정은 그저 짓궂은 무관심일 뿐이었는지도 모른다. 오호라, 여동생이 최근에 사귄 놈이로군. 전에도 한 놈이 있었고, 말하면 입만 아프지만 조만간 또 딴 놈이 생길 테고. 어차피 지나갈 놈을 애써 간을 볼 필요 있나. 그러나 당시 나—토니—는 그가 날 경멸한다고 생각했고, 그렇게 기억했고, 그 감정을 그대로 다시 불러낸 거였다.

그리고 베로니카에겐 그보다 더한 짓을 하려 했는지도 모른다. 그녀의 경멸을 다시 불러일으키는 게 아니라, 극복하려고 했나보다. 여러분도 이 묘미를 이해할 것이다. 내가 썼던 편지를 다시 읽는다는 것, 거기서 배어나오는 모질고 공격적인 태도를 감지한다는 것은 격심하고 사사로운 충격을 주었기 때문이다. 설령 베로니카가 날 경멸한 적이 없었다 해도, 에이드리언이 건네준 내 편지를 읽은 후엔 필연적으로 그럴 수밖에 없었을 것이다. 또 그때부터 지금껏 가시지 않은 분노의 발로에서 에이드리언의 일기장을 주는 걸 미루고, 심지어는 파기할 수밖에 없었을 것이다.

내 얘기의 요지는, 장담컨대, 회한의 주된 특징은 할 수 있는 게 아무것도 없다는 데 있다. 이미 까마득한 시간이 흐른 마당에 사과를 하거나 보상해 봤자 부질없는 짓이다. 하지만 내가 틀린 거라면? 시간을 거꾸로 돌려서 회한을 단순한 죄책감의 문제로 바꾸어, 사과를 하고 용서받을 방도가 있다면? 베로니카가 생각한 것처럼 내가 나쁜 놈이 아니었다는 것을 입증할 수 있다면, 그리고 그녀가 기꺼이 그를 믿어준다면?

어쩌면 나의 동인은 전혀 반대 방향에서 출발했고, 사실은 과거가 아니라 미래에 관한 문제인지도 모른다. 대부분의 사람들이 그렇듯, 나 역시 여행에 대해서는 미신적인 데가 있다. 다들 통계학적으로 비행기를 타는 게 모퉁이 가게까지 걸어가는 것보다 더 안전하다는 사실을 알 터이다. 그런데도 나는 비행기를 타기 전에 대금을 지불하고, 서신을 정리하고, 지인에게 전화를 걸어두는 등의 일을 한다.

"수지, 나 내일 떠난다."

"네, 알아요, 아빠. 말씀하셨잖아요."

"그랬냐?"

"네."

"아, 그냥 안부나 전할까 했다."

"죄송해요, 아빠. 애들이 시끄럽게 떠들어서요. 뭐라고 말씀하셨어요?"

"아, 아무것도 아니다, 애들한테 할아버지가 보고 싶어한다고 전해줘."

당연하지만, 이건 다 자기 자신을 위해 하는 일이다. 마지막 기억을 남기고 싶고, 그 기억이 좋은 것이길 바란다. 곧 타게 될 비행기가 걸어서 모퉁이의 가게에 가는 것보다 위험할지 모르니 그에 대비해 남들에게 좋은 기억으로 남으려는 것이다.

그러니 이런 것들이 마요르카에서 닷새간 겨울 휴가를 보내기 전에 거치는 과정이라면, 최후의 여행—터덜거리는 차에 실려 화장터의 커튼을 헤치고 가는 길—이 임박했을 때, 생을 접기 전에 그보다 좀 더 광범위한 과정을 밟아선 안 될 이유가 있을까? 날 원망하지 말기를, 날 좋게 기억해 주기를. 세상 사람들이 날 좋아했다고, 날 사랑했다고, 내가 나쁜 놈이 아니었다고 말해주기를. 이중 해당되는 경우가 단 하나도 없다 한들, 부디.

나는 오래전의 사진첩을 펼쳐서 트래펄가 광장에서 베로니카의 부탁으로 찍었던 사진을 들여다보았다. '네 친구들과 한 장'. 앨릭스와 콜린은 이건 역사가 될 거야, 라고 생각한 듯 다소 과장된 자세를 취하고 있고, 에이드리언은 여느 때처럼 진지한 표정인데, 베로니카의 시선은—방금 알아차린 것이지만—에이드리언을 향하고 있다. 그를 올려다보고 있진 않지만 카메라를 보고 있는 것도 아니다. 그렇다, 날 보고 있지 않다. 그날 나는 질투를 느꼈다. 친구들에게 베로니카를 소개하고 싶었고, 그녀가 내 친구들을 좋아하길 바랐고, 친구들은 물론 각자 날 좋아하는 만큼은 아니더라도 그녀를 좋아해 주길 바랐다. 비현실적인 건 물론이요, 철딱서니없는 기대였는지도 모른다. 그래서 베로니카가 에이드리언에게 줄곧 질문을 던질 때 나는 초조한 심정이 되었고, 나중에 호텔 바에서 에이드리언이 잭 형님과 그의 친구들에 대해 좋지 않게 말했을 때, 곧

바로 마음이 풀렸다.

잠시나마 앨릭스와 콜린을 수소문할까 생각했다. 그들의 기억에 기대어 날 지지해 줄 만한 증거를 얻어볼까 생각했다. 그러나 그들은 이 사연의 핵심에서 너무도 동떨어져 있었다. 그들의 기억력이 나보다 더 나을 것 같지도 않았다. 그런 데다 만약 그들의 증거가 득이 아닌 독이 된다면? 토니, 사실은 말이야, 세월이 이만큼 흘렀으니 진실을 말해도 딱히 해될 게 없을 것 같아서 하는 말인데, 에이드리언은 매일 네 등 뒤에서 널 사정없이 깠었어. 하, 이거 일이 재미있게 돌아가는데. 그러게 말이야, 우리 둘은 눈치챘었거든. 에이드리언은 네가 스스로 생각하는 만큼 착하지도, 똑똑하지도 않다고 했었어. 그랬구나. 다른 말은 안 했고? 했지, 네가 그의 제일 친한 친구—어쨌거나, 우리 둘보다는 더 친한 친구—라고 티내고 다니는 게 자기는 황당하고 어이없다고 했었어. 그랬구나, 그게 다야? 그게 다가 아니라. 이름이 뭐였지, 그 여자애가 너랑 사귄 건 달리 더 괜찮은 남자가 없기 때문이라는 게 누가 봐도 훤히 보였다고. 우리가 다 함께 만났을 때 걔가 에이드리언에게 알랑거리는 걸 넌 눈치 못 챘었어? 우린 정말 놀랐는데. 에이드리언에게 착 달라붙어 온갖 아양을 떨더군.

안 될 말이다. 그들은 하등 도움이 안 될 것이다. 그리고 포드 부인은 세상을 떴다. 잭 형님은 이 일에서 손을 뗐다. 베로니카만이 유일한 목격자이자 유일한 증인이었다.

내가 베로니카의 속을 뒤집어 놓겠다고 하지 않았던가? 범상치 않은 표현인데다가 마거릿이 하는 닭요리가 떠오르기도 한다. 마거릿은 닭의 가슴 쪽과 다리의 껍질을 살살 뒤집은 후, 거기에 버터와 허브를 밀어넣는다. 허브는 타라곤을 쓰는 것 같고, 마늘도 좀 넣는 것 같은데, 확실하진 않다. 그때도 지금도, 내가 직접 만들어본 적은 한 번도 없다. 손맛이 워낙 떨어져서, 내가 하면 껍질이 다 찢어질 것 같다.

마거릿이 프랑스식 닭요리법에 대해 얘기한 적이 있는데 훨씬 더 근사했다. 프랑스인들은 닭 껍질을 뒤집은 다음, 검은 송로버섯을 썰어 넣는다. 그 음식을 뭐라고 부르는지 아는가? '상중인 닭'이라고 부른다. 아무래도 옛날에 몇 달간 상복만 입다가, 그후 몇 달은 회색 옷, 그런 후 천천히 색깔 있는 옷을 입던 시절에 유래한 요리인 모양이다. 정식, 반식半式, 약식 상복. 이게 맞는 용어인지는 모르지만, 드레스 색깔의 명도를 나타낸 색상표가 있다는 건 안다. 요새는 상복을 입는 기간이 어느 정도인가? 대개 반나절뿐이다. 장례나 화장 때, 아니면 다 끝나고 술을 마실 때에 입는 것으로 족하다.

얘기가 다소 곁가지로 흐른 점에 양해를 구한다. 베로니카의 속이 뒤집어지도록 괴롭히고 싶다, 나는 그렇게 말했었다. 맞나? 진담이라고 생각한 걸 표현하려 했던 걸까, 아니면 다른 거였을까? 그러나 「난 당신 속을 뒤집어 놓았지I've Got You Under My Skin」는 사랑 노래였다, 안 그런가?

마거릿을 비난할 생각은 조금도 없다. 추호도 없다. 그러나 단도직입적으로 말해, 내가 혼자가 되었다면, 내게 남은 건 과연 누구인가? 나는 며칠을 주저하다가 베로니카에게 메일을 보냈다. 부모님 안부를 물었다. 아버지는 아직 생존해 계신지 물었다. 어머니는 호상好喪이었는지 물었다. 여기에 덧붙여 비록 한 번밖에 뵙지 못했지만 좋은 기억을 갖고 있다고 말했다. 흠, 절반은 진실이었다. 왜 그런 걸 물었는지는 나도 모르겠다. 아무래도 평범한 사람들과 다를 바 없는 행동을 해보고 싶었던 모양이다. 아니면, 전혀 평범하지 않은 행동일지언정 그런 척이라도 해보고 싶었던 모양이다. 젊었을 땐—내 얘기다—자신의 감정이 책에서 읽고 접한 감정과 같은 것이 되기를 바란다. 감정이 삶을 전복하고, 창조하고, 새로운 현실을 규정해 주길 바란다. 세월이 흐르면, 그 감정이 좀 더 무뎌지고, 좀 더 실리적이 되길 바라는 것 같다. 그런 감정이 지금 그대로의 삶과 지금까지 살아온 삶을 응원해 주길 바란다. 자신이 그럭저럭 괜찮게 살고 있다고 말해주길 바란다. 이런 심정에 일말이라도 그릇된 것이 있을까?

베로니카의 답장을 읽으며 놀라면서도 한편 마음이 놓였다. 내 질문을 파렴치하다고 받아들이지 않은 것이다. 오히려 반가워하는 눈치였다. 베로니카의 아버지가 세상을 떠난 건 35년 아니면 더 됐을 것이다. 갈수록 주벽이 심해지다가 결국 식도암에 걸렸다. 나는 그 대목을 읽다 멈추고, 워블리 다리에서 베로니카를 만났을 때 경박하게도 대머리 알코올중독자 얘기를 꺼낸 데 대해 가책을 느꼈다.

부친이 세상을 떠난 후, 베로니카의 어머니는 치즐허스트의 집을 팔고 런던으로 이사 갔다. 예술 수업을 듣고, 담배를 피우기 시작했고, 충분한 재산을 물려받았음에도 하숙을 쳤다. 1~2년 전까지만 해도 건강을 유지하다가 기억력이 쇠퇴하기 시작했다. 경미한 뇌졸중이라고 짐작했단다. 그런 후 차茶를 냉장고에 넣고, 계란을 빵 상자에 넣는 등 이상증세를 보이기 시작했다. 한번은 불붙은 담배를 그냥 놔뒀다가 집에 불이 날 뻔하기도 했다. 그래도 기력만은 늘 왕성했는데 그마저도 어느 날 내리막길로 치달았다. 세상을 떠나기 전 마지막 한 달 동안 사투를 벌였다고 하니, 호상일 리가. 그나마 죽음으로 그 상태를 면한 것이 다행이라면 다행이다.

나는 이 이메일을 몇 번이고 되풀이해 읽었다. 함정을 파놓은 건 아닐까, 말 속에 뼈가 있는 건 아닐까, 에둘러 인신공격을 하고 있는 건 아닐까, 눈에 불을 켜고서. 그러나 직설 자체가 함정이 아닌 바에야, 그런 의도는 찾을 수 없었다. 통상적인 종류의 슬프고—너무나 익숙한—평이하게 들리는 이야기였다.

하나둘씩 기억을 잃기 시작할 때—알츠하이머가 아니라, 노화에 따르는 결과를 말하는 것이다—반응하는 방식도 달라지게 마련이다. 그 자리에 버티고 앉아 지인과 꽃과 기차역과 우주비행사의 이름을 대려고 기억을 쥐어짜거나, 혹은 실패를 받아들이고 책과 인터넷을 참조하는 실용적인 단계를 취할 수도 있겠다. 아니면 그냥—기억하는 것도 잊어버린 채—흘려보냈다가, 가끔 한 시간이나 하루가 지나서 엉뚱한 계기로 기억이 날 때도 있다. 노화가 불러온 불면증 때문에 오래도록 뒤척이다가 기억이 날 때도 잦다. 우리 모두, 툭하면 잘 잊어버리는 우리 모두가 터득하게 되는 사실이다.

그러나 그것 말고도 배우는 게 한 가지 더 있다. 바로 뇌는 고정 배역을 맡고 싶어하지 않는다는 사실이다. 만사는 감소의 문제요, 뺄셈과 나눗셈의 문제라고 생각하기 무섭게 뇌가,

기억이 우리의 뒤통수를 칠지도 모른다. 마치 이렇게 말하는 것 같다. 속 편하게 점진적인 쇠락에 기댈 수 있다고 믿는다면, 꿈 깨시지. 인생은 그보다 훨씬 복잡하니까. 그래서 뇌는 이따금씩 파편적인 기억을 던질 테고, 심지어는 기억의 묵은 폐쇄회로를 터주기까지 할 것이다. 그런 일이 요새 내게 일어나고 있으니 경악할 노릇이다. 딱히 순서도, 의의도 없이 포드 가족들과 보낸 오래전 일주일의, 오래도록 빛을 본 적 없는 세부적 기억들이 떠오르기 시작한 것이다. 내가 지냈던 다락방에선 수많은 지붕들과 그 너머의 숲이 보였다. 방 아래쪽에서 정확히 오 분 늦게 정시를 알리는 시계 소리가 들렸다. 포드 부인은 걱정 섞인 표정—계란 때문이지 나 때문은 아니었다—으로 노른자가 터진 계란을 쓰레기통에 내버렸다. 포드 씨는 저녁 식사 후 내게 브랜디를 권했으나 내가 고사하자, 사내대장부가 맞느냐, 생쥐 아니냐고 말했다. '잭 형님'은 포드 부인을 '모친'이라고 깍듯이 부르면서 '모친께서 기아에 시달리는 군대에게 먹일 사료가 있을지도 모른다고 생각하시는 때는 언제일까?'라는 식으로 말했다. 그리고 두 번째 날 밤, 베로니카는 나와 함께 위층으로 올라와 주는 것 이상의 행동을 보여줬다. 내 손을 잡고선 '토니 방까지 데려다줄게요'라고 했다. 그러자 잭 형님은 '모친께선 어떻게 생각하시지?'라고 했으나, 모친께선 미소만 지었다. 나는 발기가 된 것을 느끼고 가족들에게 허둥지둥 잘 자라는 인사를 건넸다. 천천히 내 방까지 와준 베로니카는 나를 문에 기대서게 하더니 입을 맞추고는 내 귀에 속삭였다. "엉큼한 꿈 꿔." 그런 후, 이제야 기억이 나지만, 40초쯤 지나서 나는 작은 세면대에 가서 사정을 했고, 정액이 그 집 배관을 타고 흘러 내려갔다.

나는 충동적으로 구글에서 치즐허스트를 검색해 보았다. 그리고 그곳에 성 마이클 교회 같은 건 없음을 알았다. 그러니 포드 씨가 우릴 차에 태우고 가면서 도시 관광안내를 해줬던 건 공상에 불과한 게 틀림없다. 그저 사사로이 건넨 농담이거나, 날 속여먹으려던 것이었는지도 모른다. 마찬가지로 카페로열이란 데도 없었던 것 같다. 내친 김에 구글 어스로 치즐허스트의 이곳저곳을 불쑥불쑥 들어가 보고 확대, 축소해 가면서 보았다. 그러나 내가 찾는 집은 더는 존재하지 않는 모양이었다.

어느 날 밤엔가, 술을 한잔 더 하면서 컴퓨터를 켜고 내 주소록의 홍일점인 베로니카에게 메일을 보내 다시 만나자고 제안했다. 이제껏 내가 조금이라도 불편하게 했다면 전적으로 사과한다고 말했다. 어머니의 유언장에 대해 얘기할 생각은 없다고 못박았다. 이 말 역시 진실이었다. 그렇게 쓰고 나서야 며칠 동안 에이드리언이나 그의 일기장을 염두에 두지 않고 지냈다는 사실을 깨닫긴 했지만. 그녀의 답신이 도착했다.

"이 일은 이제 이쯤에서 접자는 거야?"

"모르겠는데. 하지만 해될 건 없겠지, 그렇지?"

이 질문에 베로니카는 답하지 않았으나, 그때는 눈치를 채거나 신경 쓰지 않았다.

왜 그랬는지는 나도 모르지만 어쩐지 베로니카가 그 다리에서 다시 보자고 할 것만 같았다. 그러거나, 아니면 아늑하고 희망차게도 사적인 곳, 사람들이 잘 모르는 펍, 조용한 간이식당, 심지어는 채링 크로스 호텔의 바 같은 곳에서. 베로니카는 옥스퍼드 가의 존 루이스 건물 삼층의 맥줏집을 택했다.

사실, 이 동네에 가면 편리한 게 있었다. 블라인드가 움직이지 않도록 묶어둘 노끈 몇 미터와 주전자의 물때를 없애는 긁개와 바지의 무릎에 난 구멍 안쪽에 다림질해 붙일 두 개의 헝겊조각을 살 수 있었다. 이 동네엔 이런 걸 살 만한 데가 없다. 내가 사는 동네에선 이런 걸 파는 상점들이 카페나 부동산중개소로 바뀐 지 오래이기 때문이다.

시내로 가는 기차에서 내 앞에 한 소녀가 앉아 이어폰을 귀에 꽂고 눈을 감고선 외부세계로부터 스스로를 단절한 채, 자기에게만 들리는 음악에 맞춰 고개를 움직였다. 갑자기, 또렷한 기억이 떠올랐다. 베로니카가 춤을 추던 모습. 그렇다, 베로니카는 춤을 추지 않았다, 라고 나는 말했었다. 하지만 어느 날 밤, 내 방에 있던 그녀가 까불거리며 나의 팝 레코드를 빼내기 시작했다.

"한 장 틀고 너 춤추는 것 좀 보자."

베로니카의 말에 나는 고개를 흔들었다. "둘이 있어야 탱고를 추지."

"좋아. 먼저 시범을 보여주면 해볼게."

그래서 나는 오토체인저를 45회전으로 해놓고, 방을 가로질러 베로니카에게 다가갔고, 어깨를 으쓱거리며 빼마디를 풀면서, 그녀의 프라이버시를 존중하겠다는 듯 눈을 반쯤 감고, 몸을 움직이기 시작했다. 당시 남자들이 과시적으로 내보이는 기본적인 행동 양식은 완연히 개성을 중시하는 듯 보이면서도 실제로는 일반적인 방식을 엄정히 모방하는 데 있었다. 머리를 갑자기 움직이고, 발을 깡충거리고, 어깨를 뒤틀고, 골반을 앞으로 휙 내밀면서, 덤으로 두 팔을 열광적으로 쳐들고 가끔 꿀꿀대는 것이 바로 그렇다. 잠시 후, 베로니카가 여전히 바닥에 앉아 나를 보고 웃고 있을 거라고 생각하며 눈을 떴다. 그런데 이것 봐라, 그녀는 예전에 발레라도 배웠던 게 아닌가 싶을 정도로 높이 도약하고 있었고, 그 바람에 머리칼이 얼굴을 온통 뒤덮고 두 장딴지가 팽팽히 당겨진 채 노련하게 몸을 놀리고 있었다. 나는 그녀가 날 놀리고 있는 건지, 아니면 무디 블루스의 음악에 맞춰 진심으로 즐기고 있는지 분간이 안 돼서 한동안 가만히 그녀를 바라보기만 했다. 사실, 크게 신경 쓰이진 않았다. 나 자신도 흥에 겨워 소소한 승리감에 취해 있었기 때문이다. 한동안 그렇게 그녀를 바라보던 나는 네드 밀러의 「잭에서 왕까지」가 끝나고, 밥 린드의 「잡히지 않는 나비」가 흘러나올 때 그녀에게 다가갔다. 그러나 그녀는 눈치를 채지 못하고 휙 하니 돌다가, 내 몸에 부딪혀 하마터면 넘어질 뻔했다. 나는 그녀를 붙잡고 끌어안았다.

"내 말이 맞지? 어렵지 않다니깐."

"아, 어렵다고 생각한 적은 한 번도 없어." 베로니카가 말했다. "그래, 좋아. 고마워." 그녀는 그렇게 의례적으로 말하더니, 가서 다시 자리에 앉았다. "더 추고 싶으면 춰. 난 이걸로 끝."

그래도, 그녀는 춤을 추었던 것이다.

용무 차 남성의류 매장과 주방과 커튼 코너에 들렀다가 맥줏집으로 갔다. 10분 일찍 도착했지만 당연히 베로니카가 먼저 와 있었고, 고개를 숙이고 책을 읽고 있는 모습을 보니 내가 그녀를 알아볼 거라고 확신하고 있는 듯했다. 내가 가방들을 내려놓자 그녀는 고개를 들고 살포시 미소를 지었다. 나는 생각했다. 그래도 오늘은 인상이 사납거나 행색이 엉망은 아니구나.

"난 아직 대머리야." 내 말에 그녀의 입가에서 사라지려던 미소가 얼마간 더 머물렀다.

"무슨 책 읽어?"

베로니카가 내 쪽으로 문고판 책의 표지를 보여주었다. 슈테판 츠바이크의 책이었다.

"드디어 알파벳 순서의 마지막까지 섭렵했구나. 츠바이크 다음에 다른 작가는 없을 것 아냐." 갑자기 초조해졌던 이유는 뭘까? 나는 또다시 스무 살짜리처럼 말하고 있었다. 그리고 슈테판 츠바이크의 책은 한 권도 읽은 적이 없었다.

"난 파스타 먹을래." 베로니카가 말했다.

흠, 적어도 날 깔아뭉개는 말은 아니다.

내가 메뉴를 살펴보는 동안에도 베로니카는 줄곧 책을 읽었다. 우리가 앉은 테이블 너머로 에스컬레이터가 교차해 있는 게 눈에 들어왔다. 올라가는 사람들, 내려가는 사람들, 모두 뭔가를 사고 있었다.

"기차 타고 오면서 네가 춤추던 기억이 났어. 내 방에서. 브리스틀 시절에."

나는 그녀가 단호히 부정하거나, 나로선 해석할 수 없는 불쾌한 말을 할 거라고 생각했다. 의외로 그녀는 이렇게 말할 뿐이었다. "왜 그게 기억이 났는지 궁금하네." 그리고 이런 확증적인 순간 덕에 나는 자신감이 돌아오는 걸 느끼기 시작했다. 베로니카는 저번보다는 좀 더 말쑥하게 차려입고 있었다. 머리도 정돈을 해서 전처럼 세어 보이지 않았다. 그녀의 얼굴은—내 눈에는—20대와 60대를 동시에 오가는 듯 보였다.

"그래, 지난 40년 동안 어떻게 살았어?"

베로니카가 나를 쳐다보았다. "너부터 얘기해."

나는 내가 살아온 이야기를 했다. 나 스스로에게 들려주는 버전이자 여전히 효력이 있는 이야기만 골라서. 베로니카는 '내가 한 번 만난 적이 있는 두 친구'에 대해 물었는데, 그들의 이름은 기억이 나지 않는 모양이었다. 나는 오래전 콜린과 앨릭스와 연락이 끊기게 된 사연을 얘기했다. 그런 다음 마거릿과 수지 얘기를 했고, 할아버지로서의 삶을 얘기했다. 그러면서 내 머릿속에서 마거릿이 '그 과일케이크는 어떻게 지내?'라고 속삭이는 걸 두드려 쫓아냈다. 회사를 다니던 시절, 은퇴와 은퇴 이후에도 줄곧 바빴던 생활과 겨울 휴가—올해에는 기분전환 겸 상트페테르부르크에 갈까 생각중이었다—얘길 하면서…… 내 삶에 만족하고 있되, 현실에 안주한 것처럼 들리진 않도록 신중을 기했다. 손주 얘기를 한참 하고 있는데, 베로니카가 시선을 위로 향하며 단숨에 커피를 들이켜더니 테이블 위에 돈을 올려놓고는 자리에서 일어섰다. 내가 내 짐에 손을 뻗자 그녀는 말했다.

"아니야, 넌 앉아서 다 마시고 가."

혹여 불쾌감을 줄 만한 행동은 절대 안 하기로 작정했기 때문에 나는 다시 자리에 앉았다.

"자, 네 차례야." 내가 말했다. 베로니카가 살아온 얘기를 해달란 소리였다.

"뭣 하러?" 베로니카는 그렇게 대꾸하더니, 내가 미처 대답을 하기도 전에 자리를 떴다.

그래, 그녀의 행동이 의미하는 바를 나는 안다. 용케 한 시간 동안 나를 상대하면서 자기 자신에 관한 비밀은 말할 것도 없거니와, 단 한 개의 사실도 말하지 않은 것이다. 어디에서 사는지, 어떤 사람과 살고 있는지, 그렇다면 어떻게 살고 있는지, 아이는 있는지 등. 그녀는 왼쪽 약지에 빨간색 유리 반지를 끼고 있었는데, 그녀라는 존재만큼이나 불가사의했다. 그래도 나는 신경 쓰지 않았다. 사실상, 나는 난생처음 데이트를 했고 별 탈 없이 마무리를 한 사람처럼 굴고 있었다. 물론 모든 게 다 그렇지만은 않았다. 첫 데이트를 끝내고 기차에 앉은 사람이 40년 전의 섹스에 대해 잊고 있었던 진실의 해일 속에서 허우적대지는 않을 테니까. 우린 서로에게 어떻게 매혹되었던가. 내 무릎에 앉은 그녀는 얼마나 가벼웠던가. 늘 그렇게 짜릿했건만. '진짜 섹스'를 하지 않던 때에도, 섹스의 모든 요소—욕정, 다정다감함, 솔직함, 신뢰—가 있었다. 그리고 나는 한편으론 '갈 데까지' 가지 않는다고 해도 상관하지 않았다. 베로니카가 집에 가는 것을 본 후 온갖 끌탕을 해대며 묵시록적으로 수음을 해도 좋았고, 나 자신의 기억과 사정 후 빨리도 발기가 되는 것만 빼면 홀로 싱글 침대에서 자는 것도 괜찮았다. 딴 사람들만큼 누리지 못하는데도 이렇게 기꺼이 받아들인 건, 당연하지만 두려움 때문이기도 했다. 임신에 대한 두려움, 잘못된 언행을 저지를까 하는 두려움, 내가 감당할 수 없는 과도한 친밀함에 대한 두려움.

베로니카를 만난 다음 주는 더없이 잠잠했다. 나는 블라인드를 다시 달았고, 주전자의 물때를 긁어냈고, 오래된 청바지의 찢어진 부분을 수선했다. 수지로부터는 전화가 없었다. 마거릿은 내 쪽에서 연락을 하지 않으면 먼저 연락을 하지 않았다. 그녀는 뭘 기대하고 있을까? 사과? 굽신거리는 것? 아니, 마거릿은 그리 모진 여자가 아니었다. 마거릿은 언제나 더 깊은 도량이 주는 혜안으로 나의 싱겁지만 회한 서린 미소를 받아주었다. 그러나 이번에도 통할지는 알 수 없었다. 사실을 말하자면, 앞으로 한동안 마거릿을 못 볼지도 몰랐다. 어쩐지 그녀가 소원하게 느껴졌고, 은근히 화가 났다. 처음엔 이런 감정이 조금도 납득이 되지 않았다. 그녀는 이제부터 내가 혼자일 거라고 말한 사람이다. 문득 까마득하니 오래전, 우리의 신혼 때의 기억이 떠올랐다. 직장 동료 녀석 하나가 파티를 열고 나를 초대했다. 마거릿은 오지 않겠다고 했다. 한 여자에게 지분거리자 그 여자도 내게 지분거렸다. 아니, 지분댄 것 이상이었다. 그렇대도 '미만의 섹스' 단계의 반의 반에도 못 갔다. 그렇지만 술에서 깨기가 무섭게 정신을 차리고 관두었다. 그런데도 내 마음속엔 흥분과 죄책감이 공존하고 있었다. 그리고 이제야 깨달았으니, 지금 내가 느끼고 있는 감정도 그때와 비슷했다. 이를 명확히 깨닫는 데 어느 정도 시간이 걸렸다. 결국 나는 혼잣말을 했다. 맞아, 넌 20년 전에 이혼한 전처에게 죄책감을 느끼고, 또 40년 동안 만난 적 없던 전 애인에게 흥분하고 있는 거야. 누구지? 인생에 더는 놀랄 일이 없다고 했던 사람이.

나는 베로니카를 채근하고 싶지 않았다. 이번엔 그녀가 연락을 취할 때까지 기다리자고 생각했고, 뻔질나다 싶을 정도로

메일함을 확인했다. 그녀가 대단히 격한 감정을 표현하길 바랐다거나 한 건 물론 아니었지만, 그래도 이렇게 오랜 세월이 흘러 때마침 날 만나게 되어 좋았다는 정중한 메시지 정도는 기대했다.

허나, 그녀는 그리 생각지 않았던 모양이다. 아니면 여행을 갔었는지도 모른다. 컴퓨터 서버가 다운됐던 건지도 모르고. 누구지? 인간의 마음에 영원히 자리잡고 있는 희망에 관해 말한 사람이. 이따금 신문지상에서 이른바 '말년에 꽃핀 사랑'이라 즐겨 말하는 일화들을 접하는 일이 있잖은가. 대부분 퇴직자 전용 아파트에서 만난 괴짜 영감과 괴짜 노파의 인연이란 식으로 등장하지 않던가. 상처한 두 사람이 관절염에 걸린 손을 부여잡고 의치를 드러낸 채 웃는 모습. 그 나이에 얼토당토않게 젊은이들의 밀어를 심심치 않게 쓰는 것도 볼 수 있다. '그이/그녀를 처음 본 순간, 나는 그이/그녀가 내 운명임을 직감했다' 등등. 나는 늘 감동을 받으며 응원을 해주고 싶어진다. 그러나 또 한편으론 경계심이 일면서 황망한 심정이 된다. 왜 그 지난한 과정을 반복하는 거지? 한 번 상처를 받으면, 두 번째에도 상처받는다. 그 수순을 몰라서 그러나? 그런데 이것 봐라, 다름아닌 내가 나에게 저항하고 있다니. 그런데 나의…… 무엇에 저항하고 있는 거지? 인습적인 태도? 빈곤한 상상력?

실망의 예감? 그러면서 나는 생각했다. 그래도 난 아직 틀니는 아니잖아?

그날 밤, 우리 일당은 세번강의 해소를 보러 민스터워스로 갔다. 베로니카가 내 옆에 와 있었다. 그동안 뇌가 기록에서 지워버린 기억이었지만, 지금은 사실이라는 걸 알고 있다. 베로니카가 나와 같이 있었다. 축축한 강둑에 축축한 담요를 깔고 앉아 서로 손을 잡고 있었다. 그녀가 뜨거운 코코아를 보온병에 담아왔다. 순수했던 시절. 부서지며 달려드는 파도가 달빛을 받아 반짝였다. 다른 친구들은 파도가 밀려오자 환성을 질렀고, 파도가 밀려가면 또 환성을 질렀고, 손에 든 전등이 정신없이 엇갈리는 가운데 파도를 쫓아 밤의 어둠 속으로 달음질쳐 갔다. 둘이만 있게 되자 베로니카와 나는 불가능한 일이 일어나는 것에 대해, 자신의 두 눈으로 직접 보지 않는 한 믿을 수 없는 것들이 일어나는 것에 대해 이야기를 나눴다. 우리의 분위기는 지적이었고, 해롱대는 것과는 거리가 멀었고, 사뭇 엄숙하기까지 했다.

내가 지금 기억하는 한에선 그랬다. 그렇다고 이 일로 법정에 서게 된다면, 무리 없이 반대심문에 응할 수 있을 정도는 아닌 것 같다. '그런데 이 기억이 40년간 억눌려 있었다고 주장하는 겁니까?' '네.' '그러다 아주 최근에야 기억이 난 거라고요?' '네.' '왜 지금에서야 기억이 난 건지 설명하실 수 있겠습니까?' '못 할 것 같은데요.' '그렇다면 제가 말씀해 드리죠, 웹스터 씨, 지금 가정하고 있는 사건은 하나부터 열까지 웹스터 씨의 상상이 빚어낸 허구로, 제 의뢰인을 상대로 키워온 걸로 여겨지는 모종의 낭만적인 애착을 정당화하고 있습니다. 본 법정은 저의 의뢰인이 그런 것에 말할 수 없이 불쾌해하고 있음을 아셔야 합니다.' '네, 그럴 수도 있겠습니다만……' '그럴 수도 있지만, 뭡니까, 웹스터 씨?' '그렇지만 우린 살면서 많은 사람을 사랑하진 않습니다. 한두 명, 아니면 세 명? 그걸 깨달을 땐 이미 너무 늦었을 수도 있습니다. 하지만 불가피하게 늦은 건 아닐 수도 있습니다. 반스테이플의 양로원에서 말년에 꽃핀 사랑 이야기, 들어보셨나요?' '이보세요, 웹스터 씨, 부탁입니다만 감상에 허우적대는 얘긴 참아주시죠. 여긴 재판정입니다. 사실을 다루는 곳입니다. 지금 이 경우, 사실이라 할 만한 게 정확히 무엇입니까?'

내가 생각, 혹은 이론화할 수 있는 유일한 대답은 세월이 흐르면서 기억에 뭔가, 뭔가 다른 일이 일어났다는 것이다. 똑같이 반복되는 일상, 똑같은 사실, 똑같은 감정으로 살아가는 날들이 몇 년이고 계속된다. 그러다 에이드리언이나 베로니카라는 버튼을 누르게 되고, 테이프가 돌아가고, 흔한 이야기가 흘러나온다. 그런 사건들이 온갖 감정—분노, 억울한 감정, 안도감—을 재확인해 주고, 그 역도 마찬가지다. 달리 접근할 만한 것은 전혀 없는 듯 보인다. 이미 끝난 일이니까. 그렇기 때문에 우리는 보강 증거가 되어줄 만한 것을 찾고 있는 것이다. 설령 기대와는 정반대의 결과를 낳는다 해도. 그런데 나중에 가서라도 오래전 사건들과 사람들에 대한 자신의 감정이 변하게 된다면? 내 손으로 쓴 그 흉악한 편지를 읽고서 나는 회한의 감정을 느꼈다. 베로니카에게서 그녀의 부모—그렇다, 그녀의 아버지까지도—가 세상을 떠난 얘기를 들었을 때, 나는 예상 이상으로 안타까운 심정이었다. 그 사람들, 그리고 베로니카에 대해 전에 없이 애틋한 마음이었다. 그러자 얼마 지나지 않아, 잊고 있던 것들이 기억나기 시작했다. 이런 증상, 차단돼 있던 신경전달경로를 재개하는 정서상의 상태를 과학적으로 설명해 주는 이론이 있는지는 모르겠다. 그저 내게 그런 일이 일어났고, 내가 소스라치게 놀랐다는 말밖에는 할 수 있는 게 없다.

그래서 아무튼, 내 머릿속의 법률가는 구석으로 밀쳐두고 나는 베로니카에게 이메일을 보냈고, 다시 만나자고 말했다. 나 혼자만 좋다고 떠들어서 미안하다고 했다. 그녀와 그녀의 가족이 살아온 얘기를 좀 더 듣고 싶다고 했다. 몇 주 후 언젠가

런던에 갈 일이 있다고 했다. 그녀도 똑같은 시간과 똑같은 장소를 상상했을까?

옛날 사람들은 편지가 전달될 때까지의 긴 시간을 어떻게 견뎌냈을까? 장담하는데, 삼 주 동안 우체배달부를 기다리는 건 사흘 동안 이메일을 기다리는 것과 같다. 사흘이 얼마나 길게 느껴졌느냐고? 어지간한 보상으론 성에 차지 않을 만큼 길었다. 베로니카는 놀랍게도 내 메일의 제목—안녕, 또 나야.—을 지우지 않았는데, 그것이 내겐 사뭇 귀엽게 여겨졌다. 그녀가 내 접근을 불쾌하게 여겼을 리 없다. 그렇지 않다면, 일주일 후, 오후 5시에 북北런던 노선의 내가 가본 적이 거의 없는 지하철역에서 만나자고 할 리가 없기 때문이다.

나는 짜릿한 흥분을 느꼈다. 이런 상황에서 안 그럴 사람이 있을까? '잘 때 입을 옷하고 여권 가져와' 하는 메시지일 리는 없다. 그러나 살다 보면 처량하리만큼 인생의 변수가 줄어드는 때를 맞게 된다. 아니나 다를까, 충동적으로 마거릿에게 전화부터 하고 싶어졌다. 그러다가 마음을 고쳐먹었다. 뭐가 어쨌건, 마거릿은 놀라는 걸 좋아하지 않았다. 그녀는 매사를 계획하길 좋아했고, 지금도 마찬가지다. 수지를 낳기 전에 마거릿은 배란기를 꼼꼼히 체크하고 최적이라고 여겨지는 시기에 관계를 갖자고 했었다. 그러면 나는 기대에 부풀거나—실은 대부분 거꾸로—정반대의 심정이 되었다. 마거릿은 멀리 떨어진 지중선로에서 미스터리한 랑데부를 기약하는 법이 절대 없었다. 그보다는 구체적인 용무와 함께, 패딩턴 역의 시계탑 아래에서 만나자고 할 것이었다. 그렇다고 그렇게 살아온 게 못마땅했다는 뜻은 결코 아니다.

한 주 동안 베로니카에 대한 새로운 기억을 떠올리려고 몸을 던지다시피 했건만, 아무 소득도 없었다. 머리를 쥐어짜며 지나치게 무리를 했는지도 모른다. 그래서 그러는 대신, 이미 알고 있던 기억, 오랫동안 익숙하게 지니고 있던 이미지와 최근에 도달한 이미지를 재생해 보았다. 그 기억들에 불빛을 비추어가며, 손가락 사이로 이리저리 굴려보며, 이제 와서 볼 때 의미가 사뭇 다르게 짚이는 건 없는지 밝혀내려 했다. 나는 온갖 노력을 기울여 젊은 시절의 자아를 재검토하기 시작했다. 두말할 것도 없이, 나는 무신경하고 순진했었다. 누구든 안 그렇겠는가마는, 이런 성정들을 과장해선 안 된다. 그래봤자 현재의 삶을 자화자찬하는 꼴밖에 되지 않기 때문이다. 나는 객관적인 태도를 취하려 했다. 베로니카와의 관계, 몇 년을 함께 보낸 그 관계는 당시의 내겐 꼭 필요했었다. 배반당한 청춘의 심장, 농락당한 청춘의 육체, 전락한 청춘의 사회적 자아. 내가 아는 체하며 역사는 승자의 거짓말이라고 주장했을 때, 조 헌트 영감이 뭐라고 대답했던가? 그는 '그게 또한 패배자들의 자기기만이기도 하다는 것 기억하고 있나?'라고 했다. 우리의 개인적 삶을 대입해야 할 때 그 말을 제대로 떠올릴 수 있는 사람이 과연 있을까?

시간을 부정하는 사람들은 말한다. 마흔은 아무것도 아니야, 쉰 살은 돼야 인생의 절정을 맛보는 거지, 예순은 새로운 마흔이야…… 시간에 대해 내가 아는 건 이 정도다. 객관적인 시간이 있다. 그리고 주관적인 시간도 있다. 가령, 손목의 요골동맥 바로 옆에 시계의 앞면이 오도록 차는 경우. 이런 사적인 시간이야말로 진정한 시간이며, 기억과 맺는 관계 속에서 측정될 수 있다. 그래서 이 기묘한 일이 일어났을 때—새로운 기억이 느닷없이 나를 엄습했을 때—는 마치 시간이 거꾸로 흐른 것만 같았다. 그 순간, 마치 강물이 역류한 것 같았다.

그날도 아니나 다를까, 너무 일찍 도착해 버려서 한 정거장 전에 내린 후, 벤치에 앉아 무가지를 읽었다. 혹은 겨우 들여다보는 척했다. 잠시 후 다시 기차를 타고 다음 정거장에 내려서 에스컬레이터를 타자, 내겐 익숙하지 않은 지역의 승차권 판매소로 이어졌다. 개찰구를 통과하는데, 형체 하나와 예의

서 있는 자세가 눈에 띄었다. 내가 쳐다보기가 무섭게 그녀는 돌아서서 자리를 떴다. 그녀를 따라서 버스정류장을 지나 옆길로 들어서자, 그녀가 차 문을 열고 있는 게 보였다. 나는 보조석에 올라탔고, 벌써 시동을 걸고 있는 그녀 쪽을 건너다보았다.

"웃긴다. 나도 폴크스바겐 폴로 타는데."

그녀는 대꾸하지 않았다. 그런 소릴 하는 게 아니었다. 오래전 일이긴 했지만 내가 알고 기억하는 베로니카는 차 안에서 수다를 떠는 부류가 전혀 아니었다. 나도 마찬가지였다. 하지만 그 사실에 대해 주저리주저리 설명해서 좋을 게 없다는 정도는 알고 있었다.

여전히 오후만 되면 더워졌다. 나는 내 쪽 창문을 열었다. 내 쪽을 흘끗 바라본 그녀가 얼굴을 찌푸렸다. 나는 창문을 닫았다. 아, 그럼, 뭐. 나는 혼잣말을 했다.

"얼마 전엔 세번강을 보러 갔던 때가 기억이 나더군."

베로니카는 아무 말이 없었다.

"기억 나?" 베로니카는 고개를 저었다. "정말 기억 안 나? 내 친구들이 다 갔었잖아, 민스터워스. 달이 떴고—"

"운전하고 있잖아." 베로니카가 대답했다.

"알았어." 입 다무는 게 그녀가 원하는 것이라면야. 어쨌거나 그녀가 길을 정한 마당이기도 하고. 나는 대신 창밖을 바라보았다. 편의점, 싸구려 식당, 민간 마권판매소, 현금인출기에 줄 서 있는 사람들, 옷의 마디마디마다 살이 비어져 나온 여자들, 엄청난 쓰레기, 고함치는 정신병자, 뚱뚱한 아이 셋을 데리고 가는 뚱뚱한 여자, 전 인종을 아우르는 사람들의 얼굴, 얼굴들. 다목적의 중심가, 평상시 런던의 모습이었다.

몇 분이 지나서 차는 좀 더 호화로운 동네로 접어들었다. 독채의 저택들, 앞마당의 정원, 언덕이 보였다. 베로니카가 길을 벗어나서 주차를 했다. 나는 생각했다. 그래, 네가 주도하는 게임이지. 난 규칙을 따를게. 그게 뭐건 간에. 그러나 마음 한 구석에선 또 이런 생각을 하고 있었다. 집어치워, 네 심사가 워블리 다리에서 만난 때로 다시 돌아갔다고 해서 내가 성질을 죽일 일은 없어.

"잭 형님은 잘 지내셔?" 나는 쾌활한 어조로 물었다. '운전하고 있잖아'라는 대답으로 피할 수 없는 질문이었다.

"오빠는 여전해." 베로니카는 날 보지 않고 말했다.

하, 에이드리언이 살아 있던 시절에 우리가 곧잘 했던 말을 빌리면, 그거야 철학적으로 자명한 것 아닌가.

"기억하는지 모르겠는데 ……"

"나 지금 기다리는 중이야." 베로니카가 말을 잘랐다.

알아 모시겠습니다, 라고 생각했다. 처음 만나서, 차를 탔고, 이젠 기다린다. 다음엔 뭐지? 쇼핑, 요리, 먹고 마시고, 애무하고, 자위를 하다가 섹스를 하나? 행여 그렇게 될 거라고는 추호도 생각하지 않았다. 그러나 대머리 영감과 터럭이 난 여자, 우리 둘이서 나란히 앉자마자, 나는 이미 대번에 알아차렸어야 할 사실을 그제야 알게 되었다. 둘 중에서 베로니카가 나보다 훨씬 더 긴장해 있다는 거였다. 그녀가 긴장해서 나도 덩달아 긴장하긴 했지만, 그녀는 나 때문에 긴장한 게 아님이 분명했다. 나 자신, 뭔가 대수롭지 않으나 제법 요긴하기는 한 자극제 역할을 맡은 듯했다. 하지만 내가 왜 요긴한 걸까?

나는 앉아서 기다렸다. 기차역에서 읽었던 무가지를 가지고 오지 않은 게 후회가 되었다. 이럴 거면 내 차로 여기까지 올 수도 있었을 텐데 하는 생각을 했다. 아마도 이 동네의 주차 제한이 어떻게 되는지 몰라서 그랬던 것 같았다. 물이 마시고 싶었다. 화장실도 가고 싶었다. 차창을 내렸다. 베로니카는 이번엔 뭐라고 하지 않았다.

"봐."

나는 보았다. 몇몇 사람이 무리 지어 내가 앉은 쪽의 인도를 따라 걸어오고 있었다. 세어보니 다섯 명이었다. 앞쪽에 선 남자는 더운 날씨에도 아랑곳 않고 묵직한 트위드 옷을 겹겹이

입은 데다가, 양복 조끼에 사슴사냥꾼을 방불케 하는 모자까지 걸치고 있었다. 그의 재킷은 짐작컨대 30~40여 개의 금속 배지로 도배되다시피 했고, 그중 몇 개가 햇빛에 반짝반짝 빛이 났다. 시곗줄 양 끝이 조끼의 두 주머니 사이에 걸치듯 매달려 있었다. 인상은 유쾌했다. 서커스나 장터에서 흔히 볼 수 있으나, 정확히 하는 일이 뭔지는 알 수 없는 그런 사람 같았다. 그의 뒤로 두 명의 남자가 오고 있었는데, 검은 콧수염의 남자는 굴러가듯이 걸었다. 다른 남자는 체구가 작고 기형인지, 한 쪽 어깨가 다른 쪽보다 훨씬 더 높이 치솟아 있었다. 그가 잠시 멈춰 서더니 앞마당 정원에 침을 홱 뱉었다. 그 둘 뒤로는 키가 크고 얼빠진 표정의 안경 쓴 남자가 인도계로 보이는 포동포동한 여자의 손을 잡은 채 오고 있었다.

"펍." 그들이 서로 앞서거니 뒤서거니 하던 사이, 콧수염 남자가 입을 열었다.

"아니, 펍 안 돼." 배지를 단 남자가 말했다.

"펍." 콧수염 남자가 고집했다.

"가게." 여자가 말했다.

다들 꽤나 큰 소리로 떠드는 모습이 막 학교를 빠져나온 어린애들처럼 보였다.

"가게." 어깨가 한쪽으로 기운 남자가 울타리에 가만히 침을 뱉고는 다시 말했다.

보라는 지시를 받았기에 나는 주의를 온통 집중해 그 광경을 보고 있었다. 다들 30~40대가 틀림없다는 생각이 드는 동시에, 세월이 멈춘 듯 나이를 짐작할 수 없는 분위기가 풍겼다. 또, 한눈에 봐도 다들 겁이 많아 보였는데, 뒤쪽에 손을 잡고 있는 남자와 여자 때문에 더 그랬다. 서로에게 애정이 있어서라기보다는, 세상으로부터 스스로를 보호하려는 것 같았다. 그들은 우리가 탄 차에는 눈길도 주지 않고 지나쳐서 몇 미터를 더 갔다. 그들의 2~3미터 뒤로 반바지에 목 부분을 풀어헤친 셔츠 차림의 젊은 남자가 다가오고 있었다. 일행의 양치기인지, 아무 상관없는 사람인지 알 수가 없었다.

오랜 침묵이 흘렀다. 앞으로도 그녀가 시키는 대로 다 해야 할 게 틀림없었다.

"그래서?"

베로니카는 말이 없었다. 질문이 너무 애매했는지도 모른다.

"저 사람들이 뭐가 문제인 거야?"

"너는 대체 뭐가 문제야?"

더없이 독살스러운 어투였지만, 적절한 대답으로 들리진 않았다. 그래서 나는 무작정 밀고 나갔다.

"저 젊은 친구도 같은 일행이야?"

침묵.

"생활보호대상자라거나 그런 거야?"

베로니카가 갑자기 클러치를 넣는 바람에 나는 뒤통수를 좌석의 목 받침대에 호되게 부딪혔다. 그녀는 거칠게 차를 몰아 한두 블록을 질주했고, 과속방지턱이 나타났는데도 장애물 경기 선수나 되는 것처럼 그대로 돌격했다. 그녀가 기어 변속을 할 때나, 해야 하는데 하지 않을 때마다 무시무시했다. 그렇게 사 분여를 가더니 그녀는 차를 홱 돌려서 어느 주차장으로 들어섰고, 그녀 쪽 앞바퀴가 반동 때문에 다시 뒤로 굴러가기 전에 연석 위로 올라섰다.

어느덧 나는 생각하고 있었다. 마거릿은 언제나 운전을 잘했어. 안전 운전을 할 뿐만 아니라 차도 적절하게 관리했지. 예전에 운전 교습을 받을 때, 내 운전 선생은 클러치와 기어레버로 기어 변속을 하면서 보조석에 앉은 사람의 머리가 척추 위로 단 1센티미터도 움직이지 않을 정도로 부드럽고 미세하게 움직여야 한다고 했다. 그 말이 꽤 인상적으로 와닿았고, 다른 사람이 운전하는 차에 타서 그 사실을 절감한 적이 한두 번이 아니었다. 만약 베로니카와 산다면, 하루가 멀다 하고 지압사를 찾게 될 것 같다.

"아직도 전혀 감을 못 잡는구나, 그렇지? 넌 늘 그랬어, 앞으로도 그럴 거고."

"딱히 귀띔을 해주지도 않으니 원."

그때 내 눈에 그들—그들이 누구건 간에—이 나를 향해 다가오는 게 보였다. 애초 이 기동작전의 목적은 그들을 미리 앞지르는 데 있었던 것이다. 우리가 탄 차와 나란히 가게와 세탁소가 하나씩 있었고, 건너편에 펍이 하나 있었다. 배지를 단 남자—'서커스 삐끼'. 아까 그를 처음 봤을 때 떠올리려던 말이 그거였다. 장터 입구에 서서, 안에 들어가면 수염 난 여자나 머리가 둘 달린 판다를 구경할 수 있다고 호객하는 쾌활한 인간 말이다—가 여전히 앞서가고 있었다. 다른 넷은 이제 예의 반바지 입은 청년을 에워싸고 있었다. 그러니 그 청년도 일행이라고 봐도 무방할 듯했다. 간병인이 아닐까 싶었다. 그의 목소리가 들렸다.

"안 돼요, 켄. 오늘은 펍에 가면 안 돼요. 펍에 가는 날은 금요일 밤이잖아요."

"금요일." 콧수염 남자가 따라했다.

베로니카가 안전벨트를 풀고 문을 열었다. 나도 따라가려는데 그녀가 말했다.

"여기 있어." 숫제 개 취급이었다.

펍이냐 가게냐를 놓고 아직도 티격태격하는 가운데 무리 중한 사람이 베로니카를 보았다. 트위드 차림의 남자가 모자를 벗어 가슴에 얹더니, 고개를 수그려 인사했다. 어깨가 한쪽으로 기운 친구는 제자리에서 펄쩍펄쩍 뛰었다. 꺽다리 친구는 잡고 있던 여자의 손을 놓았다. 간병인이 미소를 짓더니 베로니카에게 손을 내밀었다. 그녀는 순식간에 유순한 의도로 몰려드는 그들에게 둘러싸였다. 이제 인도계 여자가 베로니카의 손을 잡고 있었고, 펍에 가자던 남자는 베로니카의 어깨에 머리를 기대고 있었다. 그녀는 자신에게 쏟아지는 이런 관심이 부담스럽지 않은 모양이었다. 나는 그날 오후 처음으로 그녀가 미소 짓는 것을 유심히 바라보았다. 무슨 얘기가 오가는지 듣고 싶었지만, 여러 사람이 한꺼번에 떠들고 있어서 들리지 않았다. 그때 베로니카가 몸을 돌리는 게 보였고, 그녀의 목소리가 내 귀까지 들렸다.

"금방 올게요."

"금방." 서너 명이 따라했다.

어깨가 기운 친구가 제자리에서 몇 번 더 펄쩍펄쩍 뛰어올랐고, 꺽다리 친구는 입을 활짝 벌려 얼빠진 미소를 지으며 소리쳤다. "잘 가요, 메리!" 그들은 베로니카를 따라 차가 있는 곳까지 왔다가, 비로소 보조석에 앉아 있는 날 보고는 일제히 멈춰 섰다. 그들 중 넷은 열광적으로 손을 흔들며 잘 가라 인사하고 있었고, 트위드 차림의 남자가 거리낌 없이 내 쪽으로 성큼성큼 다가왔다. 여전히 모자를 가슴께에 움켜쥔 채로. 그가 차창 너머로 다른 손을 내밀었고, 나는 악수를 했다.

"우리 가게 갈 건데요." 그가 깍듯하게 말했다.

"뭘 사실 건데요?" 나도 마찬가지로 예우를 갖춰 정중하게 물었다.

이 말에 그는 뒤로 물러서서 잠시 생각에 잠겼다가 마침내 대답했다.

"필요한 물건이요." 스스로 확인하려는 듯 고개를 끄덕이더니 그는 친절하게 덧붙였다. "생필품."

그러더니 그는 예의 바르게 고개만 수그린 다음, 돌아서면서 배지가 가득 달린 모자를 다시 머리에 얹었다.

"성격 좋은 친구네." 나는 촌평했다.

그러나 베로니카는 한 손으로 기어를 넣고 다른 손을 흔들며 작별을 고하고 있었다. 그녀는 땀을 흘리고 있었다. 그래, 정말 더운 날이었다. 하지만 그렇다 해도.

"널 봐서 다들 정말 기쁜가봐."

내가 무슨 말을 하건 그녀는 대답하지 않을 셈이라는 걸 알 수 있었다. 그리고 또, 머리끝까지 화가 나 있다는 것도. 나 때문인 게 분명했지만, 자기 자신에게도 화가 나 있었다. 내 잘못은 전혀 없어, 라고 생각했다고 말할 순 없을 것 같다. 막 말을 꺼내려던 순간, 그녀는 속도를 조금도 늦추지 않고 과속방지턱 쪽으로 차를 몰았고, 이러다가 충격으로 혀를 씹어 혓바닥이 떨어져나갈지도 모르겠다는 생각이 뇌리를 스쳤다. 차가 무사히 턱을 넘어갈 때까지 기다렸다가 나는 입을 열었다.

"아까 그 친구는 배지를 몇 개나 단 건지 궁금하네."

침묵. 또다시 과속방지턱.

"다들 한집에서 사나?"

침묵. 과속방지턱.

"그래, 우리가 함께 민스터워스에 간 것 맞아. 그날 밤 달이 떴었어."

침묵. 과속방지턱. 이제 차는 중심가로 접어들었다. 내 기억이 맞다면 이제부터 우리와 기차역 사이엔 평평한 아스팔트 도로만 남았다.

"이 동네에서 꽤 재미난 델 왔네." 그녀를 약 올리면 효과가 있을지 모른다는 생각이 들었다. 그녀를 보험회사 취급 하는 것이다. 어떤 효과를 거둘지는 미지수이지만.

"그래, 어떻게 눈치챘네? 얼른 가긴 가야 하거든."

"그래도, 지난번에 너를 따라가서 점심 식사 같이한 건 좋았어."

"슈테판 츠바이크 책 중에 특별히 추천해 줄 만한 것 있어?"

"요새 보면 여기저기 뚱뚱한 사람들 참 많지? 비만. 우리 젊었을 때와 달라진 것 중 하나지. 브리스틀 살 땐 비만인 사람을 본 기억이 전혀 없는데 말이야."

"아까 그 맹해 보이는 친구는 왜 너를 메리라 부르는 거야?"

그나마 안전벨트라도 하고 있었으니 천만다행이었다. 베로니카는 이번엔 주차하면서 시속 약 30킬로미터의 속도로 앞바퀴 두 개를 연석에 올리는 기술을 발휘했고, 그런 후 브레이크를 힘껏 밟았다.

"내려." 베로니카가 앞만 보고 말했다.

나는 고개를 끄덕이고 안전벨트를 푼 다음, 천천히 차 밖으로 나갔다. 어디까지나 마지막으로 그녀를 약 올리려는 심사에서 필요 이상으로 차 문을 오래 열고 있다가, 이윽고 덧붙였다.

"그런 식으로 운전하면 어디 타이어가 남아나겠니."

그녀가 차를 몰아 떠나면서, 잡고 있던 차문이 내 손으로부터 확 떨어져나갔다.

기차를 타고 집으로 돌아오는 동안 나는 정말이지 생각은 전혀 하지 않았고, 오로지 느끼기만 했다. 심지어는 내가 뭘 느끼는지조차 생각하지 않았다. 그날 밤이 되어서야 비로소 일어난 일들에 대해 진지하게 생각하기 시작했다.

나 자신이 아둔하고 굴욕적으로 느껴졌던 가장 큰 이유는—불과 2~3일 전에 나 혼자 명명했던 대로—'인간의 마음에 영구히 존재하는 기대심리' 때문이었다. 또한 그 이전에, '타인의 경멸을 극복한다는 것의 묘미' 때문이기도 했다. 평소 자만심 때문에 큰코 다칠 일은 없다고 생각해 온 편인데, 사실은 스스로 생각한 것 이상으로 혼나고 있었던 게 분명했다. 유증을 통해 내 소유물이 된 걸 찾겠다고 결심을 하면서 시작된 것이 변이를 거쳐서 뭔가 더 거대한 것, 뭔가 평생에 달하는 내 삶과 시간과 기억, 그리고 욕망과 연관된 것으로 바뀌어 버린 것이다. 나는—나라는 사람의 어떤 층위에서 실제로 그렇게 생각했던 것 같은데—처음으로 돌아가서 상황을 바꿀 수 있다고 생각했다. 피를 역류시킬 수 있다고 생각한 거나 마찬가지였다. 나는 오만하게도—이렇게까지 노골적으로 말한 적은 없지만—베로니카가 날 다시 좋아하게 할 수 있다고 생각했고, 그것이 중대사라고 여겼다. 베로니카가 이메일에서 '이쯤에서 접는' 거냐고 물었을 때, 나는 행간에 밴 차디찬 조롱의 기미를 조금도 눈치 채지 못했고, 그것이 다만 초대이며 유혹에 가까운 몸짓이라고까지 생각했다.

이제 다시 생각해 보니, 그녀는 나에게 한결같은 태도를 고수했다. 비단 최근 몇 달 동안이 아니라, 기한을 정할 수 없을 만큼 오랜 세월 동안. 그녀는 내가 성에 차지 않았고, 그러자 에이드리언을 더 좋아하게 되었다. 이 판단이 정확하다는 그녀의 믿음은 한 치도 흔들린 적이 없었다. 이는 어느 모로 보나, 철학적으로건 뭐건 간에 자명한 사실임을 나는 이제야 비로소 깨달았다. 그런데도 나 자신의 동인을 이해하지도 못한 채, 지금 이 나이에 와서, 나는 그녀가 나란 사람을 잘못 봤음을 증명하고 싶어했던 것이다. 아니, 좀 더 정확히 말하자면, 그녀가 초창기에 나에 대해 생각한 것—우리가 서로의 몸과 마음을 알아가기 시작한 무렵, 그녀가 나의 책과 레코드 중 몇몇을 인정한 무렵, 날 집에 데리고 갈 만큼 좋아했던 무렵—이 옳았음을 증명하고 싶었던 것이다. 내 딴엔 그녀의 경멸을 극복하고, 회한을 죄책감으로 전환해서 용서받을 수 있을 거라고 생각했다. 아무래도 나는 서로 떨어져 있는 존재의 간극을 잘라낼 수 있다고, 각자의 삶이 기록된 마그네틱테이프를 잘라 양 끝을 이어붙일 수 있다고, 서로 인생이 갈라지기 시작한 지점으로 돌아가서 그 여정을 이전으로 돌려놓을 수 있다고, 아니, 여정 같은 건 아예 없었던 걸로 할 수 있다고 현혹되었던 모양이다. 실상은 상식을 젖혀놓은 데 지나지 않았는데.

늙다리 멍청이. 나는 혼잣말을 했다. 늙다리에 멍청한 것만큼 답 없는 것들도 없지. 오래전에 세상을 떠난 나의 모친은 신문에서 젊은 여자에게 빠진 늙은 남자가 선웃음 머금은 미소와 염색한 머리와 팽팽한 젖가슴에 넘어가 배우자를 저버린 사연을 읽을 때마다 이렇게 투덜거렸다. 어머니가 지금의 날 보시면 그렇게 말씀하셨을 거란 말은 아니다. 그리고 나로선 내 또래의 남자들이 시시콜콜히 하는 짓을 한 것뿐이라는 케케묵은 변명을 늘어놓을 수도 없다. 천만에, 나는 전 세계를 통틀어 이 정도로 가망 없기도 힘들 사람에게 궁상맞은 애정을 갈구할 정도로 맛이 간 멍청이 늙다리였다.

그후의 일주일은 내 삶에서 유례를 찾아보기 힘들 만큼 고독했다. 더 이상 가슴 설레어 기다릴 만한 어떤 것도 남지 않은 듯했다. 나는 머릿속에서 뚜렷하게 들려오는 두 사람의 목소리를 홀로 견뎠다. '토니, 당신은 이제 혼자야'라는 마거릿의 목소리. 그리고 '아직도 전혀 감을 못 잡는구나, 그렇지? 넌 늘 그랬어, 앞으로도 그럴 거고'라는 베로니카의 목소리. 또 내가 전화한다고 마거릿이 환성을 지를 리 없다는 사실, 하지만 다음에 또 점심 같이 하자고 하면 기꺼이 나와줄 테고, 그것으로 예전과 다름없는 관계로 돌아가리라는 것을 알고 있기에 더 외로워졌다. 누가 말했던가? 살면 살수록 이해할 수 있는 것은 점점 사라져만 간다고.

했던 얘길 자꾸 해서 미안하지만, 내겐 생존하고자 하는 모종의 본능, 자기보존 본능이 있다. 그리고 자신에게 그런 본능이 있다고 믿는 건, 그런 게 실제로 있는 것만큼이나 득이 된다. 행동패턴을 유지할 수 있기 때문이다. 그런 이유로 나는 얼마 지나지 않아 털고 일어설 수 있었다. 노망이 나서 아둔한 망상에 걸려 넘어지기 전에 내가 어떻게 행동했었는지를 돌아봐야 했다. 아파트를 청소하고, 동네 도서관 관리를 하는 것 말고도 나의 용무, 뭐가 됐건 그것을 처리해야 했다. 암, 그렇고 말고. 그래야 내 일상으로 돌아오는 데 집중할 수 있다.

'잭 형님, 안녕하세요.' 나는 편지를 썼다. '베로니카 문제로 형님의 힘을 좀 빌려도 될까요. 이런 말 하기 부끄럽지만, 옛날에도 그랬듯, 지금도 그 친구의 속을 도저히 모르겠네요. 살다 보면 철들 날이 오긴 할까 싶어집니다. 그건 그렇고, 포드 여사께서 제게 유증을 통해 남기신 옛 친구의 일기장 문제로 그 친구가 앙금이 가시지 않았습니다. 이 문제로 조언해 주실 게 있을까요? 그리고 한 가지 더, 저로선 다소 이해가 안 가는 것이 있어서요. 지난주에 시내에서 베로니카를 만나서 점심을 함께 하며 매우 즐거운 시간을 보냈습니다. 그런 후에 그 친구가 어느 날 오후에 북쪽 노선에서 만나자고 하더군요. 아무래도 자택 요양 간호 대상자들을 저에게 보여주고 싶었던 것 같은데, 이 친구가 정작 보여주고 나더니 저한테 심술을 부리더라고요. 뭔가 짚이는 게 있으신지요? 만사형통하시길. 토니 W.'

전에 그의 뜻을 곡해한 것처럼, 나의 이런 사근사근한 태도를 그가 곡해하는 일은 없기를 바랐다. 편지를 다 쓴 후, 나는 거널 씨에게 나를 대행해 포드 부인의 유언장 문제를 처리해 달라는 내용의 편지를 썼다. 그에게 나는—자신 있게—최근에 유산자의 딸과 직접 이 문제를 해결하려다가 그녀가 모종의 심리 불안 상태라는 것을 알게 되었으니, 이제는 나의 전문가 친구가 그녀에게 편지를 써서 이 사안을 조속히 해결하는 것이 최상이라고 생각한다고 했다.

나는 혼자만의 향수에 젖은 고별식을 치렀다. 베로니카가 머리칼로 얼굴이 뒤덮인 채 춤추던 모습을 떠올렸다. 그녀가 자기 가족들에게 '토니를 방까지 데려다줄게요'라고 선언하던 모습을 떠올렸고, 내 귀에 대고 엉큼한 꿈을 꾸라고 속삭이던 것을, 그리고 그녀가 아래층까지 미처 내려가기 전에 작은 세면대에 대고 사정하던 것을 떠올렸다. 반들반들하던 내 손목 안쪽을, 셔츠 소매를 팔꿈치까지 걷어붙이고 다니던 시절을 떠올렸다.

거널 씨는 답장을 보내왔고, 내 말대로 처리하겠다고 했다.

잭 형님은 묵묵부답이었다.

나는 주차 제한 시간이 10시에서 정오까지만이라는 걸 알았다. 아니면 알게 될 거였다, 라고 해야 하나. 통근자들이 시내까지의 먼 길을 운전해서 갈 엄두를 내지 못하고 자가용은 하루 동안 내버려 둔 채, 전철로 이동하게 하려는 정책인 것 같았다. 그래서 나는 이번엔 내 차, 베로니카 차의 것보다는 타이어가 좀 더 오래 버틸 폴크스바겐 폴로로 가기로 결심했다. 북환상선을 타고 가는 한 시간 남짓한 정죄淨罪의 시간을 지나, 늦은 오후의 햇살이 쥐똥나무 울타리에 내려앉은 먼지를 비추는 가운데 교외 거리의 야트막한 경사로를 마주한 채, 나는 어느덧 베로니카와 갔던 곳에 차를 세우고 있었다. 어린 학생들이 떼 지어 집으로 향하고 있었다. 남자애들은 셔츠를 바지 밖으로 빼 입었고, 여자애들은 도발적이리만큼 짧은 치마를 입었다. 휴대폰으로 통화 중인 아이들이 많았고, 먹고 있는 아이들이 몇 명, 그보다 몇 안 되게 담배를 피우는 아이들도 있었다. 내가 학교를 다니던 시절엔 교복을 입고 있을 때만은 그에 준하는 모범적인 행동을 해야 했다. 거리에서 먹거나 마시는 건 금지였다. 행여 담배를 피우면 누구나 체벌을 받았다. 이성에게 친절을 베푸는 것도 금물이었다. 우리 학교 근처에 자리

잡은 같은 재단의 여학교는 남학교가 끝나기 15분 전에 학생들을 하교시키면서, 그들의 반대 팀인, 육욕에 겨워 지속적 발기 상태인 남학생들을 피할 시간적 여유를 여학생들에게 주었다. 나는 차 안에 앉아서 이 모든 기억을 떠올리며 그때와 달라진 점들을 입력했지만, 어떤 결론에도 이르지 못했다. 나는 열광하지도, 못마땅하지도 않았다. 그저 무관심했다. 생각하고 판단할 권리를 박탈당했으니까. 내가 알고 싶은 건 몇 주 전에 여기까지 불려나온 이유 말고는 아무것도 없었다. 그래서 나는 차창을 내리고 앉아서 기다렸다.

두어 시간 지나서 나는 단념했다. 다음 날에도 왔고, 그다음 날에도 와봤지만 허사였다. 그런 후 차를 몰아 그때의 펍과 가게가 있는 거리로 가서 차를 주차했다. 기다리다가 가게에 들어가 이것저것 사고 나서 좀 더 기다리다가 차를 몰고 집으로 돌아갔다. 시간을 허비한다는 느낌은 전혀 없었다. 아니, 정반대였다. 이제 이런 일이 바로 내 소일거리였다. 그런 사정과 무관하게, 가게 자체는 꽤 괜찮은 곳임을 알게 되었다. 조제식품점에서 철물점의 기능까지 아우르는 곳이었다. 이 기간 동안 나는 야채와 식기세척기용 파우더와 저민고기와 휴지를 샀다. 그곳의 현금인출기를 이용했고, 술을 사모았다. 첫 이삼 주가 지나자 그곳 사람들이 나를 '동네 사람'이라 부르기 시작했다.

한번은 시의 사회복지과에 전화를 걸어서 자택 요양 간호 대상자 중에 온몸을 배지로 도배한 남자는 없는지 물어볼까 하는 생각도 했다. 하지만 그런 말만으론 도저히 알아낼 수 있을 것 같지가 않았다. 무슨 이유로 찾으시는 건가요? 그들이 이렇게 첫 질문을 던지기 무섭게 주춤할 테니까. 왜 찾고 싶은지는 나도 모른다. 그러나 분명히 말하지만, 나에게 절박감 같은 건 전혀 없었다. 머리를 쥐어짜면서까지 기억을 떠올려야 했던 상황과는 달랐다. 내가 쥐어짜지 않으면—무엇을? 시간을.—뭔가 다른 것이, 잘하면 해결 방법까지 기억의 수면 위로 떠오를지도 모른다.

그리고 얼마 안 있어 나는 그때 엿들었던 말을 기억해냈다. '안 돼요, 켄. 오늘은 펍에 가면 안 돼요. 펍에 가는 날은 금요일 밤이잖아요.' 그래서 금요일이 되었을 때, 나는 차를 몰고 '윌리엄 4세'로 가서 신문을 들고 한 자리 차지하고 앉았다. 그곳은 경제 압박 때문에 고급화하지 않을 수 없었던 펍 중 하나였다. 고열로 조리한 요리네 뭐네 하는 메뉴에, BBC뉴스가 조용히 흘러나오는 TV가 있었고, 사방에 흑판이 달려 있었다. 첫 번째 것은 주간 퀴즈의 밤을 알리고 있었고, 두 번째 것은 월간 북클럽 광고, 세 번째는 방영일이 얼마 남지 않은 TV 스포츠 경기 광고, 네 번째엔 지루하게도 그날의 경구쯤 되는 문장을 알리고 있었는데, 재치와 지혜에 관한 처세서 같은 걸 베낀 게 분명했다. 나는 십자말풀이를 하며 맥주잔의 반을 비웠지만, 아무도 안으로 들어오지 않았다.

두 번째 금요일에 나는 저녁을 그곳에서 해결해야겠다는 생각에 바짝 구운 대구와 수제 감자튀김과 칠레 산 소비뇽 블랑을 큰 잔으로 주문했다. 음식 맛은 상당히 좋은 편이었다. 세 번째 금요일에 고르곤촐라 치즈와 호두 소스를 곁들인 펜네 스파게티에 포크를 막 꽂았을 때, 그때 보았던 어깨가 기운 남자와 콧수염 남자가 들어왔다. 그들이 친밀한 티를 내며 의자에 앉자, 그들이 늘 먹던 게 뭔지 익히 알고 있는 듯한 바텐더가 비터* 반 파인트를 한 잔씩 갖다주었고, 그들은 숙고하듯 조금씩 마셨다. 그들은 주위를 돌아보기는커녕, 눈조차 마주치려 하지 않았다. 마찬가지로 그들을 조금이라도 눈여겨보는 사람 역시 하나도 없었다. 20분쯤 지났을까, 어머니 같은 인상의 흑인 여자가 들어오더니, 바에 가서 돈을 낸 다음, 자상한 태도로 두 남자를 데리고 나갔다. 나는 다만 지켜보고 또 기다릴 뿐이었다. 시간은 내 편이다, 그렇고말고. 가끔 노래에서 진실을 얻을 때도 있는 법.

* 쓴맛이 강한 맥주로 영국에서 인기가 많다.

바야흐로 나는 가게 외에도 펍의 단골이 되었다. 북클럽에 가입하지도, 퀴즈의 밤에 참여하지도 않았지만 꼬박꼬박 가서 창가의 작은 테이블에 앉아 메뉴의 음식을 차례차례로 섭렵해 갔다. 뭘 기대하고 있었을까? 이 동네에 왔던 첫 번째 날 오후, 다섯 명을 통솔했던 간병인 청년과 때가 되면 대화를 트려고 했던 것 같다. 운이 좋으면 그 배지를 단 남자하고도. 그는 개중 제일 붙임성이 있고 경계심이 없어 보였다. 참고 기다리자는 생각도 없이 나는 참고 기다렸다. 더는 시간을 확인하지 않게 되었다. 그러던 어느 날 이른 저녁, 다섯 명이 전부, 예의 흑인 여자와 함께 다가오는 걸 보았다. 어쩐 일인지 별로 놀랍지가 않았다. 단골 둘은 펍으로 들어왔다. 다른 세 명은 보호자와 함께 가게로 향했다.

나는 자리를 아주 뜬 게 아니라는 표시로 볼펜과 신문을 테이블에 올려둔 채, 자리에서 일어났다. 가게 입구로 가서 노란 플라스틱 바구니를 집어 들고선 어슬렁거리며 돌아다녔다. 셋은 복도 끝 주방세제들이 놓인 곳에 몰려 서서 뭘 살지 진지하게 토론하고 있었다. 공간이 좁아서 나는 다가가면서 큰 소리로 '실례합니다'라고 했다. 그러기 무섭게 안경잡이 꺽다리 친구가 주방용품이 진열된 선반 쪽으로 얼굴을 돌리며 몸을 바짝 붙였다. 셋 모두 입을 다물었다. 내가 지나치는데, 배지를 단 남자가 나를 정면으로 바라보았다. "안녕하세요." 나는 미소를 지으며 말했다. 그는 나를 계속 쳐다보다가 고개를 수그려 인사했다. 나는 그대로 가게를 나와 펍으로 돌아왔다.

몇 분이 지나자 가게의 셋이 펍의 두 단골과 합류했다. 간병인 여자가 바에 가서 주문을 했다. 거리에선 활기에 차서 아이처럼 굴던 이들이, 가게나 펍에선 숫기 없이 작은 소리로 속닥거리고 있다는 생각이 퍼뜩 들었다. 새로 들어온 일행 앞에 청량음료가 놓였다. '생일'이란 말을 얼핏 들은 듯했지만, 잘못 들은 건지도 모른다. 음식을 주문할 때라고 생각했다. 바 쪽으로 가려면 그들 곁으로 다가가게 될 터였다. 이렇다 할 계획은 전무했다. 가게에서 건너온 세 명은 여전히 서 있다가, 내가 다가가자 살짝 뒤를 돌아보았다. 나는 배지를 단 남자에게 쾌활한 어조로 "안녕하세요!"라고 두 번째 인사를 건넸고, 그는 전과 다름없이 인사를 받아주었다. 꺽다리 친구는 이제 내 앞에서 있었고, 나는 막 그를 지나치다가 멈춰 서서 예의 바르게 그를 보았다. 마흔쯤 됐을까, 180센티미터를 조금 넘는 키에 피부는 백짓장처럼 하얗고, 렌즈가 두툼한 안경을 쓰고 있었다. 다시 등을 돌리고 싶은 마음이 역력한 것이 내게도 읽혔다. 그런 그가 예상치 못한 행동을 취했다. 안경을 벗더니 내 얼굴을 정면으로 바라보았다. 갈색의 온화한 눈이었다.

미처 생각할 틈도 없이 나는 그에게 조용히 말을 건넸다.

"메리 친구 되는 사람입니다."

그가 처음엔 미소를 짓는 듯하더니, 이내 경악하는 것을 나는 유심히 지켜보았다. 그는 고개를 돌리더니, 들릴락 말락 칭얼대며 발을 질질 끌듯 하여 인도 여자에게 다가가서 그녀의 손을 붙잡았다. 나는 바에 가서 스툴에 엉덩이를 반쯤 걸치고 메뉴를 살피기 시작했다. 잠시 후, 흑인 간병인이 내 옆에 서 있었다.

"미안해요." 나는 말했다. "내가 실수한 게 아니었으면 좋겠는데요."

"글쎄요." 여자가 말했다. "저 친구가 놀라면 좋을 게 없어서요. 특히 지금은."

"전에 한번 본 적이 있는데, 메리가 왔던 날 오후였죠. 난 메리 친구 되는 사람입니다."

여자가 나를 쳐다보는 눈길이 나의 동기와 진의를 파악하려는 것 같았다.

"그럼 이해하시겠네요." 여자는 나직하게 말했다. "그렇죠?"

"네. 이해하죠."

중요한 건, 내가 진짜로 이해했다는 것이다. 배지를 단 사내나 남자 간병인과 굳이 이야기할 필요가 없었다. 이제 알았으니까.

•

그의 얼굴에서 나는 보았다. 얼굴이 늘 진실을 말하진 않는다, 안 그런가? 적어도 나에겐 아니다. 우리는 사람들이 하는 말을 귀 기울여 듣고, 그들이 쓰는 것을 읽는다. 그것이 우리가 가진 증거이자 우리의 확신을 뒷받침해 줄 증거이다. 그러나 말과 표정이 정반대일 때, 우리는 그의 얼굴을 낱낱이 살핀다. 눈빛에 감도는 교활함, 번지는 홍조, 안면근육의 불가항력적 경련. 그러면 우리는 알게 된다. 위선이나 거짓 주장이 밝혀지고, 진실이 우리 앞에 명백히 모습을 드러낸다.

그러나 이건 달랐다. 더 단순했다. 모순은 전무했다. 나는 그의 얼굴을 보는 것만으로도 알았다. 두 눈, 그 눈에 담긴 빛깔과 표정, 그리고 두 뺨, 병색이 깃든 두 뺨과 그 아래 광대뼈를 보고 알았다. 확증은 그의 키에서 얻었다. 그 키에 맞게 자리 잡은 골격과 근육이 확실한 증거였다. 그는 에이드리언의 아들이었다. 출생증명서나 DNA 검사 결과 같은 건 필요치 않았다. 나는 보았고, 직감했다. 물론 생일은 딱 맞아떨어졌다. 얼추 그 나이쯤 될 것이다.

내가 처음으로 보인 반응은, 나도 인정하는데, 유아적이었다. 어쩔 수 없이 베로니카에게 보냈던 편지의 내용이 자꾸만 떠올랐다. '그 친구가 네가 더없이 지리멸렬한 인간임을 깨닫기 전에 임신하는 건 시간문제겠지.' 그렇게 쓰긴 했어도 추호도 진심이 아니었다. 그저 상처를 주고 싶다는 마음이 앞서 닥치는 대로 휘갈겨 썼을 뿐이었다. 사실, 베로니카와 사귀면서 나는 늘 그녀에게 다양한—유혹적인, 미스터리한, 호락호락하지 않은—면이 있음을 알게 되었지, 지루하다고 생각한 적은 한 번도 없었다. 그리고 최근에 그녀를 만나면서 형용사—부아가 치미는, 고집 센, 오만한, 그럼에도 여전히 유혹적인—가 늘어나긴 했어도, 지루한 적은 한 순간도 없었다. 따라서 그 말은 상처를 주는 것만큼이나 잘못된 말이었다.

하지만 그건 사태의 절반에도 미치지 못했다. 그들에게 상처를 주려는 심사에서 나는 이렇게 썼다. '사실 마음 한켠으론 너희 둘 사이에 아이가 생기길 바라고 있어. 이유인즉 내가 시간이 대대손손 이어지며 복수를 가한다는 걸 굳건히 믿는 인간이라 그래. 그러나 복수의 과녁은 그 조준이 정확해야 하는 법. 너희 둘이 딱 그에 해당된단 말이지.' 또 이렇게도 썼다. '그러니 너희에게 그런 걸 바랄 수는 없는 노릇. 너희의 양해를 구하며 시어詩語를 동원해 보자면, 순진무구한 새 생명으로 하여금 자신이 너희의 운우지정으로 인한 결실임을 깨닫는 짐을 지운다는 건 불공정한 처사일 테니 말이야.' 회한remorse이란 말은 어원적으로 한 번 더 깨무는 행위를 뜻한다. 회한의 감정은 그와 같다. 내가 썼던 말을 다시 읽을 때 나를 깨무는 이가 얼마나 그악스러웠을지 상상할 수 있겠는가. 내가 내뱉었는지조차 잊고 있었던 그 말은 가히 고대의 저주처럼 여겨졌다. 물론, 나는 저주 같은 건 믿지 않는다. 그랬었다. 말이 씨가 된다느니 하는 것 말이다. 그런데도 나중에 일어날 일을 명명하는 행위 자체—콕 집어 나쁜 일이 일어나길 바라자 실제로 똑같이 나쁜 일이 일어나는 것—에는 여전히 몸이 오싹해질 만큼 초자연적인 데가 있다. 저주를 퍼부었던 젊은 시절의 나와 그 저주가 실제로 일어나는 것을 목도한 노년의 내가 느끼는 감정은 사뭇 다르다는 사실. 이는 말도 안 될 정도로 서로 무관하다.

만약 이 모든 게 시작되기 직전에 누군가가 에이드리언이 자살을 한 게 아니고, 베로니카와 결혼을 했고, 자식을 하나 낳았고, 그런 후 또 낳았을 수도 있고, 손주까지 보았다는 말을 했다면, 나는 이렇게 말했을 것이다. 그거 잘됐네, 그들 둘 모두에게 잘된 일이야. 너희는 너희 갈 길을 간 거고, 난 내 갈 길을 간 건데 억하심정이 있을 리 있나, 라고. 그러나 이런 게으른 클리셰가 이전에 일어난 불변의 진실과 맞닥뜨린 것이다. 시간의 보복이 무고한 태아에 가해지다니. 가게에서 날 보곤 몸을 돌려서 키친타월과 특대포장 휴지에 얼굴을 파묻으며 나라는 존재를 피하려 했던 그 가엾고 성치 못한 남자를 생각했다. 그래, 그의 직감이 맞았다. 나는 고개를 돌려 피해야 마땅한 인간이었다. 만약 인생이 진실로 값어치 있는 것이라면, 나는 외면당해야 마땅했다. 인생이 살면서 쌓은 덕에 보상을 해준다면, 나는 그로부터 외면당해야 마땅했다.

불과 며칠 전만 해도, 베로니카를 마지막으로 본 지 40여 년의 시간이 흐르는 동안 그녀가 어떻게 살았는지 아는 바가 하나도 없음을 시인하면서도 막연한 환상을 만끽하고 있었건만. 이제 나는 한 번도 물어본 적 없는 질문의 답을 얼마간 얻었다. 베로니카는 에이드리언의 아이를 임신했던 것이고, 그리고—아무도 모를 일이다—그의 자살로 인한 트라우마가 뱃속의 아이에게 악영향을 끼쳤던 건지도 모른다. 그녀는 아들을 낳았고, 그 아들은 성장과정 도중에 진단을 받았으니……. 무슨 병이었을까? 사회의 독립된 구성원으로 살아갈 능력이 없다고, 정서적으로나 재정적으로나 지속적인 보살핌이 필요하다고 진단받은 건지도 모른다. 그런 진단이 언제쯤 내려졌는지 궁금해졌다. 태어나자마자일까, 아니면 몇 년 동안은 잠잠했고, 그사이 베로니카는 망가진 삶에서 구해낸 온전한 것들로 위안을 찾을 수 있었을까. 그러나 그후, 아마도 아들이 특수학교를 다니는 동안, 열악한 시간제 근무에 시달리면서 그녀는 얼마나 오래 자신의 삶을 희생해 아들을 보살폈던 걸까. 그런 후, 아들이 덩치가 더 커지면서 돌보기가 더 힘들어졌을 테고, 결국 처절하게 아등바등하던 것도 감당할 수 없게 되어, 아들을 보호시설에 보낼 수밖에 없었을 것이다. 그 심정이 어땠을지 상상이 가는가. 그 상실감, 패배감, 자책감을. 그런데 지금 나라는 인간은 딸내미가 가끔 이메일을 보내는 걸 잊었다는 이유로 자탄에 빠지는 꼴이라니. 또 베로니카를 워블리 다리에서 처음 다시 만났을 때, 오만불손한 생각을 품었던 것도 떠올랐다. 그녀가 궁색하고 단정치 못한 모습이라고 생각했다. 그녀가 까다롭고, 불친절하고, 매력이 없다고 생각했다. 사실 나를 만나준 것만으로도 감지덕지할 일이었다. 그런데 에이드리언의 일기장을 넘겨줄 거라고 기대를 했다니. 내가 그녀였대도 불에 태워버렸을 것 같다. 일기장이 불에 타버렸다는 말은 이제 기정사실로 믿게 되었다.

이런 얘길 할 사람이 주변에 아무도 없었다. 오래도록 그랬다. 마거릿 말대로 나는 혼자였고, 혼자여야만 했다. 회한을 유일한 벗 삼아, 곱씹어야 할 과거사가 한도 끝도 없기 때문만은 절대 아니었다. 그래서 베로니카의 인생과 성격에 대해 다시 생각한 후, 나는 내 과거로 거슬러 올라가 에이드리언을 생각해야 했다. 내 철학자 친구, 인생을 직시하고, 또 책임감 있고 사유하는 개인이라면 누구나 바란 적조차 없던 이 선물을 거부할 권리를 누릴 줄 알아야 한다는 결론을 내렸던 친구. 그리고 그의 숭고한 제스처는 10년, 20년, 30년의 세월이 흐르면서 타협과 부박함으로 점철된 대부분의 인생을 재삼 떠올리게 했다. '대부분의 인생', 즉 나의 인생.

따라서 그의 옛 이미지—나와, 나의 나머지 실존에 생생하게 살아서 가하는 죽은 질책—는 이제 뒤집혔다. '1등급 성적, 1등급 자살.' 앨릭스와 서로 동감했던 바였다. 대신에 에이드리언의 면모 중 내가 가진 것은 무엇일까? 여자친구를 임신시키고, 그 결과를 받아들일 용기가 없어서 결국 세상 사람들이 말하듯 '쉬운 길을 택한' 남자. 억압해 오는 거대한 보편성에 맞선 이런 개성의 표명이 만에 하나 수월할 수도 있었다는 뜻은 아니다. 그러나 이제 나는 에이드리언의 면모를 하나하나 빠짐없이 재고해야 했고, 자살이 진실로 철학적인 유일한 질문이라고 말한 카뮈를 인용하던 반항아라고 여겼던 기존의 생각을 바꾸어 뭔가 다른 존재로…… 그런데 과연 어떤 존재로 본단 말인가? 그래봤자 롭슨의 다른 버전에 지나지 않는다. 앨릭스가 말한 대로 '딱히 에로스와 타나토스 같은 아니었던', 지금까지도 딱히 언급할 만한 게 없는, '엄마, 미안해'라는 이별의 말을 남기고 세상을 떠난 과학부 6학년생.

당시, 우리 넷은 롭슨의 애인이—깐깐한 숫처녀로부터 성병을 줄줄이 달고 다니는 창녀에 이르기까지—정확히 어떤 여자인지를 알아맞히려고 무던히 머리를 굴렸다. 정작 둘 사이의 아이나 미래에 대해 생각한 사람은 하나도 없었다. 이제 와서야 롭슨의 여자친구와 그후 아이의 삶이 궁금해졌다. 아이 엄마는 내 나이쯤 됐을 테고, 모르긴 몰라도 아직까지 살아 있을 것이다. 반면에 아이는 거의 쉰 살이 다 됐을 것이다. 아직도 '아빠'가 사고로 세상을 떠난 줄로만 알고 있을까? 어쩌면 입양되어 자신이 원치 않는 자식이라 생각하면서 성장했을지도 모른다. 그러나 요새 입양아들은 자신의 권리를 찾아 생모를 찾아나설 수 있다. 나는 아이가 생모를 찾는 모습을 상상하면서, 마침내 어색하고 통렬한 재회가 이루어졌을지도 모른다고 생각했다. 비록 이렇게 오랜 세월이 흘렀지만, 나는 롭슨의 여자친구가 그 옛날 느꼈을 고통과 수치심은 생각지 않고, 우리끼리 섣부르게 찧고 까분 데 대해 그녀에게 사죄를 하고 싶어졌다. 비록 그 사람이 알았을 리 만무하지만, 그래도 연락을 취해 오래전에 우리가 저지른 과오를 용서해 달라고 말하고 싶은 마음도 있었다.

그러나 롭슨과 롭슨의 여자친구에 대해 생각하는 건 에이드리언에 대한 작금의 진실을 회피하려는 핑계에 지나지 않았다. 당시 롭슨은 열다섯이나 열여섯 살쯤이었나? 의심할 것도 없이 자유분방과는 거리가 먼 부모와 한집에서 살던 시절이었다. 그리고 그의 여자친구가 열여섯 살이 채 되지 않았다면, 강간죄 역시 부과되었을지 모른다. 그러니 실제로 비교할 수 있는 건 아무것도 없었다. 에이드리언은 성인이었고, 집을 떠나 살았고, 가엾은 롭슨과는 비교가 안 될 정도로 지성적이었다. 게다가 그 시절엔, 남자가 여자를 임신시켰는데 여자 쪽에서 낙태를 원하지 않으면 둘은 결혼을 했다. 그땐 그게 순리였다. 그러나 에이드리언은 이런 관습적인 방법은 생각할 엄두조차 내지 못했다. '걔가 너무 똑똑해서 그랬다고 생각하니?' 어머니의 그런 질문에 짜증이 났던 적이 있었다. 아니, 똑똑한 것과는 하등 무관하다. 하물며 윤리적 용기하고는 더더욱 거리가 멀다. 그는 타고난 존재적 재능을 장쾌하게 거부한 게 아니었다. 그는 현관에 놓인 유아차를 자신의 미래로 받아들이기 두려웠던 것이다.

인생에 대해 내가 알았던 것은 무엇인가, 신중하기 그지없는 삶을 살았던 내가. 이긴 적도, 패배한 적도 없이, 다만 인생이 흘러가는 대로 살지 않았던가. 흔한 야심을 품었지만, 야심의 실체를 깨닫지도 못한 채 그것을 위해 선불리 정착해 버리지 않았던가. 상처받는 게 두려웠으면서도 생존력이라는 말로 둘러대지 않았던가. 고지서 납부를 하고, 가능한 한 모든 사람들과 무난한 관계를 유지하면서 살았을 뿐, 환희와 절망이라는 말은 얼마 지나지 않아 소설에서나 구경한 게 전부인 인간으로 살아오지 않았던가. 자책을 해도 마음속 깊이 아파한 적은 한 번도 없지 않았던가. 이 모든 일이 따져봐야 할 일이었고, 그러는 동안 나는 흔치 않은 회한에 시달렸다. 그것은 상처받지 않을 자신이 있다고 큰소리쳤던 인간이 비로소 느끼게 된 고통, 그리고 바로 그랬기 때문에 느끼게 된 고통이었다.

"나가!" 시속 30킬로미터로 연석 위에 차를 세운 후 베로니카는 일갈했다. 이제야 나는 그 말이 품고 있는 더 폭넓은 울림을 이해했다. 내 인생에서 꺼져버려. 너는 내 인생에서 다시는 상종하고 싶지 않은 첫 번째 인간이야. 네가 만나자고 했을 때 승낙하는 게 아니었어. 점심 약속도 마찬가지고, 널 데리고 내 아들을 보러 간 것은 더더욱. 나가, 나가라고!

베로니카의 주소를 알았다면, 나는 예의를 갖춰 편지를 보냈을 것이다. 대신 나는 이메일을 썼고 처음엔 소문자로 '사죄한다'고 썼다가, 다시 대문자로 '사죄한다'고 썼지만, 그래놓고 보니 악을 쓰는 것처럼 보여서 다시 소문자로 썼다. 그저 솔직하게 쓰는 것 말고는 도리가 없었다.

베로니카에게

내 연락은 꿈에서조차 받고 싶지 않으리라는 것, 이제 나도 알아. 그래도 이 편지는 끝까지 읽어주면 고맙겠다. 답장은 하지 않아도 좋아. 하지만 그간 있었던 일들을 나름대로 재고했고, 그래서 너에게 사죄를 하고 싶다. 이렇게 해서 네가 나에 대한 마음을 풀 것이라는 기대도 없다. 하지만 지금보다 더 나빠질 일은 없을 거라고 본다. 나로선 그때 했던 저열한 말들은 순간적으로 튀어나온 것이라는 것 말고 달리 할 말이 없다. 이렇게 오랜 세월이 흐른 후에 그 편지를 읽으면서 나는 정말이지 충격을 금할 수가 없었어.

에이드리언의 일기는 주지 않아도 돼. 만약 태워 없앴다면 그걸로 된 거야. 설령 태우지 않았다 해도, 그건 엄연히 네 아이의 아버지가 쓴 것이니, 너의 것이야. 어머니께서 그것을 애초에 내게 남기신 이유를 나로선 이해할 수 없지만, 중요한 문제는 아니야.

지금껏 괴롭힌 데 대해 사과한다. 넌 나에게 중요한 것을 보여주려고 했는데, 내가 너무 무심한 탓에 이해를 못 했다. 너희 모자가 현 상황에서도 모쪼록 평온한 삶을 누리기를 바란다. 그리고 언제고 내가 너희 모자를 도울 길이 있다면 지체 없이 연락주면 좋겠다.

토니

나로선 최선을 다했다. 바란 만큼 온전히 표현하진 못했지만, 적어도 모든 말 한 마디, 한 마디에 내 진심을 담았다. 다른 숨겨진 셈 같은 건 없었다. 행여 이 편지로 뭔가 하나라도 건지려는 속셈 같은 건 전혀 없었다. 일기장도, 베로니카의 덕담도 바라지 않았고, 나의 사죄를 받아주리란 기대는 더더욱 없었다.

그 편지를 보내고 나서 기분이 좋아졌는지 더 나빠졌는지는 모르겠다. 이렇다 할 감정을 느끼지 못했다. 탈진한 나머지, 방전이 된 느낌이었다. 마거릿에게 그간 있었던 일을 얘기하고 싶은 생각은 털끝만큼도 없었다. 마거릿보다는 수지 생각을 더 많이 했고, 또 부모라면 누구나 누리는 복에 대해서 생각했다. 자식이 태어났을 때 사지 멀쩡하게 정상적인 두뇌를 가지는 것, 그리고 아이가, 소녀가, 또 성인여성이 장차 자신의 능력껏 인생을 이끌게 해주는 정서적인 기질을 갖추는 복에 대해 생각했다. 평범한 인간이 되기를. 한 시인은 이렇게 갓 태어난 아기에게 축원하지 않았던가.

삶은 계속되었다. 환자들, 회복기에 접어든 환자, 죽음이 임박한 환자에게 책을 추천해 주었다. 나도 한두 권씩 읽었다. 재활용품을 내놓았다. 거널 씨에게 일기장 문제는 추진하지 말라는 내용의 편지를 썼다. 어느 늦은 오후에, 문득 생각이 난 김에 차를 몰고 북환상선을 돌아 쇼핑을 하고, 그 펍 '윌리엄 4세'에 가서 저녁 식사를 했다. 사람들이 휴가여행 계획이 있느냐고 나에게 물었다. 가게에선 있다고, 펍에선 없다고 대답했다. 어떤 대답이건 별로 중요한 것 같지 않았다. 중요하달 것도 없었다. 지난 몇 년 동안 내게 일어난 일들을 생각했고, 내 스스로 이룬 게 거의 없음을 절감했다.

그 이메일을 처음 봤을 땐, 실수로 옛날 메일을 다시 보냈다고만 생각했다. 그러나 내가 쓴 제목이 그대로 남아 있었다. '사죄한다'. 그 아래에는 내가 쓴 내용이 그대로 붙어 있었다. 베로니카의 답장이었다. '아직도 전혀 감을 못 잡는구나, 그렇지? 넌 늘 그랬어, 앞으로도 그럴 거고. 그러니 그냥 포기하고 살지그래.'

나는 그 메시지를 받은편지함에 그대로 두고 가끔씩 다시 읽어보았다. 죽어서 화장을 하고 산골을 하지 않는다면, 석재나 대리석 위에 묘비명으로 활용할 법한 말이었다. '토니 웹스터. 전혀 감을 잡지 못하다.' 그러나 너무 감상적이고, 자기연민마저 느껴졌다. '이제 그는 혼자다'는 어떤가? 이게 더 낫겠다. 더 진실되게 느껴진다. 혹은 굳세게, '모든 날이 일요일'을 고수할지도 모르겠다.

가끔, 나는 차를 몰고 그 가게로 갔고 펍에도 갔다. 이상하게 들릴지도 모르지만, 그곳에 가면 늘 마음이 차분해지는 것 같았다. 또 목적의식도 느낄 수 있었다. 내 인생 최후의 적절한 목적일지도 모른다. 전에도 그랬지만, 시간을 허비한다는 생각은 전혀 들지 않았다. 내 시간은 이렇게 쓰는 게 더 나을지도 모른다. 그런 데다 두 곳 다 친절했다. 적어도 내가 사는 동네에서 볼 수 있는 그들 비슷한 부류보다는 친절했다. 계획 같은 건 없었다. 그렇다면 달리 새로운 건 없는 걸까? '계획'을 세우지 않은 지도 몇 년째였다. 베로니카에 대한 감정을 되살린 것—그때까지 한 걸로 치면—은 계획이라고 할 수도 없었다. 그보다는 일시적이고 병적인 충동, 짧은 굴욕의 역사의 번외편에 가까웠다.

어느 날, 나는 바텐더에게 말했다. "새로운 걸 먹어보고 싶은데, 얇은 감자칩 좀 만들어줄 수 있나요?"

"어떻게요?"

"거, 왜, 프랑스식으로, 감자를 얇게 썰어서."

"아뇨, 그런 건 안 만드는데요."

"하지만 여기 메뉴엔 '수제' 감자칩이라고 돼 있는데?"

"네."

"그럼 좀 더 얇게 썰면 되는 것 아닌가?"

늘 사근사근했던 바텐더가 잠깐이지만 딴사람이 된 것 같았다. 나를 쳐다보는 눈길이 내가 원칙에 목을 매는 놈인지, 아니면 덜떨어진 놈인지, 아니면 둘 다인지 분간이 안 가는 눈치였다.

"수제 감자칩이란 말은 통통한 감자칩이란 뜻인데요."

"하지만 손으로 감자를 썬다면 좀 더 얇게 썰 수도 있지 않나요?"

"저희 업소에선 손으로 안 썰어요. 미리 썰어놓은 것을 배달해 쓰죠."

"여기서 써는 게 아니라?"

"말씀드렸다시피."

"그렇다면 '수제 감자칩'이란 말은 사실 다른 데서 썰었다는 것이고, 십중팔구 기계로 썬 것이겠네요?"

"어디 기관에서 나오셨어요?"

"내가 어딜 봐서. 그냥 이해가 안 가서 그런 거지. '수제'라는 말뜻이 '반드시 손으로 직접 썰었다'는 게 아니라 '통통하다' 인지는 꿈에도 몰라서 그랬지."

"그럼, 이제 아신 거죠?"

"미안해요, 그냥 이해가 안 가서 그랬어요."

나는 내 테이블로 돌아와 저녁 식사를 기다렸다.

그 순간, 예전처럼 그 다섯 사람이 들어왔다. 베로니카의 차에 앉아 있을 때 봤던 젊은 보호자도 함께 들어왔다. 배지를 단 남자는 내 테이블을 지나치다 멈춰 서더니 고개를 숙여 인사를 했다. 그의 사냥모자에 달린 두어 개의 배지들이 서로 부딪쳐 은은하게 쨍그랑거렸다. 다른 사람들이 뒤따라왔다. 에이드리언의 아들은 나를 보더니 나를—그리고 불운을—멀리하려는 듯 등을 돌렸다. 다섯 명은 벽 쪽으로 멀리 질러갔지만 자리에 앉지는 않았다. 보호자가 바에 가서 음료수를 주문했다. 나의 대구 요리와 수제 감자칩이 왔다. 감자칩은 신문지를 두른 금속 냄비에 담겨 있었다. 보호자 청년이 내 테이블로 왔을 때, 나는 혼자서 미소짓고 있었던 것 같다.

"잠깐 한 말씀만 드려도 되겠습니까?"

"얼마든지요."

나는 반대편 의자를 가리켰다. 그가 자리에 앉았을 때, 그의 어깨 너머 저쪽의 다섯 사람이 나를 보고 있는 게 느껴졌다. 그들은 각자 잔을 들고 있었지만 마시지는 않았다.

"저는 테리라고 합니다."

"토니예요."

자리에 앉은 채로 악수를 하려니 팔꿈치를 높이 들어야 하는 게 영 부자연스러웠다. 그는 처음엔 말이 없었다.

"감자칩 들래요?" 내가 권했다.

"괜찮습니다."

"여기 메뉴에 있는 수제 감자칩의 '수제'가 그냥 '통통하다'는 뜻인 것 알았어요? 업소에서 직접 감자를 썰어서 만드는 게 아니더라고요."

그도 아까의 바텐더와 비슷한 표정으로 나를 쳐다보았다.

"에이드리언에 관해 말씀드리려고요."

"에이드리언." 나도 따라했다. 어째서 그의 이름이 한 번도 궁금하지 않았을까? 그렇지만 그 이름 말고 다른 이름일 리도 없지 않은가.

"선생님을 보면 그 친구가 심난해해서요."

"미안하게 됐네요." 내가 말했다. "그 친구를 심난하게 할 생각은 추호도 없었는데. 더는 나 때문에 심난해할 사람이 없었으면 좋겠는데. 단 한 사람이라 해도." 그는 내가 행여 비꼬고 있는지 의심하는 눈으로 나를 쳐다보았다. "괜찮아요. 다시 내 얼굴을 볼 일은 없을 테니까. 밥만 먹고 자릴 뜰게요. 이후 날 보게 될 일은 절대 없을 거예요."

그가 고개를 끄덕였다. "결례가 아니라면 어떤 분이신지 여쭤봐도 될까요?"

내가 누구냐고? "결례일 것까지야. 토니 웹스터라고 해요. 오래전 에이드리언의 부친과 친구였어요. 학교 친구였어요. 에이드리언 어머니 — 베로니카 — 되는 분하고도 알고 지냈어요. 꽤 친했죠. 그러다 서로 연락이 끊겼는데, 지난 몇 주 동안은 꽤 자주 만났어요. 아니, 몇 달이라고 해야겠네."

"몇 주 하고 몇 달이요?"

"그래요." 나는 말했다. "그렇지만 베로니카하고도 앞으로 볼 일은 전혀 없을 거예요. 이제 더는 날 보고 싶지 않다니까." 이런 말이 처량하기보다는 사실을 전달하는 쪽으로 들리도록 어조에 신경을 써가면서 말했다.

그가 나를 보았다. "고객의 병력을 이야기하면 안 된다는 것, 선생님도 이해하시죠. 극비사항이거든요."

"당연히 이해하죠."

"하지만 방금 하신 말씀은 전혀 납득이 안 되는데요."

나는 다시 생각해 보았다. "아, 베로니카. 그래요, 미안해요. 그 친구—에이드리언—가 메리라고 부른 게 이제 기억이 나네. 베로니카는 아들하고 있을 땐 자기를 그 이름으로 부르나 보죠. 메리는 그 친구의 두 번째 이름이에요. 하지만 내가 알았던—알고 있는—그 친구 이름은 베로니카예요."

그의 어깨 너머로 예의 다섯이 초조하게 서서 여전히 술은 입에도 대지 않은 채 우리를 주시하는 걸 알 수 있었다. 그들이 나 때문에 곤혹스러워한다고 생각하니 부끄러웠다.

"에이드리언 아버님의 친구분이시라면—"

"그리고 어머니의 친구이기도 하고."

"그렇다면 이해를 못 하고 계시는 것 같네요." 그래도 그는 내가 전혀 감을 못 잡고 있다는 말을 그나마 달리 표현해 준 셈이었다.

"그런가요?"

"메리는 에이드리언의 어머니가 아니에요. 누나예요. 에이드리언의 어머니는 반년 전에 돌아가셨어요. 에이드리언은 감당을 못 할 정도로 슬퍼했어요. 그래서 그 이후로 지금까지…… 극복을 못 하고 있어요."

무심히, 나는 감자칩 하나를 먹었다. 또 하나를 먹었다. 소금

간이 제대로 되지 않았다. 이래서 통통한 감자칩은 별로다. 감자를 덩이째 씹는 것 같다. 얇게 썬 감자칩은 겉이 더 파삭파삭하면서 소금 간도 알맞게 밴다.

나는 다만 테리에게 손을 내밀며 아까의 약속을 다시금 확인시켜주는 것 말고는 달리 아무것도 할 수 없었다.

"그리고 저 친구가 쾌차하길 바랄게요. 보니까 정말 잘 돌봐주던데. 다들 잘해나가시는 것 같아요. 다섯 분 다."

그가 자리에서 일어섰다. "저희야 최선을 다할 뿐이죠. 하지만 매년 예산 부족에 허덕이는 형편이에요."

"다들 일이 잘 풀리길 바랍니다." 내가 말했다.

"감사합니다." 돈을 내면서 나는 평소의 두 배에 달하는 팁을 남겼다. 그것으로 어느 한군데에서나마 쓸모가 된 셈이었다.

그후 집에 돌아와 다시 처음부터 생각해 보았고, 얼마간 시간이 흐른 후, 이해하게 되었다. 감을 잡았다. 맨 처음 포드 부인이 에이드리언의 일기장을 갖고 있었던 이유를. 부인이 편지에 '추신. 이상하게 들릴지 모르지만 세상을 떠나기 전에 보낸 마지막 몇 달 동안 에이드리언은 행복했다고 생각해'라고 썼던 이유를. 두 번째 간병인이 '특히 지금은'이라고 말했을 때의 의미를. 베로니카가 '피 묻은 돈'이라고 말한 것까지도. 그리고 마지막으로 내가 볼 수 있었던 한 페이지에서 에이드리언이 말하고자 했던 것도. '요컨대 b, a^1, a^2, s, v라는 정수가 포함된 축적은 어떻게 나타낼 수 있을까?' 그런 후, 가능한 축적을 표현하는 두어 개의 공식도. 이제야 뜻이 명확해졌다. 첫 번째 a는 에이드리언이었다. 다른 a는 나, 앤서니. 그 옛날, 내가 진지해지길 바랄 때마다 그가 불렀던 이름이었다. b는 '아기baby'를 뜻하는 기호였다. 위험천만한 노산 끝에 어머니—'모친'—에게서 태어난 아기. 그 때문에 장애를 갖게 된 아이. 이제 마흔 살이 되었고, 깊은 슬픔으로 인사불성이 된 그. 그는 누나를 메리라고 불렀다. 나는 책임의 사슬을 보았다. 거기에 나의 이니셜이 있는 것을 보았다. 에이드리언에게 보낸 그 저열한 편지에서 베로니카의 어머니와 의논하라고 채근했던 것이 기억났다. 남은 평생 머릿속에서 맴돌게 될 그 말을 다시 떠올려보았다. 맺지 못한 채 끝나버린 에이드리언의 문장도 함께. '그래서 예를 들면, 만약 토니가'. 나는 안다, 이제는 바꿀 수도, 만회할 수도 없음을.

인간은 생의 종말을 향해 간다. 아니다, 생 자체가 아니라, 무언가 다른 것, 그 생에서 가능한 모든 변화의 닫힘을 향해. 우리는 기나긴 휴지기를 부여받게 된다. 질문을 던질 시간적 여유를. 그 밖에 내가 잘못한 것은 무엇이었나? 나는 트래펄가 광장으로 몰려간 한 무리의 애들을 생각했다. 나는 일생을 통틀어 단 한 번만 춤을 추는 한 젊은 여자를 생각했다. 앞으로도 알지 못하고, 이해할 수도 없을 모든 것 중에서 내가 지금 알지 못하거나 이해할 수 없는 것들에 대해 생각했다. 나는 에이드리언이 규정한 역사를 생각했다. 그의 아들이 나를 피하려고 엠보싱 화장지가 놓인 선반에 얼굴을 들이박던 모습을 생각했다. 나는 프라이팬에 부치던 달걀이 터졌는데도 눈 하나 깜짝하지 않고 태평하게 휙 하니 내버리던 한 여자를 생각했다. 바로 그 여자가 나중에, 햇볕이 내리쬐는 등나무 아래에서 팔을 수평으로 뻗으며 비밀스러운 제스처를 취하던 모습을 생각했다. 그리고 나는 용마루처럼 솟아오른 강의 파도가 달빛에 반짝이며 우릴 지나쳐 기세 좋게 거슬러 올라가 사라지는 가운데, 한 무리의 학생들이 어둠 속에서 손에 든 회중전등 빛줄기를 교차시키며, 고함을 지르며 그 뒤를 따르던 광경을 생각했다.

거기엔 축적이 있다. 책임이 있다. 그리고 이 모든 것 너머에, 혼란이 있다. 거대한 혼란이.

옮긴이의 말

『예감은 틀리지 않는다』 이전에 맨부커상 후보에 세 번이나 올랐던 줄리언 반스는 올해 77세의 영국 작가로 1946년 레스터에서 태어났다. 출생 직후 런던으로 이주했고, 옥스퍼드의 맥덜렌대학에서 현대 언어를 전공했다. 대학 졸업 후 옥스퍼드 영어 사전의 편찬자로 몇 년 동안 일을 했고, 《뉴요커》《뉴리뷰》《옵서버》 등의 유수 매체에 문학과 문화에 관한 다양한 칼럼을 기고했으며, 잠깐이지만 댄 캐바나라는 필명으로 범죄소설을 쓰기도 했다.

반스가 본격적인 작가의 길을 걸은 것은 1980년, 런던 교외에서 보낸 자신의 성장기에 근거해 쓴 반半자전적인 작품인 『메트로랜드』를 발표하면서였다. 『메트로랜드』로 서머싯몸상을 수상했고, 1984년에 발표한 두 번째 소설 『플로베르의 앵무새』부터 맨부커상 후보에 오르기 시작했다. 이후의 『잉글랜드, 잉글랜드』 『용감한 친구들』도 맨부커상 후보 리스트에 올렸으며, 이 외에도 『나를 만나기 전 그녀는』 『태양을 바라보며』 『10 1/2장으로 쓴 세계 역사』 『내 말 좀 들어봐』 『고슴도치』 등의 작품을 발표했다.

프랑스 메디치상, E. M. 포스터상, 독일 구텐베르크상, 이탈리아 그린차네카부르상, 프랑스 페미나상, 오스트리아국가대상 등 자국인 영국은 물론 유럽에서 뜨거운 사랑을 받아온 반스는 '전후 영국이 낳은 가장 지성적이고 재기 넘치는 작가'라는 평가를 받고 있다. 그의 작품을 읽는 것은 유럽의 역사와 문화와 예술과 철학을 오가는 심오한 여행이다. 그러나 반스는 자신의 해박한 식견을 자랑하는 것을 넘어 인간의 부조리한 상황과 세계의 조건을 유머러스하면서도 인정 어린 시선으로 조망하고 있다.

맨부커상을 받은 『예감은 틀리지 않는다』는 한국에서 줄리언 반스의 위상을 한껏 높인 대표작이다. 이후 반스의 작품(에세이 『사랑은 그렇게 끝나지 않는다』 『웃으면서 죽음을 이야기하는 방법』)에서도 대두되는 '기억'의 문제를 사뭇 충격적인 서사로 제기한다.

"분량이 짧다고 속단하지 마라. 이 책에 담긴 미스터리는 원초적인 기억처럼 깊숙이 각인될 것이다."

_애니타 브루크너 (영국 소설가. 1984년 맨부커상 수상자)

『예감은 틀리지 않는다』는 원문으로는 150페이지밖에 되지 않는 경장편 소설이다. 맨부커상 수상 시, 분량으로도 말이 오갔다. 반스 자신은 책의 분량이 짧다는 일각의 지적에 '많은 독자가 나에게 책을 다 읽자마자 다시 처음부터 읽었다고 말했다. 그렇게 볼 때 이 소설의 분량은 300페이지로 봐도 무방하다'고 대답했다. 얼마간 농담이었는지도 모르지만 이 작품의 물리적 가벼움은 그에겐 편이가 아닌 서사적 도전을 위한 조건이다.

풀어 말하면 '바캉스 소설'의 규칙(짧고 쉽게 읽힐 것)을 따르면서 '시간과 기억'의 문제를 장르적(미스터리, 추리)으로, 나아가 철학적으로 고찰하는 도전일 것이다. (만만치 않은 사유를 담고 있음에도 한국에선 바캉스 소설로 큰 인기를 끌었고 지금도 줄리언 반스의 대표 소설로 사랑받고 있다는 사실은 이 도전의 성공을 방증한다.)

줄리언 반스는 『예감은 틀리지 않는다』 이전에 발표한 에세이 『웃으면서 죽음을 이야기하는 방법』(2008)에서 시간과 기억을 소상히 고찰한 바 있다. 철학자인 그의 형은 "기억이란 틀릴 때가 많다고 믿고 있는" 반면 반스 본인은 "기억을 신뢰하는 사람이거나 혹은 자기 기만적인 인간"이라며 독자에게 양해를 구한 후 자신이 "기억하는 모든 것이 진실인 양 얘기를 계속해 나가겠다"고 말한다. 『예감은 틀리지 않는다』의 화자 토니 웹스터는 바로 이 지점에서 빚어진 허구의 인물이다.

토니는 자신이 평범하다는 점을 일찍부터 인식했고, 나이가 들면서는 화해한 지 오래다. 아픈 과거를 돌아볼 때도 그는 객관적 거리를 둘 줄 안다. 모든 회고는 자기 쪽에 '편향된' 기억임을 재차 강조하면서, 온전히 기억하지 못하는 과거에 대해선 노화, 콤플렉스, 무엇보다 "자기보존 본능"이 검열하고 윤색한 결과일 거라고 해명한다. 이 냉정함 뒤엔 체념이 있다. 그는 체념이야말로 "인생이 마냥 좋은 것만은 아님을" "기어코 납득시킨 끝에" "최후의 상실까지" "받아들이게" 한다는 점에서 "인생의 목적"이라고 조심스럽게 해석한다. 그러나 뒤늦게 발견한 편지 한 통이 어떤 것도 체념적으로, 평온히 받아들일 것만 같은 그의 삶을 뒤흔들기 시작한다. 충분한 체념으로 단련된 후 더는 놀랄 것 없이 흘러갈 줄만 알았던 여생. 토니의 예상은 기만이었음이 밝혀진다.

"우리는 서로의 기억에 관해 이야기를 나누지만, 우리가 잊은 것에 대해 좀 더 많은 이야기를 나눠야 하는 건 아닐까? 설령 그것이 기술적으로 더 어렵거나 논리적으로 불가능하다 해도?

_『웃으면서 죽음을 이야기하는 방법』에서

두 통의 편지가 있다. 하나는 토니가 스스로 썼다고 믿으며 정중한 내용으로 기억하지만 실제 존재하지 않는 편지다. 다른 하나가 그가 실제로 썼고, 경외했던 친구와 전 여자친구를 향한 맹렬한 악담과 저주로 채워져 있지만, 그가 완전히 잊어버린 편지다. 분노의 표출에 불과했던 저주는, 그러나 우연이라는 주술을 거쳐 무시무시한 인과가 된다. 그리하여 토니의 바람이나 예상과 무관하게 에이드리언과 베로니카의 불운을 부르는 인과因果가 된다.

『예감은 틀리지 않는다』는 비교적 평범한 개인의, 자체로는 평범한 경험(교우, 연애)을 상이한 시간과 상황 속에서 관찰하면서 시간과 기억의 불일치, 우연과 인과와 책임의 부조리한 연관성, 착각과 기만과 자의식의 교잡이 정체성을 이루는 과정을 명징한 언어와 탄력적인 서사로 구현해 낸다.

소설을 열고 닫는 토니의 '시적' 단상은 통렬한 울림으로 가득하다. 시간 앞에서 인간은 무능하고, 흘러간 시간을 붙잡는

의지로서의 기억은 애초에 변질된 진실이라는 패배 선언과 다름없기 때문이다. 하지만 이 지점에서 인간의 조건과 자유에 대한 성찰이 이어진다.

『예감은 틀리지 않는다』의 원제는 'Sense Of An Ending'이다. 한국말로는 '결말의 느낌' 혹은 '결말의 예감'쯤 될 것이다. 두 제목 모두 반어적이다. 냉소가 아닌 공감에 바쳐진 것이다. 이 책은 한평생 '문학의 소재가 된 적이' 없을 만큼 평범한 삶을 살았던 사람, 삶의 본연을 예감하지 못했던 사람의 이야기다. 평범한 사람이 마지막으로 무대의 중심에 설 기회인 묘비명에서조차 "전혀 감을 잡지 못하다"라고 써도 할 말이 없는 사람의 이야기다. 비굴하게 살아남아 이야기를 전하는 사람의 이야기다. 젊은 시절, 토니는 역사는 "승자들의 거짓말"이라 했지만, 노년에 이르러 "역사는 살아남은 자, 대부분 승자도 패자도 아닌 이들의 회고에 더 가깝다"고 번복한다.

다시 인용하지만 토니는 "인생의 목적이 흔히 말하듯 인생이 마냥 좋은 것만은 아님을, 얼마의 시간이 걸리건 상관없이 기어코 납득시킨 끝에, 고달파진 우리가 최후의 상실까지 체념하고 받아들이게 하는 데 있는 건 아닌가 생각"한다. 그 말을 할 때도 '최후의 상실'은 그에게 도달하기 전이었다. 도래한 순간, 그의 자아는 붕괴된다. 뒤늦게 온전히 소환된 기억을 통해 가해자로서의 자신을 가감 없이 응시하는 순간이다. 하지만 그 고통 속에서 유예 상태였던 진실이 비로소 드러나고 그의 새로운 정체성도 만들어졌는지 모른다. 그렇다면 그는 소시민성에서 비로소 깨어난 오이디푸스가 아닐까.

2023년 10월
최세희

추천의 말

짧은 분량의 소설이지만, 『예감은 틀리지 않는다』에는 한 소설가가 평생 뒤쫓은 주제가 담겼다. 무거운 주제에 비해서 소설이 잘 읽히는 까닭은 최종적인 종말의 의미는 소설을 다 읽어야만 밝혀지기 때문이다. 결국에는 종말이 찾아온다는 점에서 모든 인생은 교훈적이다. 종말의 관점에서 다시 인생을 되짚어 보면, 모든 건 원인과 결과로 강하게 연결돼 있다는 것을 알 테니까. 마치 마지막 장면을 염두에 두고 정교하게 쓰인 소설을 읽을 때처럼.

『예감은 틀리지 않는다』는 그런 소설이다. 죽을 때에야 그 의미를 완전히 드러내는 우리 인생을 닮았다. 150페이지짜리 이 소설을 두고 줄리언 반스는 "나는 이 작품이 300페이지짜리라고 생각한다"고 말했다. 그래서 그건 꼭 인생에 대한 비유처럼 들린다. 마지막 순간, 이 인생의 의미가 드러날 때 우리는 한 번 더 이 인생을 살아갈 테니까.

_김연수(소설가)

불길하고 불편한 매력. 외견상으로 단정하고 전통적인 이 이야기는 반스의 작품 중 가장 잔혹한 그림자를 남긴다.

_월스트리트 저널

치밀한 철학적 깊이, 심리 스릴러의 진정한 서스펜스를 갖춘 작품. 양파 껍질을 벗기듯 인물의 생을 벗겨나가며 그의 과거를 저미고 또 저며서 마침내 재탄생시킨다.

_뉴욕 타임스

작가의 트레이드마크인 위트와 우아한 문체 아래로, 복잡하고 섬세한 숨은 뜻이 깔려 있다. 줄리언 반스는 이 쫓고 쫓기는 게임에 진정한 서스펜스를 부여했다.

_워싱턴 포스트

능수능란한 구성, 대담한 착상, 나이 듦과 기억의 문제에 관한 냉철한 통찰력, 그리고 실로 놀라운 결말. 반스는 이 소설로 보편성을 획득했다.

_옵서버

풍부한 상상력으로 직조되고 정확하게 조율된 정서로 다듬어진 장인적인 소설. 현존하는 그 어느 영국 작가도 그 위트와 깊이를 따라오지 못한다. 겉으로는 고요함과 명확함을 유지하면서, 인간의 삶을 가장 고통스럽게 하는 혼란과 나약함을 일깨우는 작가의 놀라운 능력이 돋보이는 소설.

_타임스

간결하고 아름답다. '과연 내가 생각하는 그 사람인가'라는 근본적이고 소름 끼치는 질문이 놀라울 정도로 긴장감 가득한 이야기를 통해 이어진다. 반스는 우리가 모두 믿을 수 없는 화자이며, 기억의 정확함이 아니라 오로지 그것에 의문을 던짐으로써만 구원받을 수 있는 존재임을 너무나 우아하고 통렬하게 드러낸다.

_보스턴 글로브

멈출 수 없이 책장을 넘기게 된다. 끝까지 읽은 뒤, 곧바로 처음부터 다시 읽게 될 것이다. 짧지만, 가장 긴 소설. 다시 읽을 마음의 준비를 해라. 절대 후회하지 않을 것이다.

_샌프란시스코 크로니클

특별 부록

줄리언 반스가 한국 독자들에게 부치는 조금 긴 주석

다음 소재를 찾아서

시인들은 운이 좋아요. 시는 짧아서 수천 편도 쓰는데 소설가는 평생 스무 편 이상 쓰기 힘들잖아요. 제 소설에서 그 구절이 냉소적이고 익살맞게 나오죠.

> 베로니카의 서가엔 수많은 시집이 책과 팸플릿 형태로 꽂혀 있었다. T. S. 엘리엇, 오든, 맥니스, 스티비 스미스, 톰 건, 테드 휴즈. (……)
>
> "테드 휴즈가 노래할 동물이 바닥나면 어떻게 될까 궁금한 건 당연한 일이지." (……)
>
> "시인들은 소설가들하고 달라서 소재가 떨어질 일이 없어." 베로니카가 한 수 가르쳐주었다. "소설가들 같은 방식으로 소재에

의존하진 않으니까. 그리고 넌 휴즈를 무슨 동물학자 취급하고 있는데, 실제 동물학자라고 해도 동물에 질리는 일은 없잖아, 안 그래?"

베로니카는 안경테 너머로 한쪽 눈썹을 치켜뜬 채 나를 보고 있었다. 나보다 다섯 달 먼저 태어난 그녀가 가끔은 다섯 살 연상처럼 느껴졌다.

_『예감은 틀리지 않는다』에서

소설가가 되고 나서 몇 년 동안 이런 생각을 했어요. 작가가 되는 건 알코올중독자가 되는 것과 같다고요. 중독자가 술을 즐기려면 선반에 술이 남았는지 확인해야 하죠. 다음에 마실 술이 남아 있어야 안심할 수 있거든요. 첫 소설을 발표하고 제 느낌이 그랬죠. 다음 소재가 있는 걸 눈으로 확인하고 싶었어요. 안심하고 이렇게 생각할 수 있게요. '할 수 있는 만큼만 하자. 결과가 좋을지 안 좋을지 모르지만 그래도 쓸 거리가 있잖아.' 그런데 풍부했던 소재는 점점 줄어들었죠. 가장 최근에 쓴 책 세 권을 생각해 보면 한 권을 끝낼 때까지 다음 책 아이디어가 없었어요. 그래도 자신 있었죠. 뭔가 생각날 거라고 확신했어요. '뭔가 생각나겠지' 하면서 세 권을 더 썼죠. 앞으로 몇 년 더 흐르면 언젠가 마지막 작품을 쓰는 날이 올 거예요. 어느 순간 소재가 떠오르지 않을 겁니다. 무언가 떠올라도 별로일 수 있죠.

제 아내는 40년 동안 문학 에이전트로 일했는데요. 사람들이 언제 은퇴할 건지 물어보면 이렇게 대답했죠. "은퇴 말고 다른 표현이 있으면 좋겠어요. 너무 무서운 표현이에요." "나는 누가 내 옷깃을 잡고 벽에 밀치면서 '더 이상 일하지 마' 할 때까지 일할 거예요." 아주 현명했죠. 작가 역시 마찬가지일 거예요. 이게 바로 제가 젊은 한국 독자를 바라는 이유입니다. 노년에도 계속 글을 쓸 수 있게요.

한국 독자들에게 행운이 가득하길 바랍니다. 몇 분은 저의 다른 책도 찾아보신다면 좋겠네요. 그리고 살아가면서 계속 읽어주시길 바랍니다. 다른 사람 책은 읽지 마시고요. 제 것만 읽어주세요. (웃음) 행운을 빕니다. 감사합니다.

◆ 2022년에 방영한 EBS 「위대한 수업」 '줄리언 반스: 소설가의 글쓰기' 편의 강연 일부를 편집했습니다.